民宿ひなた屋

山本甲士

潮文庫

目次

装幀：重原隆
装画：田尻真弓

民宿ひなた屋

1

古場粘児（こばねんじ）はバックパックを背負い直して、佐賀空港の到着出口を抜けた。まばらに立っている出迎えの人々の中に、久しぶりに見るグッシーこと大串（おおぐし）がいた。ノーネクタイのワイシャツにグレーのスラックス、首にネームタグのひもという、いかにも地方公務員という格好だった。

その大串が表情をほころばせ、手を振って近づいて来た。互いにもう今年で四十一歳のはずだが、小柄で童顔の大串は、三十前後でも通りそうだ。

「よう、お帰り」と先に声をかけられ、粘児は「仕事中にこんなとこまで来てもらってすまんね。バレたら怒られるやろ」と尋ねた。

「心配なか」大串は笑って片手を振る。「ちょうどお客さんを空港に送り届ける用事があったけん、誰かに見られたとしても、帰りにたまたま知り合いを空港で見つけて乗せたって言えばよかたい。しかし粘児は変わらず細マッチョを維持しとるねー」大串は目の前で立ち止まって粘児を見回す。「トレーニングとか、しとるんね」

「いやあ、最近はサボっとるよ」

「なべしま市立体育館にトレーニングルームがあっけん、気が向いたら利用したらどうね」

「そうやね。じゃあ、落ち着いたら行ってみようかね」

そういえば大串とは、中学三年の後半、昼休みに懸垂などのトレーニングを一緒にやっていたのだった。同学年男子の間でなぜか腕相撲が流行り始めたことがきっかけだったはずだ。

「俺はときどき体育館のジム、行っとるけど、昔みたいには頑張れんなあ」大串は苦笑いを見せた。「それに消費カロリーより摂取カロリーの方が多いみたいで、成人式の頃に較べたら体重が十キロぐらい増えてしもたよ」

「結婚して幸せ太りかね」

「まあ、そういうことにしとこ。じゃ、行こうや」

促されて空港の建物を出た途端、九月上旬の残暑の熱気が全身を包んだ。空には入道雲。街路樹の方からクマゼミの鳴き声が聞こえる。

広い駐車場をしばらく歩くうちに、暑さのせいでたちまち額に汗がにじんできた。

「公用車って、エアコンないとやろ」

そう聞いてみると、前を歩く大串は横顔を向けて「ああ、エアコン付きの公用車もあるけど、今日乗ってもらうのはないんよ。すまんね」と苦笑してから「でも粘児は真夏でも釣りをしよるんやけ、平気やろ。顔、よう焼けとるもん」とつけ加えた。

粘児は一年前まで、釣りライターとして、釣り雑誌の取材などで河川や湖沼をフィールドに仕事などをしてきた。その後は茨城県内の管理釣り場での雇われ店長を先々月までやっており、そこでも外に出ている時間が長かった。

だが今後は日焼けがどんどん落ちてゆくことだろう。民宿経営は基本的にインドアなのだから。

「グッシーは、釣りは？」

「高校卒業後は全然。ラインの結び方も忘れたわ。あの頃の仲間でずっと続けとるんは、粘児だけやろうね。しかも仕事にしたもんねー、粘児はやることが徹底しとる」

「お陰で不安定な浮き草生活たいね」

大串とは、小学校から中学校までが同じだった。クラスが一緒だったことは二度ほどしかないのだが、中学生時代は土日になるたびに数人の釣り仲間と共に、自転車で市内の水路を巡って釣りをしたものである。当時の釣りはルアーフィッシングがメインで、オオクチバス、ライギョ、ナマズ、ブルーギルなどを、日が暮れるまで釣って回っていた。

高校が別々になってからはあまり顔を合わせることがなくなり、卒業後、粘児は佐賀市内の調理師専門学校へ、大串は福岡市内の四年生私立大学に進学した。それからはずっと疎遠が続いていたのだが、四年ほど前に粘児のブログ『念じて釣れ』に大串がアクセスしてきたのがきっかけでメールやLINEを通じてときどき連絡を取り合うようになった。といっても、連絡はもっぱら大串からで、内容も、中学時代に同級生だった誰それが結婚したとか、地元であるなべしま市内に大きなレンタルDVD店ができた、みんなでよく行ったラーメン屋が火事で焼けたなど、ローカルな情報ばかりだった。自分がもし、釣り雑誌に写真や記事を掲載したり、たまに釣り番組に登場したりといったマスメディアでの活動をしていなければ、大串もわざわざ連絡はくれなかっただろう。

「あの頃はスマホもデジカメもなかったけん」と粘児は続けた。「大物が釣れたときはグッシーが持っとった使い捨てカメラで撮影しとったね」

「懐かしかね。そういえば粘児はあの頃から釣果もダントツやったよねー。九十センチオーバーのライギョが釣れたときは、俺の親父が地元の新聞社に連絡して、粘児が両手で持ち上げてる写真、大きく掲載されたもんね」

確かにあのライギョはでかかった。川岸で写真を撮ったのだが、その直後に暴れられて手を放してしまい、派手に水しぶきを浴びてびしょ濡れになった。

思えば、心から釣りを楽しんでいたのは、あの頃だけだったのかもしれない。仕事がらみになると、釣りたい、という気持ちよりも、釣らなければならない、という義務感に心が支配されるようになる。

大串が言う公用車は、車体の横と後ろに〔なべしま市観光課〕と書いてある白い軽ワゴン車だった。使い込まれたものらしく、車体の下の方には少しサビが浮いている。

「観光課？ 配属先変わったと？」

大串の所属は公園管理課だったはずである。

「今年の春に異動したんよ。役所はだいたい三年か四年で異動になるけん」

「ああ、そういうことね。今の仕事はどげんね？」

「俺の担当は新しい観光資源を見つけ出すことでね、上からさんざんハッパかけられとるんやけど、そんなもん、簡単に見つかるかって話よ」

「なべしま市には確かに、観光名所も特産品も、これといってなかもんね」

粘児たちの郷里であるなべしま市は、十五年ほど前に、なべしま町を中心に市町村合併によって誕生したが、これといった観光地や特産品もなく、隣接する佐賀市のようにショッピングモールなどの大型商業施設も繁華街もない。なべしま市内で若者が出かける場所といえば、コンビニエンスストアとファミリーレストランと、最近できたというレンタルＤＶＤ店ぐらいのものだろう。

なべしま市は地理的には南北に長細く、南部は佐賀平野の穀倉地帯、北部は山間地になっている。粘児の実家と、両親が経営する民宿ひなた屋は、車で平野部から山間部に上り始めて十分ほどの場所にある。

大串から「エアコンはなかけど、せめて後部席でゆったりしてくれ」と言われ、粘児はバックパックと共に後ろに乗り込んだ。軽ワゴンなのであまりゆったりとできそうにはないが、確かに助手席よりは余裕がある。バックパックのポケットからハンドタオルを出して、顔の汗を拭いた。

窓をすべて開け放って発進。ほどなくして交通量の少ない国道に出ると、少しだけ風が入ってきた。

それにしても佐賀平野というのは、高層建築物がないせいで、やたらと空の広さを感じる。その利を活かして佐賀市では毎年十一月にバルーンフェスタという熱気球の国際大会が開かれているらしいのだが、地元からずっと遠ざかっていた粘児はまだ間近で見物したことはない。ネット上の動画で見たところ、何十という色とりどりの巨大な熱気球が飛び立つさまは確かに壮観ではある。特に何もない田畑ばかりの田舎町だからこそこういうイベントができるという、逆転の発想というやつだろう。

国道の左右はたちまち水田ばかりとなった。このあたりは六月頃までは大手ビール会社が原料としている二条大麦を育て、その収穫後は水田に変わる。稲が風で波打つ中を走っていると、海原を小舟で進んでいるような気分になる。

「昼飯は？」と大串が聞いた。

「飛行機に乗る前に食った。グッシーは」

「俺もさっき済ませた」

「愛妻弁当かね」

「まあね」

「よかねー」

「晩飯の余りもんを詰めよるだけたい」

大串は三年ほど前に結婚しており、今年もらった年賀状には、長男だという赤ん坊の写真が載っていた。結婚式にも招待されたのだが当時は釣りライターとしての仕事が忙しく、祝儀を送るだけで勘弁してもらった。市役所に出入りする旅行会社で働いていたという二つ年上の奥さんには、まだ会ったことがない。

「佐賀に帰って来るのは、いつ以来かね」大串が聞いた。

「一年と……九か月やな。去年の正月に帰ったのが最後やったけん」

「久しぶりの帰省は、もしかして結婚とか？」

「いやいや」

「そういう予定はなかかね」

「ないことはないんやけど、まだ具体的な段階ではないかなあ。ま、いずれ話すわ」

大串の「あ、そう」という返答は、さほど興味はないよ、と言われた気分だった。

畑田知希(はただともき)からは、「お義父(とう)さんとお義母(かあ)さんには、情報を小出しにして、馴(な)れてもらってから話した方がいいと思う」と言われている。父ちゃん母ちゃんとは長年にわたってあまり連絡を取っておらず、結婚したい相手がいることも、その相手が中二の娘を持つシングルマザーであることもまだ伝えていない。いきなり多くの情報を与えると混乱させてしまってよくないということで、今回の帰省を利用して、まずはおおまかなことを話すつもりだった。

伝える順番も大切だろうと粘児は思っていた。いきなりシングルマザーと結婚したいと言うよりも、まずは結婚したい相手がいると伝えてその女性がまじめで優しいということを印象づけるエピソードなどを話して聞かせ、そこまで消化させたところで、実はシングルマザーであること、前の夫がゴルフばかりやって家庭を顧みず、おまけに浮気をしていたという経緯などを説明すれば、受け入れてもらいやすくなるはずだ。

そもそも、実家の民宿を継ぎたいという意思を伝えるのもこれからなのだ。まずはそこを了承してもらって、手伝い始めて、まあこの調子なら継がせてもいいか、となってからだろう、結婚の話は。

知希の娘で中二の希実(のぞみ)が今のところ粘児に対して警戒心を露(あら)わにしていてあまり口を利いてくれていないことや、クラス内でいじめに遭って六月から不登校になっていることを話すのは、まだまだ先にした方がいいだろう。

「釣り雑誌の廃刊、残念やったね」と大串が言った。「粘児の記事や写真が載ったやつ、ときどき買わせてもろたよ。釣り番組に出たやつも録画して残しとって、親戚とか友達がうちに来たら見せて、俺の幼なじみなんやぞって自慢しとるよ」

粘児が主に釣りの取材記事を書いていたのは、『アングラーＬＩＦＥ』と『フィッシングマスター』の二誌だったが、どちらも二年前に廃刊となった。釣り雑誌業界の過当競争と、紙媒体の雑誌そのものが衰退しているという、あらがえない時代の流れによるものだった。

お陰で粘児の収入は途絶えて、たちまち食えなくなってしまった。そのせいで、これまで積み重ねてきた釣りにまつわる知識やスキルはいったい何だったんだろうかと途方に暮れる気持ちを、今も引きずっている。

「仕事がなくなったけん、最近まで、茨城にある管理釣り場で働いたりしよったとよ」粘児は聞かれる前に自分から言った。「雇われ店長みたいな立場ではあったけど、給料が安くてね。コンビニでバイトしとった方がましなぐらいやったけん、結局辞めた」

「管理釣り場って、釣り堀のこと？」

「釣り堀っちゅうんはヘラブナとかコイやろ。管理釣り場はニジマスとかイワナとかのトラウト類を相手にルアーフィッシングをさせるんよ。入場料をもらって、お客さんに釣らせて、併設する飲食店で軽食も出して。ところが平日は客が来んのよ、そういうところは」

「じゃあ何？　粘児、こっちに本格的に帰って来ることにしたっちゅうことね」

大串がバックミラー越しに見てきた。ちょっと驚いているようだった。

「うん。アパートも引き払って、いらんもんを処分して、荷物を実家に送った」

「そうやったんか……」

「親も年取ってきとるし、そろそろ民宿を継ごうと思うてね」

「あー、そういうことね。粘児んち、民宿やもんね」

「もともとが、そのつもりで調理師専門学校に行きよったけん」

「うん、そうやったね。調理師免許、持っとるんやろ」

「うん」

「それが生かせるけん、いいやん」

「まあね。専門学校出たところで、やっぱり釣りを仕事にしたかちゅうて、親の期待を裏切って出て行ったような形やったけど、そろそろ年貢の納めどきたい」

「そうか。それはご両親、喜ぶやろ。そういや去年、ひなた屋が旅番組で取り上げられとったね。あれ、全国放送やったとやろ」

「まあ、ちらっと紹介されただけやったけどね」

去年の冬に放映された、あまりドラマでは見かけなくなった初老の俳優をレポーター役にしての旅番組だった。なべしま市内で捕獲されたイノシシの肉を使った、その名もイノシシ鍋というベタなネーミングの味噌仕立ての鍋が、ひなた屋の名物として紹介され、俳優は演技力を駆使して「うーん、旨みたっぷりでたまらん」とカメラ目線でほめてくれていた。父ちゃんこと父親の亮治が考案した料理で、オンエアされた後、一時的にではあったが利用客が増えたらしい。ちなみに当初は〔ぼたん鍋〕という名称だったのだが、今や還暦を過ぎた世代の客からも「ぼたんというのは何の肉ですか？」と聞かれる時代となってしまったため、ストレートなイノシシ鍋に改名したという。粘児自身は調理師専門学校で、イノシシ肉が〔ぼたん〕、馬肉が〔さくら〕、鹿肉が〔もみじ〕といったことは学んでいた。印象的だったのはそのときの講師の「独りよがりな料理名をつける店はたいてい続かない。お客様の立場で考えるべきだ」という言葉だった。

「あのイノシシ鍋、なべしま市の名物料理にして売り出すのはどうかっていう話、市の観光協会の中でも出とったんやけどねー。ロース、バラ、肩だけやなくて、ホルモンも何種類か入っててにぎやかでいいって、なかなかの高評価で」

「出たけど、駄目やった？」

「駄目ってわけやなかけど、しばらく様子を見ようって感じやね。ほら、イノシシ肉自体、安定供給できとるわけやないけん」

佐賀県内にシカはほとんどいないがイノシシは頭数が増えており、農産物被害が続いている。そこでなべしま市は五年ほど前に、捕獲したイノシシを解体処理し、冷凍や真空パックにして販売するための第三セクター〔まっしぐら〕を立ち上げた。ひなた屋で扱っているイノシシ肉も、そこから買い入れている。粘児自身も前回の帰省時に食べてみて、関西のどて焼きや関東のモツ煮込みを加えた豚汁という感じでなかなかの旨さだと思ったが、何しろイノシシは野生動物である。夏場に捕獲した個体は味が落ちるのでペットフード業者にしか売れず、地元の猟友会も高齢化しているから捕獲数が伸びず、捕獲できても山中から処理施設に持ち込まれるのに時間がかかったりすると肉質が落ちてしまったりといった問題を抱えていると聞いている。そういった事情で安定供給が難しく、ひなた屋だけの名物というのならともかく、なべしま市全体の名物にするのは難しいのだろう。

車窓の風景はやがて、佐賀市内の街並みへと変わった。片側二車線の国道沿いにはパチンコ店、飲食チェーン店、大型中古書店、コンビニエンスストアなどが並び、この辺りは交通量も多い。

「粘児の決断やけん、それでええと思うんやけど」と大串が少し言いにくそうに切り出した。「ちょっと残念たいね、釣りライターを辞めるのって」

　再びバックミラー越しに目が合ったが、大串はすぐにそらした。

「そんなたいした仕事やなかったて。釣りファンには多少知られとったけど、世間的には、古場粘児って誰？　って感じたい」

「そういう意味で言うたんやないんよ。俺の周りにいるやつらの中で、好きなことを仕事にするっていう夢をかなえたの、粘児だけやったもん。みんな、多かれ少なかれ妥協したっていうか、それぞれ挫折して、いろんなことをあきらめて働いとるんよ。俺も別に公務員になりたかったわけやなかもん」

「じゃあ、何になりたかったと？」

「俺は……ほんとは役者になりたかった。そやけん大学のときも小さい劇団に入って活動しとったし」

「え、そやったん？」

「おかしかろ、俺なんかが役者やなんて」

「いや……」

「でも、絶対にプロになってやる、みたいな熱意も覚悟もなくて、たいした努力もせんまま、どうせ無理やろうと早々にあきらめて普通に就職したわけよ」

「公務員試験に受かるなんて、俺から見たら、うらやましかけどね」

「なりたいと思うかね、公務員。配属先にもよるけど、熱い気持ちで打ち込める仕事なんて、ほとんどなかよ。余計なことはするな、やれと言われたことをやってりゃいいっていう世界やけ」

「…………」

「それだけにさ、俺、釣りが大好きやった粘児が釣りライターになったと知って、驚いたし、うれしかったんよ。あいつは夢をかなえよったんやなー、すごいなーって。嫉みとか全然なくて、素直に応援したいと思うたもん」

「いやいや」と粘児は片手を振った。「俺は別に、釣りライターを目指しとったんやなか。挫折した結果そうなっただけたい。本当はプロアングラー、プロの釣り師になって、釣り具メーカーとスポンサー契約して、テレビや雑誌で活躍するのが夢やったんやけん」

「あ、そうやったん……」

「そうたい。けど、バス釣りの試合に出ても周りはテクニックのすごい人だらけでなかなか入賞できん、高所恐怖症で荒磯にも立てんし船酔いもするけん、海釣りも駄目で、仕方なく淡水魚をターゲットにした釣りライターになったとよ。隙間産業たい」

粘児が釣りライターになれたのは、清流竿を使ってのルアーフィッシングなるものを編み出して、自身のブログで紹介すると共に釣り雑誌に企画書を送ったところ、興味を持ってくれた編集長から依頼を受けて、写真入りの記事を書かせてもらえたのがきっかけだった。ルアーフィッシングはリールロッドを使うのが当たり前なのだが、その常識を打ち破った新しい釣りの楽しみ方を提案したのを珍しがられたのである。

清流竿でバスを釣ることなどできないと誰もが思っているようだが、メバル用のハリに小さなワーム（樹脂などでできた柔らかいルアー）をちょん掛けした仕掛けを清流竿につなぎ、川や池の縁に立って近場をゆっくり探れば、予想外によく釣れる。普通のルアーの動きを見慣れて学習したバスたちは「これは罠だ、危険だ」と察知してなかなか食いつかない。いわゆる［スレた］状態というやつである。が、清流竿を使って静かにカーブを描いたり小刻みに揺れたりするルアーにはつい反応してしまうのである。

この新しい釣り方で注目を浴び、釣り番組の企画でバスプロの選手と野池で数釣り対決をして僅差の勝利を収めたお陰で、さらに仕事が入るようになった。

特にライギョやナマズなどの大型淡水魚を清流竿で釣るのは、清流竿の弾力と腕の力加減だけで対処しなければならず、魚の抵抗がダイレクトに伝わってスリリングな釣りとなる。リールという文明の利器を使えば比較的楽に魚を引き寄せることができるが、あえてそれをしないことの醍醐味をアピールすることで、新たなジャンルの釣りを開拓したわけである。やがてその釣り方を選ぶ者は、リールレスアングラーと呼ばれるようになり、粘児はその第一人者となった。同じ六十センチのライギョを釣っても、リールロッドを使うよりもリールレスの方が値打ちがあるんだ、という声も挙がるようになり、その頃は鼻高々だった。

粘児はさらに、フィールドを動き回ってヘラブナやマブナなどを釣るフィッシングウォークなるものも提唱し、そのためのテクニック、専用の仕掛けやエサも考案した。これによってヘラブナ釣りは寄せエサを撒(ま)いた場所にじっと座っていなければならないという年寄り臭いイメージから、バス釣りのように動き回るスポーツフィッシングとしても楽しめるのだという認識を広めることができた。

しかしそのブームは永くは続かなかった。釣り具メーカーは、高いリールや専用のロッドが売れなければ商売にならない。安く買える清流竿を使った釣りを提唱しているやつなんか使うな、という圧力が釣り雑誌にかかるようになった。釣り雑誌は基本的に、メーカーからの広告料収入がないと成り立たない。結果、粘児の記事はモノクロページにしか掲載してもらえなくなり、スペースも減らされた。同時に、面白がってリールレスに手を出した釣り人たちも、やがて飽きてリールロッドに戻っていった。

そしてついに仕事場だった二つの雑誌が廃刊。ブログ『念じて釣れ』も昨夜すべて削除した。そのことで釣りライターから足を洗うという気持ちの整理はつけたつもりである。

大串が何か言っているのに気づき、「えっ?」と聞き返した。

「それでも粘児はやっぱり、好きなことを仕事にしたんやけ、夢をかなえた男たいね」大串は少し声を大きくした。「プロの釣り師になれんでも、それに近いことをやっとったんやもん。お前が釣り番組で、バスプロの選手と対決したやつ、何回も見返したとよ。お前、本当に楽しそうにしとったもん。仕事で嫌なことがあっても、俺、あれを見たら、明日も頑張ろうって思えたんよ。ウソやなかよ」

「そう言ってくれるのはうれしかけど……」粘児は一度息を吐いた。「俺の人生やけん、あんまりそういうふうに言わんで。俺はただ、やりたかことをやろうとして、結局駄目やったっていうだけなんやけ」

「……判(わか)った、すまん」

なべしま市に入っていた。しばらくは田畑の中に民家が点在する風景が続くが、なべしま河畔公園沿いを通り過ぎてさらに北上するうち、右側はなべしま川、左側は急斜面の崖の山道へと変わった。この辺りになるとちょっと涼しい風が入ってくる。どこからかヒグラシの鳴き声が聞こえていた。

しばらく会話が途絶えていたが、大串が気を取り直すように「歓迎会やるか、中学時代の釣り仲間を集めて」と言った。

「悪かけど、それは遠慮させてくれ。久しぶりにみんなに会いたい気持ちはあるけど、集まったらどうせ、何があったか、どういう経緯で帰ることになったか、みたいなことを聞かれて、いちいち説明せんならん。申し訳なかけど、しばらくは放っといてほしいというのが本音なんよ」

「そうか……そうかもな」大串はうなずいた。「そしたら、粘児が民宿を継いで、落ち着いたらってことにしよ、な。それまでに、俺の方からある程度のことはみんなに言っとくけん」

「そうしてもろたら助かる。悪いな」

「いやいや、俺の方こそ、さっきから好き勝手なこと言うてすまんかった」

車は橋を渡って、段々畑や竹林に沿った市道へと入り、さらに北上。この辺りはうどんやそうめん用の小麦やそばを作る畑が多い。

「旅館業組合さんと市の観光課はいろいろつき合いがあるけん」と大串が再び口を開いた。「今後は仕事で顔を合わせることもあると思うわ、よろしくな」

「ああ、こちらこそよろしく頼むわ」

「俺、粘児はまた何かやってくれるような気がすっとよ」

「どういう意味ね」

「いや……お前は何か持ってる男やけん、ただの民宿の跡取りでは終わらんような予感がすったい。何ていうか……新しい何かを起こしてくれそうな」

「やめてくれって」粘児はため息をついて、運転席の背もたれを軽く二度叩いた。

「買いかぶりやて、そんなん。釣りライターになったのもただの運ていうか、巡り合わせやっただけで、別に血のにじむような努力なんてしとらんのやけん。大串よ、そういうこと、もう言うの、やめてくれ」

「でもさ」

「釣りライターを続けることができんで、やっぱり家業を継ぎますって帰って来ただけなんやけ、ほんと頼むわ」

「…………」

「そういう過大評価って、される側はよ、重たいんよ」

「……判った、ちょっとしつこかったな。すまん」

やがて十数戸が集まる集落が見えてきた。竹林の前に、斜めに傾いた〔民宿ひなた屋〕の案内看板。直進一〇〇メートルの後左折してすぐ、と書いてあるはずだが、看板にさびが広がっているせいで読みにくい。

「家の前でよかね」大串が言った。

「いや、脇道に入る手前でよか。少し歩きたかけん」

「判った」

実家の両親と久しぶりに対面するところを大串に見られたくなかった。母ちゃんにはまだ、民宿を継ぐという話はしていない。どんな反応が返ってくるか、不確定要素が多い。

今度はもうちょっときれいな〔民宿ひなた屋〕の看板が左手に見えてきて、車はその前に停まった。左右が竹林の、コンクリート舗装されているものの割れ目や凹凸が多いこの道を上がってゆくと、実家と民宿がある。さらにその先にも道はあるが、徒歩でしか進めない山林となる。

じいちゃんがここの民宿を始めた頃は、周囲に竹林がなく、陽当たりがよかったと聞いている。それがいつの間にか勝手に竹林が生え始めて、民宿の名称にはそぐわない、直射日光があまり入らない場所になってしまったという。もっとも、そのお陰で夏場は涼しく、冬も冷たい風を遮ってくれるので快適さは増したのだが。

バックパックを引きずるようにして車を降り、助手席側から「ありがとう」と礼を言った。「よかったら近いうちにまずは二人で飲もうや」

「ああ、喜んで」と大串は片手を上げた。

車が切り返して見えなくなるまで手を振ってから、竹林のトンネル道を歩き始めた。さわさわと風で竹の葉がこすれる音が耳に気持ちいい。破竹という種類の細身の竹で、〔破竹の勢い〕という表現のとおり、伸びるのが速いらしい。タケノコも細身だが、味はいいそうで、五月から六月にかけての収穫時期には、ひなた屋の料理にも使っているという。

やがて、ひなた屋が見えてきた。黒く焦がした板壁が特徴の古民家風二階建て。二人部屋が三つ、四人部屋が二つだけのこぢんまりした民宿だが、それでも経営を続けることができたのは、季節ごとのハイキング客だけでなく、長距離走の実業団チームや大学などが合宿所として利用してくれたり、野鳥の会、キノコ狩りや紅葉狩りなどの固定客がいてくれたからである。父ちゃんの営業努力によって、佐賀市内などで大型イベントがあるときや受験シーズンには、ワンボックスカーで会場まで送迎します、ということで新たな利用者も開拓したという。

手前の駐車場に普通車が二台停まっていた。宿泊客のものだろう。ひなた屋の軽トラックが見当たらないところを見ると、父ちゃんは出かけているようである。

民宿には寄らず、裏手の実家へと回った。こちらも古民家風の二階建てだが、板壁は色あせており、ところどころ安物の合板で補修した跡がある。昔は木枠だったのがアルミサッシの窓になっているところがどう見てもミスマッチである。民宿の方もサッシ戸に変わっているが、あちらは目立たないよう、茶色の素材が使われている。

案の定、玄関戸は鍵がかかっていなかった。中に入り、「母ちゃん、いる?」と声をかけるが、返事はない。民宿の方にいるらしい。

バックパックを玄関の上がり口に置いて、再び外に出た。
ひなた屋の裏手と自宅との間には、付近を流れる不二川から引いた幅五十センチほどの水路が通っていて、途中に二畳分ほどの面積の洗い場がある。水路も洗い場も縁は石垣が組まれてあり、数段の石階段を下りて、雑巾を洗って絞ったり、カゴに入れた果物や野菜、飲み物などを冷やしたりできるようになっている。夏はここでキュウリやトマト、スイカなどをよく冷やしたものだが、もっと昔の洗濯機も給湯器もなかった時代は、ばあちゃんがここで洗濯をしたり、じいちゃんが風呂の水を汲みに来ていたという。

そのとき、ひなた屋の勝手口の手前に、一匹のトラネコが座っていることに気づいた。いわゆるグレー系のキジネコではなく、茶トラというやつだが、口の周りや腹部分は白っぽい。結構サイズが大きくて、ふてぶてしい顔つきをしている。

「おい。どこのネコだ？　近所で飼われてるのか？」

言いながら近づいてみると、トラネコは逃げようという素振りを見せず、かといってニャーニャー鳴きながら寄って来ることもなかった。目を細くして粘児を見返しながら、その場から動かない。

目の前にしゃがんで右手を伸ばしてみるが、やはりトラネコは動かなかった。警戒する様子もなく、かといって甘えようともしないその態度は、お前なんぞに興味はねえよ、とでも言いたげである。下腹部を覗き込み、メスだと判った。

「女の子かよ。それにしてはなかなか肝の据わったやつだな」

苦笑しながら頭や背中をかるくなでると、ふかふかの毛を通して弾力のあるしなやかな筋肉の感触が伝わってきた。

左耳の先が欠けていた。ケンカでもしてやられたのだろうか。

なでられてもトラネコは動かなかった。妙に人馴れしている。と思ったらトラネコは急に大きなあくびをして、前足を出して伸びをし、さらに背中を湾曲させながら後ろ足も伸ばした。そして、はい、なでられてやったよ、みたいな感じですたすたと歩き出し、ひなた屋の側面に消えた。粘児は「愛想の悪いこと……」とつぶやきながら見送った。

不二川に足を向けてみようかと思ったが、やめた。きっと今もオイカワの群れやそれを狙うコサギなどの姿を確認できるだろうが、釣りの仕事をあきらめた今は、見に行く気分にはなれなかった。

実家の玄関に戻り、バックパックを抱えて、かつて自分の城だった二階の部屋へ。ドアを開けると、宅配便で送っておいたダンボール箱が無造作に積んであった。少しほこり臭い。母ちゃんはこの部屋にあまり入らず、窓も閉め切って放ったままだから仕方がない。自分のことは自分でやれ、というのが昔からの母ちゃんの口癖である。

本棚もそのままで、釣り雑誌や釣り関係の書籍、マンガ類や文庫本が並んでいた。一度、できたら処分しといてと母ちゃんにＬＩＮＥで頼んだことがあるのだが、そのときにも〔自分のことは自分でやるように。〕と返された。

窓を開けて風を通した。不二川の冷気と竹林のお陰で、ここは夏でもエアコンなしで過ごすことができる。ひなた屋の売りの一つであり、佐賀県のホームページで観光宣伝しているコーナーでは、エコツーリズムの一つとしてここが紹介されていて、他自治体が見学に来ることもあるという。

押し入れから掃除機を出して、カーペットの上に溜まったほこりを吸い込んだ。続いて整理棚の上にあったフローリングシートで、机や本棚、テレビなどを拭く。六畳間をざっと掃除するだけでもフローリングシート三枚を要した。

バックパックのポケットに差し込んであったペットボトルの緑茶を飲んで一息入れ、ダンボール箱を開けて中の荷物を取り出し始めたところで、玄関戸が開いて人が入って来る物音が聞こえた。

しばらくして「粘児かね」と声がかかったので、「うん」と返事をして階段を下りた。

母ちゃんはダイニングテーブルで麦茶を飲みながら、小袋入りのチョコクッキーらしきものを食べていた。頭に白い三角巾をかぶり、白い割烹着に白い調理ズボン。太っている体型でこの服装だからマシュマロマンみたいである。粘児が幼稚園の頃に一緒に撮った写真の中の母ちゃんは、別人みたいにやせていた。あれから徐々に太ってゆき、当時とは二十キロぐらい差があるだろう。

母ちゃんは「いつ帰ったんかね」と、座ったまま身体をひねって顔をしかめ、「あー、今日は何か、身体が重いわー」とつぶやいた。

身体が重いのはずっとだろうに。

「ついさっき。大串が空港まで迎えに来てくれて、ここまで送ってくれた」

「ああ、大串君ね。彼は市役所に就職しとるんよね」

「うん」

「いいねー、市役所は。安定しとるし、転勤もないし。あんたも受けりゃよかったのに」

粘児はその言葉を無視して、「昼間っからクッキーなんか食ってたら、また太るやろ」と注意した。

「クッキーやなか、グラノーラを固めたやつたい。低カロリーで食物繊維が豊富やけん、これはいくらか食べても大丈夫って、直売所の何とかちゃんが言うとったもん」

何とかちゃんて誰だよ。母ちゃんは人の名前が出てこないときによく、何とかさん、何とかちゃんという言い方をする。

「いくら低カロリーでも、たくさん食べたら意味なかろ」

「うるさかねえ、ちょっとしか食べとらんとやろが。それよりあんた、急に荷物の箱をいくつも送ってきて、正月でもないのに帰って来たりして、どういうことなんかね」

おいでなすった。粘児は向かいの椅子を引いて腰かけた。

「それなんやけど、俺、民宿の手伝いをさせてもらおうかと思て」

母ちゃんが、口に運びかけたグラノーラを止め、「何?」と聞き返した。

「そやけん、ひなた屋の手伝いをさせてくれち言いよったい」

予想に反して、母ちゃんは眉間にしわを寄せていた。大喜びでハグをされたりしたらどうしようと身構えていたので、粘児は面食らった。

「何であんたがそんなことを」と母ちゃんはグラノーラを小皿に戻した。「釣り関係の仕事はどげんするんね」

「ライター契約しとった釣り雑誌が二誌とも廃刊になったことも、管理釣り場の仕事も辞めたってこともＬＩＮＥで教えたやろ。そやけん、地元に戻って、本腰を入れて民宿経営の勉強をしようち思とる」

どう、判った? 粘児は小さく何度かうなずいて、母ちゃんを見返した。これからは親孝行をさせてもらいますがな。

「あんたねえ」母ちゃんは顔をしかめて、人さし指で耳の上あたりをかいた。「そんなこと言われて、私が喜ぶとでも思うとるんね」

「え……」

「あんた、調理師専門学校を卒業したとき、何て言うたかね。俺は釣りを仕事にしたい、そやけん悪いけど民宿を継ぐつもりはなか。仕送りもいらんけん、自力で道を切り開いてみせる。あれだけ大見得を切っておいて、何ね、それは。恥ずかしくないんかね」

「それは……あれからもう二十年ぐらい経っとるやろが。それに、一応は夢をかなえたたい。そやけん、今度は民宿の手伝いをやね」

「お断りぃー」

「は？」

「そんなもん、お断りやと言いよっと。あんたの夢って、そんなもんやったんかね。こんなんやったら、釣りを仕事にしてた時期があるってだけの、小さな民宿を継いだ男に過ぎんやろ」

「そんな言い方……」

母ちゃんは麦茶を飲み干して、コップを乱暴にテーブルに置いた。

「男がやるって決めたんなら、とことんやりんさいね。そんなへなちょこを産んだ覚えはなかよ」

「へなちょこって……」

「へなちょこが悪いんなら、ヘタレたい。ひなた屋は小さい民宿でございます。私と父ちゃんだけで充分。あんたが手伝うことなんて、何にもなか」

「そんなことはなかろ。父ちゃんも母ちゃんも、もう古希を過ぎとるたいね。いつ体調が悪くなったり事故に遭ったりして入院するようなことになるか判らんやろ。さっきも身体が重いとか言いよったやろが」

「あんた、私らが病気になるのを待って、ひなた屋を自分のものにしようと企んどるんかね」

「ひねくれた言い方すんなよ。息子が手伝うって言うとんのやから、ありがとうでよかろ」

「ありがたくなかー。私も父ちゃんも、あんたに継いでもらおうなんて、一ミリも思うとらんもん。あんたが釣りを仕事にするち言うて、出て行ったときから、ひなた屋は私らの代で終わりって決まったたい」

「母ちゃん。そんなとんがったこと言わんでも」

「釣りを仕事にすると決めたんやろ。そんな簡単に尻尾を巻いて逃げて帰って来て、あんたの人生、ほんとにそんなことでいいんかね」母ちゃんの声がひときわ大きくなった。「情けなかねー、恥ずかしかぁ」

さすがに、むっとなった。久しぶりに帰省した息子に対して、何だよそれ。

「じゃあ何ね、俺はまた関東に戻って、釣り関係の仕事を探せってことかね」

「どこに住むかは、あんたの勝手たい。実家に住みたかったら自分の部屋に住んだらよか。ただし、ご飯を食べるんやったら食費は入れてもらうよ」

「佐賀に住んで、釣り関係の仕事なんてできるわけなかろ」

「そんなこと、私の知ったことやなか。何ね、夢を追いかけるとか言うて出て行っておいて、今ごろになってやっぱり民宿を継ぐって。あんたの目論見(もくろみ)は、親に寄生して楽して生きようってことやろ。ニートと同じじゃんね」

「だ、誰がニートじゃ」粘児は声を荒らげた。「家業を継ごうと思ったことが、何でニートや。あほか、ばばあ」

「ばばあで結構。お前はその、嫌みなばばあの馬鹿息子たい」

「くっ……」

一瞬、粘児は右の拳を固めたが、数秒かけて解いた。

「意地を見せろって言いよんのよ」母ちゃんは手のひらでテーブルを二度叩いた。「最初から佐賀では釣りの仕事は無理やと決めてかかって、何ね、その意気地のなさは。親戚から、テレビや雑誌に出てすごかねーってうらやましがられとったのに、おたくの息子さん、結局は駄目やったとねー、それであの民宿を継ぐとねー、そうねーって半笑いで言われるわけたい。あーあ、次に親戚の集まりごとでの様子が目に浮かぶわ」

「判った、もうよか」粘児は腰を浮かせた。「せっかく手伝うって言いよっとに、歓迎されとらんのならよか。こっちもこんなちゃちな民宿、やりたかったわけやなかたい。あっちのアパートは引き払ったけん、当分はここに住まわせてもらうけど、食事はいらん。どこかで必ずちゃんとした仕事を見つけちゃる。やったろうやないね」

「おーおー、そりゃ頼もしい。期待せんで見とっちゃるよ」

粘児は「ほざいとけ、ばばあ」と怒鳴って階段を上がった。

自分の部屋で大の字になって、ため息をついた。

あーあ、やっちゃったよ、四十過ぎてガキみたいなことを。

かつてこの家を出て行ったときは、民宿を継がない、釣りの仕事をすると宣言して、母ちゃんから、そんな甘い考えが通用するものかと言われてまああの口ゲンカになった。最後は、そうしたいんならしんしゃい、と認めてもらえはしたが、そのせいで長年あまり連絡を取り合うことがなくなった。

時を経て、和解も兼ねて民宿を継ぎたいと伝えたら、今度はそれでも男かと言われてまたケンカ。何なんだよ、いったい。

2

バスを降りた粘児は、聞かされていたＪＲ線沿いの道を進み、ほどなくしてその小さな居酒屋を見つけた。空き店舗が目立つ寂しい通りにあり、へえ、こんなところに飲み屋があったのかという感じだった。知り合いにばったり会うことがなさそうな店を、大串がわざわざチョイスしてくれたようである。

ノーネクタイの白いワイシャツ姿の大串が、薄暗い店内の一番奥のカウンター席にいて、粘児を認めて片手を上げた。狭い店内には他に、作業服の男性二人が小さなテーブル席にいるのみだった。カウンターの奥には鉢巻きをした大将とおぼしき初老の男性がいて、「いらっしゃい」と言ったので会釈を返した。

隣に座り、「待ったか」と尋ねると、大串は「いや。でも先にやらせてもらってるよ」と飲みかけのビールジョッキを軽く持ち上げた。皿には食べかけの焼いた手羽先。旨そうだったので、粘児も同じものを注文した。

あれから十日が経っていた。日中はまだ真夏のような暑さだが、夕方になると気温がぐっと下がるようになってきた。

連絡は大串からだった。スマホに〔家業の手伝い、調子はどう？〕というメールが届いて、粘児が〔いろいろあって、他に仕事を探すことにしたよ。〕と返信したところ、〔安くて落ち着ける店があるから一杯やらんね？〕と誘われたのだった。おそらく、詳しい事情を聞きたいからなのだろうが、粘児としても誰かに愚痴を聞いてほしいところだった。大串は気遣いができる男だから、知人に話すとしても言い方に注意してくれるはずである。

ジョッキと焼いた手羽先を受け取って乾杯し、半分ほどを一気飲みして、ふうと息をついた。近くの壁には、ビールジョッキを手に笑っているビキニ姿のグラビアタレントのポスター。かなり古いもののようで、色あせている。

「奥さんと赤ちゃんが待ってるんやろ。外で飲んどっていいんかね」

「今日は実家に泊まりよるけん、ちょうどよか」大串は笑いながら、手羽先の軟骨をごりごりと噛んだ。「子どもの夜泣きがひどくてさ、俺が眠れんやろうて気を遣って、最近はときどき実家に帰ってくれるんよ。カミさんの実家、歩きでも行き来できる距離やけん」

「へえ。奥さん、今は専業主婦かね」

「うん。妊娠して退職した。もともとバリバリ働きたいっていうタイプやなかけん」

「旦那が公務員やと安心たいね」

「お前が思うとるより、給料は少なかよ」大串はそう言ってから「でもまあ、いろんな名目で手当がつくけんね、確かに」

しばらく間ができた。粘児がビールを飲み干してお代わりを注文したところで大串が「ひなた屋を継ぐのをやめたそうやけど、どげんしたね」と聞いてきた。

そこで事情をざっと説明すると、大串は「そうね。頑固っていうか、何とも気骨のあるお母さんやね」と苦笑した。「お父さんもそんな感じなんかね」

「親父は、家業のことは心配せんでよかけん、自分のやりたか仕事を探しんしゃいって。どうやら俺が仕方なく家業を継ごうとしてると思ったみたいやった。だいたいうちは昔から母ちゃんの独裁体制やけん。父ちゃんは文句一つ言わん」

ひなた屋を始めたじいちゃんは、母ちゃんの実父であり、父ちゃんは婿(むこ)養子みたいな形で継いだのである。粘児自身、父ちゃんが母ちゃんに対して声を荒らげたりするところを観(み)たことはない。誰に対しても物静かで、あまり自己主張もしないタイプである。父ちゃんと母ちゃんのなれ初めは、共通の知人の紹介らしいが、具体的なことは知らない。

「仕方なく継ぐっていうのは」と大串が言った。「間違いというわけでもない?」

「まあ、そういう面はあったのは確かやけど、それでも一応はやろうって前向きになっとったとよ。それをキレ気味に断られてしもうて」

「で、関東の方には戻らんで、こっちで仕事を探そうと」

「正直言うて、あんまりカネがなかけん、実家に居候せんと厳しいんよ。でも佐賀で仕事っていうてもね。そりゃ求人はあるとよ、探してみたところ、飲食関係とか工場の軽作業とか、清掃会社とか。そういうのやったら正社員の募集もある。そやけど、ここまでフリーでやってきたけん、今さら人からあごで使われるっていうのはしとうなかもんね」

「気持ちは判るけど、そんなこと言うとったら、仕事なんか見つからんのやなかね」

「それはそうなんやろうけど……自分やからこそできる仕事っていうのがあるはずやと、心のどこかで思っとるわけよ。往生際が悪いと言われたらそうかもしれんけど、釣りと、記事を書くスキルはあるんけん、それを活かしたいって気持ちがまだあって」

「スキルねえ…」

大串は何か言いたそうだったが、説教みたいになってはいけないと思い直したのか、代わりに「何か頼もうや」と言い、壁に貼ってある品書きを指さしながら提案した。

結果、天ぷらの盛り合わせを一緒に食べることになった。

ふと、知希に送ったＬＩＮＥの文言を思い出して、口の中の怪我（けが）がちくちくと痛むような気分になった。本当のことを言うと心配させると思い、「とりあえずは、しばらく手伝ってみる。」と伝えてしまったのだ。近いうちにちゃんとした仕事を見つけて、それから「実は……」と説明するつもりである。幸い、知希は頻繁に連絡を取りたがるタイプではないから、何とかごまかせそうな気もしていた。そもそも今は、不登校になってしまった娘希実のことに気持ちを向けたいだろうし、知希からのメールも「フリースクールに行くかって聞いたら、ちょっと興味持ったみたい。」「自分で勉強は一応やってる。」など、希実にまつわる報告が多い。

「ここ十日の間、何もせんかったわけやないんよ」と粘児は言った。「最初は通勤できそうな範囲の釣具店を回って、店長さんに直談判(じかだんぱん)してみたとよ。バイトでよかけん、店員として雇ってもらえませんかって。釣具のことならいくらでもお客さんに説明できるし、釣りライターとしていろんな人にインタビューとか同行取材とかしてきよったけん、人当たりのよさにもまあまあ自信があったしね。それに、釣りの世界では多少は知られた存在やけん、客寄せパンダになれると思ったわけよ。実際、店長さんたちの多くが俺を一目見て、あ、古場粘児さんやないですかって言うてくれたけん」

「やのに上手(うま)くいかんやったんかね」

「ああ。ほとんどが、今は募集してないからって。社長に聞いてみるって言ってくれた店長さんもいたけど、結局は駄目やった。間に合ってるということかもしれんけど、なまじ釣りの世界で特別なことをやっととったやつなんて扱いにくいと思われたのかもしれん」

「ああ……それはあるやろうね」

釣具店を訪ねると、従業員たちが粘児に気づいて「古場さんですよね」と声をかけてきてくれたところもあった。店長さんもたいがい笑顔で対応してくれたが、粘児が働きたいと切り出すと、途端に困惑顔に変わり、歓迎ムードは霧散した。佐賀県内で回った七軒の大型釣具店のうち五軒がそんな感じだった。残る二軒は粘児のことをそもそも知らず、けんもほろろに断られた。

天ぷらの盛り合わせが届いた。大串から「お先にどうぞ」と譲ってもらい、「すまんね」と応じて、一尾しか載っていないエビに箸を伸ばす。

揚げたてで、サクサクだった。やや小さめではあるが、歯ごたえのある弾力と旨み。何となく、小学生の頃に、川で捕ったスジエビを水槽で飼っていたことやザリガニ釣りをしたことを思い出した。

大串が小声で「前は同じメニューでエビが二尾入っとったんやけど、原価が高騰しとるらしくて一尾になってしもた。代わりに追加されたんがこれたい」とカニかまぼこの天ぷらをつまんだ。そして「地元で釣り関係の仕事っていうたら、釣具店ぐらいしかないやろねー」と続けてから「あ、カニかま、期待してなかったけど結構いける」とつけ加えた。

「釣具店回りと並行して、実は地元のテレビ局にも押しかけて、プロデューサーさんたちに企画書を出したとよ。佐賀県内で楽しめるさまざまな釣りを紹介する番組内コーナーをやらせてもらえませんかって」

「粘児がロケをすっと?」

「もちろん。慣れたもんやけん、その辺のローカルタレントさんより面白いことをはさみながらやれる自信はあったい」

「じゃあ、粘児が地元の番組に登場するんやね」

「いやあ、どうもそっちも駄目っぽいわ。ケーブルテレビも含めて三局回ったけど、みんな応対はしてくれても、検討してみますが当面は放映予定が決まってるのでいつごろ返事ができるか判りませんって、判で押したように同じ返答やった。あの態度からすると脈はないやろ。これまでにあっちで釣り番組とか釣り雑誌に何回も企画書を出してきたけん、そういうのはだいたい判る。駄目なときは食いつく素振りも見せんから」

「そうか。フリーランスの仕事しかもうやらんと決めとるわけかね」

大串が少し真剣な目つきになった。

「うーん……絶対に勤め人はせんとまでは言わんけど……俺の性（しょう）には合っとらんと思

う。人に使われるバイトをいくつかやってきたけど、どれもやりがいは感じんかったし」

「でも、あんまりそこにこだわっとったら、いつまでも見つからんのやなかね？」

「そやけん、釣りにこだわるのはやめて、ライターとしてのスキルを活かしてフリーペーパーとか地域のグルメガイドを作ってる会社から仕事をもらえんかどうか、当たってみようって思うとる。一応、文章を書くプロとしてやってきよったし」

「粘児はいいなあ、前向きというか楽天的というか」

「何ね、その言い方は」

「いやいや」大串は片手を振った。「悪口やなか。うらやましいと思って」

「性格というより、ずっとそういう道を進んで来たけん、今さら引き返せんだけたい」

大串はうなずいてからビールをあおり、上半身をこちらに向けた。

「あのさ。ライターの仕事ができそうなんやったらそれでよかけど、イノシシを解体したり加工したりする仕事って、どげんね。考えてみんね」

「へ？　イノシシ？」突拍子もない話だったので、少し混乱した。「どういうことかね？」

大串は、尻ポケットから財布を出して開き、中から引き抜いた紙切れを寄越した。

広げると、ハガキ大に切り抜いたコピー用紙らしき紙に、NPO法人〔まっしぐら〕嘱託職員募集というタイトルで、要項らしき活字が並んでいた。大串が「市報なべしまの今月号に載る予定になっとる募集要項なんよ」と言った。

〔市内で捕獲され持ち込まれたイノシシを解体し、部位ごとに分けて冷凍や真空パックに処理し、販売するNPO法人です。専用の施設に常駐し作業をするスタッフを募集します。なべしま市の嘱託職員として採用します。〕

粘児は書いてあることをぶつぶつ小声で読んだ。募集人数は一名。一般常識の筆記試験と個人面接、集団面接、健康診断を経て、なべしま市商工部鳥獣対策課が採用を決定。年齢性別不問、毎日通勤できるなら居住地不問、要普通免許。採用試験は二週間後。

「へえ、なべしま市の嘱託職員という身分で採用してもらえるんかね」

一応、地方公務員という身分を取得できるわけである。〔まっしぐら〕という名称は、猪突猛進というイノシシにまつわる慣用句からきているのだろうが、一本気とか、ひたむきにやる、みたいなニュアンスも感じる。

「その法人、なべしま市といくつかの企業が出資して作ったんやけど」と大串が補足説明した。「旗振り役はなべしま市やけん、スタッフの確保も市がやっとるんよ。今、常駐スタッフは二人いるんやけど、どっちも六十代のじいさんで、うち一人が腰痛持ちで、もうすぐ退職することになっとるんよ」

「その穴埋めか。最初のうちは先輩のおっちゃんにいろいろ教わるわけやな」

「ま、そういうこと。イノシシの解体とか、お前なら抵抗ないんやないかと思うんけど、どげんね。給料も、よくはないけど悪くもないし」

「まあ……調理師専門学校では、魚だけやなくてニワトリとかアヒルもさばいたけん、普通の人と較べたら、仕事を覚えるのも早かろうとは思う」

心の中で、今働いているおっちゃんたちよりも上手くさばけるはずだ、とつけ加える。

求人誌に載っている飲食店スタッフとか工場勤務とか営業仕事などに較べたら、確かに面白そうではある。大型動物の解体なんて、普通の人間はやりたがらないだろうが、粘児にはさほど抵抗感はない。釣り雑誌の企画で、ルアーフィッシングで釣り上げた大型のアメリカナマズをフィッシュバーガーに調理して食べたこともある。アメリカ南部では普通にフィッシュバーガーの素材として使われているだけあって、予想以上に旨かった。

他人ができないことをやる孤高の仕事。ちょっと格好いいんじゃないか。粘児は何となく、マグロの解体ショーを連想した。

「粘児んちの民宿で出してるイノシシ鍋も、この「まっしぐら」から仕入れとるんやろ」

「ああ」

ということは、実家が取引先の一つになる仕事か。

やる気が出てきた分、知りたいことも出てきた。粘児は「イノシシの解体って、どれぐらいのペースなんやろか」と尋ねた。

「日によってまちまちらしい。何頭も持ち込まれる日もあれば、ゼロの日もある。ゼロの日は、冷凍保存してあるかたまり肉を専用の機械でスライスしてパック詰めしたり、配送作業をしたり、伝票や帳簿類を処理したりやね」

「営業回りなんかは?」

「顧客の開拓は基本、市の経済振興課がやっとるから、もっぱら施設内の仕事になると思う。解体作業は、施設に専用の器具がそろっとるそうやし、六十代のおっちゃんが務まっとるんやから、そんなにきつくはないと思う。あと、基本的に残業はないって」

「筆記試験って、どんな内容かね。二週間しかないのに、間に合うんかね」

「中学レベルの学力で対応できるけん、心配なか。公務員試験用の薄い一般教養問題集を一冊やっとけば大丈夫よ」

「集団面接ってのは?」

「イノシシによる農産物被害の実態とか、今後の活動についての展望とか、そんなことを聞かれると思う。無難な返答をしとけばよかと思うけど、集団面接やけん、受験者の中で目立つ発言ができたらポイントがつくやろうね」

「目立つ発言……」

「でも肝心なのは年齢たい。多分、ほとんどが五十以上のおっちゃんが来よると思うんよ。若いもんは基本、こういう仕事には応募してこんけん。そやけん、面接官をやる経済振興課長や係長の中では、実際には最初から結論は出とるわけたい。少しでも若いやつがおったらそいつで決まり。そういうこと」

「若いことがそんなに有利なんか」

「有利、有利。最初に募集したときも年配のおっちゃんばっかりで、消去法でマシなんを採用しただけやもん。応募人数もたった六人で、健康診断をやったら高血圧とか糖尿病とか痛風とか、そんなんが多くて。基本的に肉体労働やから、いつ具合が悪なるか判らんのを安易に採用するわけにいかんのよ。それに、解体とか加工の手順を覚えるの、年配の人はたいがい遅かしね。やっと仕事を覚えたと思ったらまたおっちゃんの新人を教育せんならんというのは非効率的すぎるし。あ、そういや、採用が決まりかけたけど、普通免許を取り消しになってたことがバレてダメになったおっちゃんもおったよ。その人が最年少で、面接時にはほぼ決まりやったんやけど、採用が決定する前に判ってよかったよ。後やったらおおごとやった」

「ふーん、そしたら俺はかなり高確率で採用してもらえるわけか」

「ああ、粘児が受けたらほぼほぼ決まりたい。経済振興課におる同期の職員が言うとったもん、できるだけ若いもんを即採用するって。試験とか面接とかは形だけやて」

「ふーん」

「あ、このこと絶対にこれな」が大串は口にチャックの仕草をしたので、粘児は「ああ、判ってる」とうなずいた。

だんだんその気になってきた。イノシシの解体という特殊な仕事。作業の手順さえ覚えれば、上からああしろこうしろと命令されることもなさそうである。ノルマに追われるようなこともない。残業もないなら、釣りの時間が作れる。これまでは釣りが仕事だったが、ただの趣味にするのも悪くないかもしれない。というより、趣味としてやる方が心から楽しめるではないか。

「グッシー、やってみるわ」と粘児は大串の顔を見てうなずいた。「いろいろと骨を折ってもろて、すまんな。何の義理もなかとに」

「いや、粘児には義理があったい。俺、お前のことは恩人やと思とるんよ」

「へ？」

大串とは幼なじみで釣り仲間だったという認識しかなかったので、意外なことを言われて面食らった。

「中三の後半、昼休みに一緒にトレーニングしよったやろ。腕立てと、高鉄棒で懸垂。腕立ては、上から背中を押して負荷をかけ合って」

「ああ……同じ学年の男子の間で腕相撲が流行ったことがきっかけやったよな」

結局、腕相撲ブームはすぐに終わってしまったのだが、せっかくだからこのままマッチョ目指そうぜ、みたいなことになって、何となく卒業直前まで一緒に続けたのだ。腕立て伏せも懸垂も一日一セットずつだからすぐに終わるし、回数が着実に伸びてゆくことでパワーがついているという実感が得られて、それが結構うれしくて続ける動機になった。実際、他の男子と較べると粘児も大串も、明らかに上半身が逆三角形に変化して、一目置かれるようになったのだ。

「高校に入ってすぐ、自習時間中に何人かの男子が腕相撲を始めたことがあったんよ」と大串は言った。「一人、柔道部のごついやつがおって、一気に五人抜きしよったんよ。五人目はラグビー部のやつで、そいつもでかかったけん、苦戦しよったけど結局勝って。その頃には男子の半分以上が周りに集まっとって、すげーとか言うとった。そんなときに、大串も挑戦してみろやって、いらんこと言うやつがおったんよ。俺の体型に気づいて、何かしとるんかって聞いてきたことがあるやつやったけど、多分そのときは俺に恥かかせようとしたんやと思う」

「あれまあ」

「他の連中もにやにやしとったんで、くそって思ってね。でもチャンスかもしれんと考え直して、やることにしたんよ。五人抜きして、最後のやつとは接戦で、これはかなり疲れとるぞと踏んだわけよ」

「ああ、なるほど」

「そしたら何と、勝ったんよ、柔道部のやつに」

「まじで？」

「うん。もちろん簡単には勝てんかったけど、最後には相手の方が力尽きる感じでね。あのときのどよめいたこと。女子とかも目を丸くして俺を見とったし」

「トレーニングの成果やな。腕相撲で使う筋肉は懸垂で鍛えられるし、卒業直前には俺もグッシーも、制服着てても判るぐらいに筋肉ついとったもんね」

「もちろんそれもあるけど、まあ、相手が疲れてるタイミングやったわけよ」大串は笑ってビールを少し飲んだ。「でも勝ちは勝ち。その柔道部のやつもその後ずっと、再挑戦してこんかった。一回きりにしとけば、あのときは疲れてたからって言い訳できるけど、次にもし負けたら、自分の方が弱いって確定するけん、それが怖かったんやろうと思う」

「ふーん、そんなことがあったんか」

「ずっと後で判ったことなんやけど、腕相撲はテコの原理が大きく関係しとるんで、俺みたいに小柄で前腕が短いタイプは意外と有利らしいんよ。でかくて腕も長いやつはひじの角度を広くせんと俺と組めんけど、俺の方はひじを鋭角にできる。相手に手首を握らせて腕相撲をやるのに近い状態になるわけよ」

「おお、言われてみればそうやね」

「何にしても、あの勝利のお陰で高校一年は居心地がよかったよ。みんなの態度が明らかに変わったもん。ちょいちょい俺を馬鹿にするようなことを言うてきとったやつも、その日を境に俺を避けるようになったもんね。中学時代の昼休みのトレーニング、粘児と一緒にやっとったけん続いたんやと思う。粘児が、今日もやる、明日も明後日もやるんが当たり前っていう態度やったけん、俺もそれに引っ張られた感じやったもん。一人やったら絶対に三日坊主で終わっとったと思う」

「そうかなぁ……」

「覚えとらんかもしれんけど、卒業まで続けたら、きっとすげえ腕になるって、お前が目を輝かせて言うたんよ。お前はもともと根気強い男なんよ。釣りしとったときも、陽が暮れそうになってもお前はなかなか帰ろうとせんで、最後にあの辺も探ってみようとか言っとったし、クソ暑い日でも汗だらだら流しながら夢中で釣っとった。俺、もともと飽きっぽいところがあって、何をやっても続かん子どもやったんやけど、粘児とのつき合いを通じて、このやり方が駄目やったら別のやり方をやってみよう、それも駄目やったらまた別のやり方っていうさ……何ていうの？ 簡単に投げ出したらいかん、へこたれたらいかんていうことを学ばせてもらったんよ。そやけん、さっき恩人やって言うたけど、誇張でも何でもなか。本心たい」

大串がブログ『念じて釣れ』にコメントを寄越してきて、連絡を取り合うようになったときは、釣りライターとしてマスコミに登場するようになったから、そういう人間と友達なんだぞというテイを作ってどこかで自慢したいのだろうと、どこか冷めた気持ちでいたのだが、そんなふうに思ってくれていたとは……。

いい友達がいたのだ、こんな近いところに。粘児は、よし明日からさっそく試験勉強に取りかかろうと決めた。

九月末の日曜日は朝から快晴で、過ごしやすい一日になりそうだった。粘児はカップ麺の天ぷらうどんを自室で食べ、長らくご無沙汰（ぶさた）だったダークグレーのスーツを着込んで、洗面所で髪型を整えた。

今日はＮＰＯ法人［まっしぐら］の嘱託職員の採用試験日である。準備はそれなりにできたと感じており、新しい人生がいよいよ始まるのだという、沸き立つような気分だった。

玄関に座り込んで革靴をぼろ切れで磨いていると、玄関ドアにはめ込まれたすりガラスに人影が映り、ドアが開いた。和風の調理服に調理帽、白い長靴をはいた父ちゃんが「試験に行くんやろ。送ってやるわ」と言った。粘児は、最近購入した中古のスクーターで行くつもりだったので、少し迷った。

「送ってもらえるのはありがたかけど、帰りが困るけん、スクーターで行くわ」

「帰りも迎えに行ってやるって。今日は割と暇やけん。午後はもしかしたら天気が崩れるかもしれんて天気予報で言うとったぞ」

試験会場は、なべしま市役所本庁舎の二階会議室である。距離はここから六キロ程度。雨に降られては困るので、申し出に甘えることにした。

用意された車は、宿泊客の送迎用に使っている六人乗りワンボックスカーではなく、食材の運搬などに使っている幌(ほろ)付き軽トラックの方だった。倹約家の父ちゃんらしい選択である。家を出るとき、奥に向かって「行ってくるけん」と声をかけたが、母ちゃんはひなた屋の方にいるようで、返答はなかった。代わりに、いつの間にか玄関横にあるエアコン室外機の上に座っていたトラネコが、まるで見送るかのように目を細くしてこちらを見ていた。粘児が「行ってくるけん」と声をかけると、トラネコは特に何の反応も見せず、置物のようにじっと見返すのみだった。敵意を向けてこない一方で甘えてくる様子もない。その孤高ともいえるたたずまいは、もしかしたらものすごく頭がいいやつなのではないかと思わせるものがある。

狭い助手席に座り、ブリーフケースをひざに乗せる。発進したところで「あのネコ、いつ頃からおるんやろか」と聞いてみると、父ちゃんは「どやったかなあ……一年前、ぐらいか」と答えた。

母ちゃんがときどき、ひなた屋での調理で余った生魚の一部をやるようになったことがきっかけで、あのトラネコはこの辺りに居座るようになったらしい。人を警戒する様子がないので誰かに飼われていたのだろうと父ちゃんも母ちゃんも言っているが、エサをもらってもさほどなつくようなこともなく、常に人間とは一定の距離を保っている様子である。どうやら、よそでもエサをもらっているようなのだが、特定の飼い主というのはいないらしい。名前もないようで、母ちゃんは「無愛想ネコ」と呼んでいる。その割にはこまめにエサをやっているようなのだが。

その後しばらく会話がなかったが、国道に出る手前になって父ちゃんが「受かるといいな」と言った。嘱託職員になるという話をしたところ、父ちゃんは「そうか、そりゃええかもしれんな」と笑ってうなずいた。母ちゃんの方は「あんたがそうしたいんなら、そうすればよか」と、そっけない返事だった。

「多分、大丈夫やと思う」と粘児は答えた。「希望者は年配が多いけど、先方は若いもんを欲しがっとるらしいから。他の応募者と較べたらアラフォーの俺は若造やけん」

「そうか。すまんな、民宿がこんな状態やけん、後を頼むと言えんで。でも、その方が、好きな道に進めるけんな。かえってよかったと思う」

「え？」意味がよく判らなかった。「こんな状態って、どういうことね。経営状態がよくなかったんか？」

「お母さんから聞いとらんやったんか」

父ちゃんが顔を一度こちらに向けた。

父ちゃんと母ちゃんは互いのことを、お父さん、お母さんと呼び合っている。粘児も小さい頃はそう呼んでいたのだが、小学校三年生ぐらいから、クラスメートの影響で、父ちゃん、母ちゃんに変わり、そのまま今に至っている。

「何も聞いとらんよ」と答えると、父ちゃんは「そうか……」と迷いがありそうな間を取ってから、「三年前に、ヒガシヤマダさんの工場が、なべしま市から撤退してしもて、それ以降、長距離走チームの合宿で使ってもらえんようになったんよ」と言った。

「えっ、そうなん？」

「ああ」

食品メーカーのヒガシヤマダは、福岡市内に本社があるが、中核をなす工場がなべしま市内にあった縁で、年に二回、それぞれ一週間ほど、十人前後の陸上部の選手が合宿地として、ひなた屋を利用してくれていたのである。起伏のある周囲の道路が練習にはもってこいだとのことで、三十年以上にわたって利用してくれていたのだ。ヒガシヤマダは、マラソンでは突出した選手は出ていないが、社会人駅伝の男子チームはしばしば大きな大会で上位入賞を果たしていた。

小学生のときに粘児は小遣いをもらってひなた屋で配膳の手伝いをしていたことがあったのだが、ヒガシヤマダの選手だった兄ちゃんたちにはかわいがられ、トランプ遊びに加えてもらったり面白いクイズを教えてもらったりした思い出がある。なのにちゃんと名前を覚えて応援しなかったことを、高校生ぐらいになって遅まきながら後悔したものである。

「それは残念やね」と粘児が言うと、父ちゃんは顔をしかめてうなずいた。こうやってしわやたるみが目立つようになった横顔を見ると、おじいちゃんになったなあと感じる。

「ヒガシヤマダさんが利用してくれとったから、近隣の大学や高校の陸上部もそれを真似(まね)て夏休みなんかに利用してくれとったんやが、それもなくなってしもてね。残るはハイキングやキノコ狩り、山菜採り、あとは野鳥観察の客ぐらいやが、それもエンペラーホテルさんに取り込まれてしまって」

「エンペラーホテル？　佐賀市中心部のあのホテルが、どう関係しとるんかね」

「あそこが三年ぐらい前からハイキングコース入口までの送迎サービスを始めて、客を増やしとるんよ。日中は山林の自然を満喫して、夜になったら立派なホテルで大きな風呂や料理を楽しむ、ってのが喜ばれとるらしい。春はサクラやツツジ、夏は不二川近くの湿地帯に咲くハナショウブやスイレン、秋はモミジやイチョウなどの紅葉、冬はサザンカとかスイセンとか、あと冬に赤い実をつける、あれはナナカマドやったかな？」

「この辺りは確かに、季節ごとにいろんな眺めが楽しめるんやろね。灯台もと暗しで、あんまり興味持たんかったけど」

「エンペラーホテルさんは、ツアーガイドをつけるオプションもやっとんのよ」

「うへえ」

何だ、ひなた屋はとっくに未来など失っていたということか……。

「あのさ」と粘児は尋ねてみた。「俺がこっちに帰って来た日、民宿の手伝いをするって言ったら母ちゃん、男が簡単に夢をあきらめるのか、みたいなことを言い出して、取りつく島もなかったんよ。それってもしかして本当は、民宿を継いでも食っていけんから、わざとあんな言い方したのかな」

「うーん、半々かなあ」父ちゃんはそう言って痰を絡ませるような感じの咳をした。

「お母さん、お前の記事や写真が載った釣り雑誌、ほとんど取っとるよ。押し入れの中にそれ用の棚を作ってね。出演した釣り番組もＤＶＤに焼いて、同じ棚に保管しとる。ああいう人やけん、他人に見せたりはせんけど、寝る前に度数の低い缶酎ハイなんかを飲みながら、その雑誌や番組を眺めとることがあるよ。親とケンカするような形で出て行って、ついに夢をかなえた息子が頼もしくて、本当はうれしかったんやと思う」

「……」

「でも気にせんでよかたい」父ちゃんが気を取り直すように言った。「お前の人生やけん、お前が決めた道を進めばよか。粘児はきっと、釣り以外の仕事に就いても、やりがいを見つけられる男やと思とる」

「そんな、根拠もなしに」

「根拠はあるったい。昔から、お前は独自の楽しみ方を見つける子やった。小学生のとき、怪獣（かいじゅう）消しゴム使って相撲ゲームをしとったやろ、一人で。放っといたら延々と何時間でもやっとったやないね」

「ああ……よくそんなことを覚えとるね」

「他のクラスメートは集めるだけやったけど、お前は下敷きの裏に割り箸を二本、接着剤でひっつけて土俵を作って、指先でトントンやって相撲を取らしとった。もう一心不乱に、全取り組みの決まり手とか勝敗をノートにつけて、番付表まで作っとったもんな」父ちゃんは思い出しているらしく、ぐふふと笑った。「あれを見たとき俺はさ、この子は夢中になることを見つけたら、すごい集中力を発揮するんやなあと感心しよったよ。その後は釣り、そして今度はイノシシのスペシャリストたい。自信を持って前に進めばよか」

粘児は「うん……そうやね」と答えた。父ちゃんとこんなふうにじっくり話をしたのは、久しぶりである。

それまで下り坂だった道路は平野部へと変わった。田畑が多い区域を過ぎると、市役所の庁舎が見えてきた。市庁舎の他、議会棟、市立図書館、市立病院、広めの児童公園などが集まっている場所である。

「父ちゃん、無事就職できたら、イノシシ肉のいいところをひなた屋に回せるようにするわ。それぐらいの裁量は利くやろ」

「それは無理やと思う」父ちゃんは即座に顔を横に振った。「うちは〔まっしぐら〕に出資する余裕なんかなかけん、余り部分しか卸してもらえんのよ。お前が職員になったからって、何とかなるもんやなか」

「え、そうなんか？」

「イノシシ肉のええところは全部、エンペラーホテルに行っとるよ。最近はジビエ料理ってのが全国的にブームとかで、イノシシ肉やシカ肉を使ったジビエコースが人気なんやと。そやけんイノシシの捕獲数がもっと増えでもせん限り、うちには回ってこん」

「エンペラーホテルは〔まっしぐら〕の出資者なんか」

「ああ、それも大口のな。そやけん、エンペラーさんがさらに仕入れを増やしたら、もうこっちは指をくわえて持って行かれるのを見とくしかないんよ」

「そうやったんか……」

エンペラーホテルには、宿泊客も横取りされ、イノシシ肉も上等な部分は持って行かれる。ダジャレのような話だが、ひなた屋にとっては〔宿〕敵。しかし向こうは敵だとさえ認識していないことだろう。そんなホテルにイノシシ肉を販売する法人に就職しようとしているわけか……粘児は心の中で、父ちゃん、ごめんなと詫びた。

日曜日なので市庁舎の正面出入り口は閉まっているが、裏口は警備員が立っており、嘱託職員採用試験会場の案内看板があった。階段を上がって二階の受付で受験票と免許証を提示すると、職員らしき年配女性から、3と刻印された楕円形のプラスチック札を渡されて、「会場に入って、同じ番号の席でお待ちください」と言われた。

中に入ると、長机と椅子が距離を置いて四つ、縦に並んでいて、前の二つが埋まっていた。二人とも見るからに五十代以上。その二人は粘児を見て、ちょっと困惑したような顔になった。えっ、こんな若いのが受けるのか、参ったなあ……そんなところだろうか。

受験者は四人か。こりゃ楽勝だ。粘児は二人に軽く黙礼してその横を通り過ぎ、ほくそ笑みながら席に着いた。

だが、数分経って入室して来た男と目が合い、粘児は一瞬、呼吸が止まった。がっしりした体格、細めに剃(そ)ってつり上がった眉、長めの茶髪。スーツも光沢があり、ホストかと思ってしまいそうな容貌。

相手の方が先に戸惑い顔で「あれ？」と口にし、それから表情を緩めて「受けるの？　まじで？」と言った。見せられたプラスチック札には4とあった。

中学で同級生だった市川茂夫(いちかわしげお)を見上げて粘児は「びっくりやね」と作り笑いで応じた。「こんなところで会うとは」

「釣りのライターをしとるって聞いとったんけど」

粘児の前に座っている男性が横顔を向けた。興味を覚えたというより、試験前におしゃべりか、というクレームのニュアンスを感じた。

「もうすぐ始まるけん」粘児は壁の時計を指さした。「話は後にしよか」

市川は「そやね。じゃあ後で」とうなずいて、後ろの席に着いた。

何で市川が。粘児は心拍数が上がっているのを感じた。

ここにきての突然のライバル出現。市川はどれぐらいの準備をしてきたんだろうか。この男と同じクラスになったのは中二のときだった。市川は当時から体格がよくて、水泳部で自由形の選手として活躍しており、県大会で入賞を果たすなど、ちょっとした英雄だった。何をやらせても器用な男で、文化祭のときに体育館で長渕剛(ながぶちつよし)のナンバーを弾き語りして拍手喝采を受けていた。女子にもモテて、粘児が知っているだけで中学時代に三回、つき合う女子が変わっている。陸上部だった粘児は、短距離走と走り高跳びにはそこそこの自信があったのだが、体育の授業で市川にそのどちらでも負けてしまったことはしばらくの間ちょっとしたトラウマになった。

ずっと不仲だった。当時の市川はまさにイケイケ状態で、こいつはターゲットにできると踏んだのだろう、徐々に粘児に対してちょっかいを出すようになった。最初のうちは、パンチを目の前で止めてビビらそうとしたり、先生が探してたぞと言ってきたので職員室を訪ねたらウソだったりといった程度だったが、それがエスカレートしてゆき、消しゴムを貸してくれと言って奪い取ったまま返さなかったり、他の男子らに指示して粘児を風紀委員に推薦したり、さらには足を引っかけたりしてくるようになった。トイレで小用を足している最中に後ろに引っ張られ、ズボンを濡(ぬ)らす羽目になったこともある。

粘児はそのたびに「つまんねえことすんなや」と言い返したり無視したりしていたのだが、その態度が気に入らなかったようで、市川の嫌がらせはそれからも断続的に続いた。

ため込んでいた粘児の怒りが爆発したのは、冬休み前だった。市川が「おっとっと」とよろけるふりをして粘児の筆箱やノートなどを机からはたき落とした。粘児は「くそがっ」と叫んで席を立ち、胸ぐらをつかんだ。

それまでとは違う粘児の行動に、市川は一瞬驚いたようだったが、すぐに凶暴な顔つきになって「やんのか？」と足をかけてきた。粘児が簡単に倒れないと判ると、今度は腹に連続パンチを入れてきた。近くに座っていた女子らが、きゃあと声を上げ、男子の誰かが「おとなしかった古場君がキレたー」とはやし立てた。

続いて市川が頭を下げ、粘児の腰に腕を回して倒そうとしてきたのに合わせて、粘児の方はヘッドロックで応戦した。その頃はまだ昼休みのトレーニングも始めておらず、腕力がなかった粘児のヘッドロックなど、市川には効かない。市川から足の甲を踏みつけられ、「ああっ」と泣きそうな声が出た。

気がつくと粘児は、市川の頭を抱えていた腕を首の方にずらして、締め上げていた。いわゆる、スタンド状態でのフロントチョーク姿勢だった。そういう技があること自体は、総合格闘技の番組を見て知っていたので、ここぞとばかり絞め上げた。

これが外れたら逆襲されてボコボコにされると思ったので、絶対に放すものかと腕に力を込めて両手をクラッチさせ、上半身を反らせてさらに絞め続けた。

我に返ったのは、「市川が白目むいてるぞ」「死ぬかもしれんぞ」などの声を聞いてだった。確かに市川の全身からは力が抜けていて、重くなっていた。

腕の力を緩めると、市川はそのまま前のめりに倒れた。女子らが悲鳴を上げ、教室内は騒然となった。

失神した市川は幸い、ほどなくして意識を取り戻した。

粘児はその後、職員室で事情を聞かれ、ケンカになった経緯を説明した上で、市川の頭を抱えて力を入れていたら失神してしまったと説明した。実際、フロントチョークをかけるつもりだったわけではないし、まさか失神するとは思いもしなかった。

体育の教師らから、一歩間違えたら命にかかわることだぞ、と怖い顔で説教されたものの、後で他の生徒たちからも話を聞いて、市川の方が以前からちょっかいを出していたということが判ったため、それ以上のおとがめはなくて済んだ。

それ以降、同級生たちとの関係が変化した。みんな粘児のことを避けたり、どこか気を遣う態度になったりした。大串ら釣り仲間とはそうでもなかったが、他の連中たちからは、あいつはキレたらヤバいやつと認識されるようになったようだった。

市川は、それからはちょっかいを出してこなくなった。最初のうちは、復讐(ふくしゅう)しようと企んでいるのではないかと警戒していたが、卒業するまで、粘児とは目も合わせない態度だった。みんなの前で恥をかいてメンタルをやられたのか、妙におとなしくもなった。水泳では三年生のときも活躍したようだったが、以前のようなイケイケ感が消えた。高校は別々だったので、その後は会うこともなくなった。

その市川と、こんなところでライバルとして再会するとは。

腐れ縁とは、こういうことをいうのだろうか。

3

筆記試験はおおむね事前に勉強しておいたとおりの内容だった。正解したかどうか自信のない問題もあったが、大串からは昨夜あらためて、筆記試験は七割前後の出来映えで大丈夫、面接が肝心だからと言われたので、気にすることはないと思い直した。

次の個人面接が始まるまでの休憩時間を利用して、廊下の隅に用意してあったパイプ椅子に腰かけて、市川と話をすることになった。

「いやあ、びっくりしたわ」と先に市川が切り出した。「二年半ほど前、中学卒業時のクラス同窓会があって、そのときに古場の話題が出たんやけど、釣りライターとして活躍しとるって聞いてたから。そやけん俺、佐賀市内の大型書店で調べてみたら、釣り雑誌に大きく、古場がナマズ釣り上げてる写真が載ってて、文章も古場が書いてたんで、ああ、ほんとや、すげえって思ったんよ」

「確かにそういう仕事をやっとったけど、契約しとった釣り雑誌が連続して廃刊になってしもてね。結局、釣りライターとして食えたのは、ほんの数年やったよ」

「そうやったんか。それは残念やね」市川は声を落とした。「古場は高いステージで頑張っとるんやなって、陰ながら応援しとったんけど……」

またただ。大串といい、市川といい、勝手に他人の人生に期待して、勝手に落胆してる。しかもそれをわざわざ本人に言う。粘児は心の中で軽く舌打ちした。

少し間が空き、市川が気を取り直すように「それで帰省して、〔まっしぐら〕で働くことにしたとね」と聞いた。

「うん、たまたま嘱託職員の募集を見つけてね」

大串に紹介されたことは言わないでおいた。中学時代、大串も市川のことは嫌っていた。

「実家、民宿やったろ。継ぐっていう話はないんか」

「詳しかね」市川とは不仲だったので、そこまで知られていることに少し違和感を持った。

「同窓会のときに知ったんよ。古場がおったクラスやないのに、古場の話題で持ちきりやったもん。俺らの同窓生の中で、マスコミに登場する存在になったんは古場だけやったし」市川はそう言ってから「釣り番組にも何回か出てたんやろ、ごめん、見てはないんやけど」とつけ加えた。

「市川はどげんしよったとね？」

「俺は体育教師を目指して体育大学を受験したけどダメで、福岡市内の私立大学を卒業して金融関係の会社に入ったけど面白くなくて数年で辞めて、それからはずっと博多のスポーツクラブでスイミングのインストラクターしとったんよ」

「へえ。そう言うたら、水泳が得意やったよね」

「ちゅうても県大会レベルやったけん。高校一年のときにはもう、全国レベルの選手になるんは無理やって思い知らされた。結局はちょっと水泳が得意な人間ってだけよ」

「文化祭のときに長渕の弾き語りやったのを覚えとるよ。女子がキャーキャー言うとったよな」

「やめてくれ。恥ずかしか」市川は肘で粘児の腕を突いた。

「今はもうやっとらんと？　ギターは」

「たまに気が向いて引っ張り出すけど、人前で弾けるようなレベルやなかよ」

「中学のときはみんなの前でやっとったのに？」

「あんときは馬鹿やったけん、できたとばい。ある程度上達してきたらさ、もっと上手いやつがこん中におって、鼻で笑いよるんやないかって、そんなことを考えてしまうようになるもんよ」

　そういうものかもしれない。

「スイミングのインストラクターはそこそこ楽しかったけど、給料が安くてねー」と市川は続けた。「いつまでも続けてられる仕事やなかったよ」

「そっちの業界のことはよう知らんけど、そんなに待遇悪いんか」

「悪いね。職場の先輩で、インターハイ優勝した人がおったんやけど、その人も辞めて、今は置き薬の会社で営業やっとるぐらいやもん。体育の教師、あきらめんで浪人してでも目指すべきやったと後悔しとるよ」

　かつては学年で最も自信に満ちた顔つきをしていた男が、自嘲気味に笑っている。この男はこの男でいろいろあったらしい。

　個人面接も無難に終えることができた。志望動機について粘児は、地元の野山で遊んで育ったこともありイノシシによる農産物被害が深刻化していることについて以前から関心を持っていたこと、イノシシ肉の有効利用は町おこしにもつながる方策だと考えておりその一助になりたくて志望したと話した。面接官から、イノシシの解体という作業にはそれなりの覚悟が必要だと思うが続ける自信はあるかと聞かれて、調理師専門学校で魚だけでなくニワトリやアヒルをさばいた経験もあるのでもともとあまり抵抗感はなく、むしろ強い興味を持っていることを強調しておいた。面接官の心証も悪くないようで、穏やかな雰囲気で、数分で終了した。

続く集団面接は、四人の受験者が番号順に横一列に着席し、向かいに並ぶ四人の面接官から順に質問をされて答えるという形だった。一応、一人ずつ均等に質問がくるが、他に意見がある人は挙手して答えてもよい、との説明を受けた。

面接官の中で最も若く見える色白の男性職員が、「では、これより集団面接を始めます」と口火を切り、手元のカンペに目を落とした。

「えー、全国的にはシカによる食害が問題になっておりますが、佐賀県内にシカは今のところほぼ生息しておりません。その代わりにイノシシが増えて農作物を荒らし、ときには住宅街にも出現して騒動になることがあるため、県及び県内各自治体は駆除に力を入れるようになりました。その中で、単に駆除するのではなくイノシシ肉を有効利用して経済の活性化も目指そうではないかということになり、約五年前、なべしま市ではＮＰＯ法人という形でイノシシを解体処理する施設［まっしぐら］が設立されました。一番の方、なべしま市内でのイノシシ捕獲の現状について、何か問題点をお感じになっていることはありますか」

一番の男性の「えっ」という声は、粘児の心の声でもあった。

そんな質問がくるのか。粘児が準備してきたことは、イノシシの捕獲方法、解体方法、ジビエ料理の種類など一般的なことのみで、「まっしぐら」にまつわる実態など、詳しくは知らない。

背中に汗が噴き出すのを感じた。

「イノシシ捕獲の現状についての問題点ですか……」一番の男性は時間稼ぎをするように質問を復唱して間を取ってから、「佐賀に限らず全国的に、猟友会のメンバーが高齢化していることがまず問題だと思います。動物を銃で撃つという行為にはですね、えー、世間の冷たい目というものもありまして、特に今の若い人たちはやりたがらんわけです。もちろん、逆にやりたくて新たに狩猟免許を取得する若い人もいることはいますが、昔と違って、そういうのは一握りの変わり者です。昔は山で生まれ育って山の恵みによって生活するのが当たり前やったけんですね、狩猟は決して特別なことじゃなかったとです。しかし今はそういう時代やなくなって、動物を撃つのは残酷だとか、かわいそうだとか言われてしまう。そやけん猟友会のメンバーが減り続けとる。イノシシを捕獲できる人が減るということは、イノシシ肉の供給も伸ばしてゆくことが難しいってことになります」

　おっ、何か上手いこと切り抜けた感じだな。なるほどそういう感じで答えればいいわけかと粘児は納得し、少し安心した。以前から考えていたイノシシにまつわることを思い出せば、答えらしきものはひねり出せそうだ。

「このままではイノシシの捕獲数を保てなくなり、そうなると〔まっしぐら〕の存在理由が危うくなる、そこが問題点だということですね」と若い面接官が助け船を出すような尋ね方をすると、一番の男性は「そうです、そうです」とうなずいた。

「二番の方」と若い面接官が隣の男性に視線を向けた。「イノシシの捕獲数が今後維持できなくなるかもしれないという意見が出ましたが、どうお感じですか」

「あ、私も……ええ……同感です」

「イノシシ肉の供給量を維持する、あるいはより増やすために、何が必要だと思いますか」

「そうですね……自治体がもっと、補助金を出した方がええんないですか。沖縄ではハブを一匹捕獲するごとに何千円かもらえると聞いとります。イノシシでもそういうのんをやったら、ええアルバイトになるんで、いっちょう狩猟をやってみようと思う人が増えるんないかと思います。」

「三番の方はいかがですか」と若い面接官が粘児を見た。「一頭捕獲すればいくらの補助金、という方法について、何かご意見は？」

おお、何とかなりそうな質問だ。粘児は「はい」とうなずいてから切り出した。

「補助金は、なべしま市や佐賀県の厳しい財政状況を考えると、簡単に通る話ではないように思います。県内の自治体によってはイノシシ防護柵、つまり金属製の頑丈な柵ですね、これで農作物被害を大幅に減らすことに成功しているようですので、捕獲への補助金よりも防護柵の方が先だろうという議論が出てくると思います。防護柵は一度設置すれば、メンテナンスは必要だとしても、ずっと使えますし、電気柵や忌避剤よりも有効だと聞いてます。一方で捕獲の補助金は延々と支出が続きます。また、野生動物を殺すために予算をつぎ込むとなると、市民からの反対が上がることも懸念されます」

二番の男性がちらとこちらを見たようだった。自分の回答を否定された形になり、気分を害したのかもしれないが、遠慮などしていられない。

「三番の方、ではイノシシ肉の安定供給のために何が必要だと思いますか？」

「まず、前提として忘れてはいけないのは、なべしま市内あるいは佐賀県内でイノシシが繁殖し過ぎて農作物が荒らされており、その被害をなくすために何をすべきか、という問題です。農家従事者が高齢化し跡継ぎもいないケースが増えて拡大している農作放棄地がイノシシの隠れ場所、あるいは通り道になって、麓の田畑にまで出没するようになったと言われています。防護柵の整備と合わせて、この農作放棄地を減らす努力、例えばレンタル農地として整備するなどの方法でイノシシの生息数を減らせるのであれば、そういった方策も進めてゆくべきだと思います。〔まっしぐら〕はイノシシ肉の消費拡大あるいは取扱量の増加を目指す立場ですが、そのために生息数が増えていいという立場を取るのは、自治体からも出資してもらっている手前、ちょっとまずいかと思います」

「確かにそうですね」と年長の面接官がうなずく。「イノシシの生息数は減らさなければならない、その努力を続けつつも、〔まっしぐら〕としてはイノシシ肉の販売を拡充したい。矛盾しているようですが、その折り合いを何とかつけなければなりませんね。その前提で、捕獲数を維持する、あるいは増やすためには、どのような手があるでしょうか」

「猟友会の高齢化と人員の減少はおそらく止められないので、今後は、箱わなによる捕獲が主流になってゆくと思います。例えば農家の方々に助成金を出すなどして箱わなの狩猟免許を取得してもらえば、捕獲数を増やすことができるのではないかと」

なかなかの模範解答とはいえまいか。粘児は心の中で、よし、とガッツポーズを決めた。

「三番の方、箱わなによる捕獲の拡充によってシシ肉の供給量を増やすことができたとしても、需要が増えなければ供給過多となり、値崩れや売れ残りといった問題が発生するかもしれません。需要を増やすために必要なことは何だとお考えでしょうか」

「えー」粘児は軽く咳払(せきばら)いをした。「最近のジビエブームが尻すぼみにならないように、いろいろと仕掛けてゆくのはどうかと。B級グルメ選手権とかラーメンまつりなど、食べ物関係のイベントはマスコミも熱心に取り上げてくれますし、世間の注目度も高いようなので、ジビエ料理にまつわるその手のイベントを定期開催することを提案したいと思います」

　これは、試験勉強中に、ちらっと考えてみたことだった。

「ほう」と年長の面接官が興味ありげな反応を示した。「イベントの内容について、より具体的なアイデアがあれば、お聞かせいただけますか」

「大勢のお客さんに来てもらって、食べていただくためには、高級料理としてよりも、B級グルメ的な位置づけの方がいいと思います。ジビエ食材を使ったワンコイン料理選手権みたいな。イノシシ以外のさまざまなジビエ食材も一堂に会する形でイベントを定期開催し、なべしま市がジビエ料理の先進地だというイメージ作りに成功すれば、観光客誘致にもつながりますし、新たな地場産業を生み出すきっかけにもなるのではと」

　面接官たちが一様にうなずくのを見て粘児は心の中で、ふうと息をついた。何とかなった。もしこの発言が上に届いて、本当にイベント開催が検討されるようになったら、市は当然、言い出しっぺの人物を放ってはおけないだろう。

「四番の方」と再び若い面接官が口を開いた。「ジビエ料理関連のイベントを開催するということについて、何かご意見はありますか」

「はい」と市川が力のこもった返事をした。「その手のイベントに人が集まって、なべしま市の知名度が上がったり経済効果が得られたりすれば大変結構なことですが、ジビエ食材というもの自体、あまり種類がありません。ほとんどイノシシとシカですからね。例えばイノシシ肉やシカ肉を使ったハンバーガーだとかケバブサンド、カレーなどを提供した場合、最初のうちは注目を浴びるかもしれませんが、食べてみたら牛肉や豚肉よりも断然美味しいというほどでもない、ちょっと珍しいだけだということにみんなが気づくでしょうし、捕獲と独自の解体処理という工程があるので牛肉、豚肉、鶏肉などの家畜肉と較べるとどうしても割高になってしまう。飽きられるのも早いだろうという気がします。食にまつわるイベントというのは全国各地でたくさん開催されてきましたが、本当に成功したといえるのはごく一部で、多くは自治体の財政に負担をかけただけに終わっています。よそでやってるからうちでも類似のイベントをやりましょうという考えは、いかがなものかと思います」

やっべー、全否定されてる。しかも市川の言葉は論理的で、事前にしっかり身につけた知識の裏付けがあるようだった。粘児は全身が硬直してゆくのを感じた。

「もう少しよろしいでしょうか」と市川はさらに続けた。「ジビエ食材としては他にカモ、キジバト、ノウサギなどもありますが、仮にイベントを開いてそれらの食材も取り扱うとなると、別の問題点も出てきます。イノシシやシカは農作物被害をもたらす存在なので駆除を兼ねて食材として有効利用しましょうということについては市民から一定の理解が得られますが、カモやノウサギは人間にとって不利益をもたらす存在ではなく、生息数が増えているわけでもありませんし、むしろ世間的にはかわいい小動物と認識されています。山で暮らす人が生きるために捕獲して食べるのならともかく、食べて楽しみましょう、みたいな感じのイベントをやると、動物愛護の観点から批判を受けることになると思います。ハトやアヒルにボウガンの矢が刺さっているのが見つかるとマスコミや世間が大騒ぎするご時世ですから、慎重に考えた方がよいかと」

面接官たちが顔を見合わせてうなずきあっている。まさか嘱託職員の面接で、そこまで切り込んだ意見が出るとは思いもよらず、驚いているようだった。

年長の面接官が「では四番の方、イノシシ肉の供給量を増やしたり新たな需要を喚起するために、何が必要だとお考えでしょうか」

「まず、イノシシの捕獲が箱わな中心になることで、食材として使える部位を大幅に増やすことが期待できます。銃で仕留める場合はできるだけ身体は無傷の状態にする必要があり、要するに頭を撃たないと食材にできる部分を確保できなくなるわけですが、山林の中を行動中のイノシシを撃つとなると実際にはそれが難しく、結果的に内臓にも当たって大腸菌が飛び散り、食用に使えないというケースが多いと聞いております。その点、箱わなだとそういうロスを防ぐことができるので、捕獲数が仮に横ばいだとしても、食材としての取扱量は確実に増やせるはずです。ただしその場合、箱わなにかかったイノシシは、肉質の劣化を防ぐために、すぐに頭部を撃ち抜いて仕留め、できるだけ早く〈まっしぐら〉の施設に運び込んで解体処理することが必須条件となります。わなにかかったイノシシは暴れて打ち身になり内出血を起こしたり、体温が上がっていわゆる蒸れ肉となってしまうと臭みが増して食べられなくなりますので」

「そうですね」と年長の面接官が大きくうなずいた。「今のところ、使えるイノシシ肉は体重の二割程度で、残りはペットフード業者にただ同然で引き取ってもらっているのが実情ですが、もっと多くの部位を食材に使えるようになると、〈まっしぐら〉も市の補助金に頼らず黒字経営が可能になる」

「そのとおりです」と市川が自信に満ちた声で応じる。「それと、〈まっしぐら〉では現在、部位ごとにスライス加工して冷凍パックしたシシ肉を県内の飲食店に販売しているのみですが、新たな需要を喚起するために、市内の加工肉メーカーに委託してハム、ソーセージ、ジャーキーなどを製造販売することを提案したいと思います。例えば、なべしま市内で収穫したハーブ類を使ったイノシシ肉ソーセージなど、ネーミングや売り方次第で、なべしま市を代表する特産品としてロングセラーになることが期待できますので」

「うん、うん」と年長の面接官が長机の上で少し身を乗り出した。「ふるさと納税の返礼品とか通販とか、いけるかもしれませんよね、それは」

「もう一つ、いいですか」と市川はさらに言葉を続けた。「イノシシ肉を供給する法人であることと矛盾するかもしれませんが、イノシシによる獣害を減らすために、イノシシの頭数そのものを減らす試みもやるべきではないかと考えます」

年長の面接官が「と言いますと?」と困惑顔になった。

「イノシシの頭数が増えて獣害件数も増えている最大の理由は、山林に生息するイノシシが簡単に田畑や民家の周辺までやって来て食べ物にありつくことができるようになったからだと言われています。かつては山林と田畑との間には、近隣住民の手によって草木を刈るなど手入れがなされ、それがいわゆる緩衝地帯となってイノシシの侵入を抑えていました。警戒心の強いイノシシは、人間から丸見えになるのを嫌いますから、簡単にはやって来ることがなかったわけです。ところが最近は農家の方々が高齢化し後継者もいないため耕作放棄地が増え、そこに草木が茂ってしまいイノシシたちにとっては絶好の出入り口となってしまっています。多くの専門家は、田畑を柵で囲むよりも昔ながらの緩衝地帯を作る方が有効だと指摘していますので、なべしま市でも緩衝地帯を作ることに予算をかけた方が有効ではないかと考えます」

「そうなると」と若い面接官が言った。「結果的にイノシシの捕獲数が減って、〔まっしぐら〕の事業は縮小されてしまう、ということになりませんか」

「事業の内容を見直すことも検討してはいかがでしょうか。つまり、イノシシ肉を販売することにこだわりすぎず、耕作放棄地を刈って緩衝地帯を作り獣害を確実に減らすことをもう一つの事業の柱とし、そちらの実績を上げてゆくことができれば、他の自治体から次々と受注件数が増えるのではないかと」

面接官たちが「ほおーっ」と声を漏らした。若い面接官が「つまり、緩衝地帯を作る事業を拡大させてゆくことができれば、〔まっしぐら〕の事業はむしろ安定的に成長させることができるのではないか、ということですか」と聞き返した。

「はい」と市川は大きくうなずいた。「事業が軌道に乗れば、その間に並行して、例えばミドリガメなどの外来生物を駆除したり繁殖を抑えたりする事業も検討してみるなど、広く獣害対策に対応する専門業者としてビジネスチャンスを広げることもできると思います」

こりゃ駄目だ、完敗だ。

もはや悔しさなど感じなかった。市川がここまで勉強して、確固たる意見を持っていることにただただ驚き、敬意を表するしかなかった。この男こそ「まっしぐら」に就職させるべきだ。自分が面接官ならそうする。

それに較べて自分はどうだ。年齢だけで採用してもらえるという甘い考えで、ちょこちょこっと薄い問題集をこなし、ネットから情報を仕入れただけで、人生を決める試験の場にのこのことやって来ただけ。

粘児は自分のいい加減さが恥ずかしく、どこかに隠れてしまいたかった。

帰るとき、階段を下りる途中で市川が追いかけて来て「すまんな、あんな感じになってしもうて」と言ってきた。粘児は話をする気にならず、「いや、そんなことを気にする必要はないって」とろくに相手の顔も見ないで片手を振り、「悪いけど、この後用事があるんで、失礼するわ」と振り切るような感じで階段を駆け下りた。

市庁舎の駐車場に出て、スマホから父ちゃんにかけた。ちょうどこちらに向かっているところだという。市川に追いつかれてまた話をしたくなかったので粘児は、児童公園前に車を回してほしいと頼んだ。

スマホをブリーフケースにしまってため息をついた。見上げると、いつ降り出してもおかしくないような厚い雲が空を覆っていた。

駐車場を取り囲む低い植え込みの中に、空のペットボトルが埋まっているのを見つけた。

手を伸ばしてそれを拾い上げ、両手で潰した。見回すが、近くに専用のゴミ入れがないので、もう一度ため息をついて、それをブリーフケースに入れた。

長年、釣りの最中にゴミを見つけたら拾って持ち帰るという習慣が身についたせいで、釣り場でなくても身体が勝手に反応してしまう。テレビに登場する一線級のアングラー（釣り師）たちもみんなこの習慣が身につくという。残念ながら、一部の心ない連中によって、古くなった釣り糸やハリ、ルアーの包装袋などがしばしば水辺に放置され、釣りのイメージ悪化を招いているという現状があるため、釣りの世界で先頭に立つ人間は率先して手本を示さなければならない。

何やってんだろ。もう釣りで食っていくことなんかあきらめたのに。

少し歩くとまた、植え込みの中にゴミを見つけた。今度は潰れた乳酸菌飲料の紙パックである。つかんで振ってみて、中に液体は残っていないことを確認し、これも潰してブリーフケースに納めた。

その後はもう、植え込みの方を見ないようにして、足早に児童公園へ向かうことにした。

小さく、遠雷の音が聞こえた。

夜に、大串からスマホに電話がかかってきた。粘児は自室でコンビニ弁当の夕食を終えて、歯のすき間に詰まった鶏肉の筋らしきものを楊枝で取っていたところだった。

市川が受験したことを大串は知らなかったようで、粘児からざっと話を聞いて「まじか……」と漏らしてからしばらく絶句していた。

迎えに来てくれた父ちゃんの軽トラックに揺られながら心の中に広がっていったのは、自己嫌悪だった。何で素直に負けを認めて「市川が合格すると思う。頑張れよ」と握手の一つもできなかったのか。何て器の小さな人間なんだろうか。

大串は気を遣ってか、「でも、市川を採用するとは限らんとよ、こいつを雇ったら生意気な意見を言ってきそうだ、扱いにくそうだってなって、敬遠される可能性もあるけん。飲食店の求人なんかで初心者歓迎って書いてあるのんと一緒で」と言った。飲食店などによくある〈初心者歓迎〉という表現は、なまじよそで経験を積んだ人間はいったん覚えたやり方に固執して店主の言うことを聞かないことが少なからずあるからだという。

ほんの少し、大串の言葉で期待を持った粘児だったが、五日後に届いた不採用通知を見て、力なく笑った。ネットで市のホームページを調べると、やっぱり採用者として市川の名前が掲載されていた。

直後、大串から〔環境センターで近々、嘱託職員を採用する予定があるって。こっちも試験と面接あるけど、職員の知り合いが圧倒的有利なんよ。口利いてみようか？〕という内容のＬＩＮＥが届いた。市民から持ち込まれた大型の不燃物を解体分別する仕事だという。特に興味を覚えるようなものではなかったが、粘児はほとんど迷うことなく〔頼むわ。すまんな、いろいろと。〕と送った。自分のスキルを活かせる仕事ではなさそうだったが、子どもの頃は壊れたおもちゃを分解して遊ぶのは割と好きだったから、あまりストレスは感じないで済むかもしれない。大串からは〔気にするなって。〕と返ってきた。

十月上旬のその日の午後は快晴で、風もない穏やかな気候だった。なべしま市の平野部は、田畑や住宅地の中を網の目のように水路が広がっている。粘児は、和菓子店の裏を通る幅五メートル程度の水路のコンクリート護岸に腰を下ろして、ヘラブナを釣るために竿を出していた。

ここは中学生時代に見つけた数あるポイントの一つで、寄せエサを撒(ま)かなくてもヘラブナとマブナがよく釣れる。それは今も変わりないようで、開始三十分で八尾釣り上げることができた。ヘラブナが六尾、マブナが二尾。うち、三十センチオーバーのヘラブナが二尾。上々の釣果である。ヘラブナはマブナよりも体高があり、平均してサイズが大きい。

佐賀平野水系にはヘラブナとマブナが混在しているが、粘児の感触としてはヘラブナの方が多い。ヘラブナはもともと琵琶湖水系に棲むゲンゴロウブナがルーツだが、日本独自のゲームフィッシングとして発展してゆく中で全国に拡散したとされる。

この場所でよく釣れるのは、和菓子店からの排水に秘密がある。足もとの排水パイプから、甘い香りが漂う濁った液体が断続的に流れ出ており、甘いデンプン質が大好きなヘラブナやマブナが寄って来るのである。

岸から水面までは、一メートル程度の高低差しかないが、水面がほどよく濁っているため、護岸に座っていても魚には気づかれにくい。魚は基本的に警戒心が強く、水面に人影が映るとすぐに逃げてしまうものだが、濁りがあると安心してエサに食いつく。

手にしているのは二・七メートルの清流竿。振り出し式で、収納すれば四十センチ程度にまとまる。ウキは朱色の小さな発泡ウキ、ハリは先端部分に返しがないスレバリ。釣りの多くで使われるハリは、魚の口にかかったハリ先が抜けないよう、小さな返しがついているが、フナを釣るときにはキャッチアンドリリースが前提なので、魚にダメージを与えないためにスレバリを使うのが基本である。返しがあると、ハリを外すのに手こずることが多く、魚を水に戻すまでの時間ロスが増えてしまい、魚体にダメージを与えることになる。なので粘児はフナに限らず、ライギョやナマズなどを釣るときもスレバリを使ってきた。

発泡ウキが細かく振動し、波紋(はもん)が起きた。これはフナがエサをつついているだけでまだ吸い込んではいない状態である。ウキがはっきりと沈んだり横向きに倒れるまでは我慢しなければならない。

ウキの浮力は最小限にすることが肝要となる。浮力が弱いとエサを多めにつけただけで沈んでしまうし、浮力が強すぎると魚が食いついてもウキが沈まず釣り上げるタイミングが判りづらい。ぎりぎりの浮力でかろうじて浮いている状態がベストである。

エサは釣具店でも売られているイモ練り（練ったサツマイモ）を粘児は愛用してきた。ヘラブナ釣りでは穀物の粉やサナギ粉を配合した専用のエサが市販されており、それをボウルに入れて水で溶き、耳たぶぐらいの柔らかさになるまで練るのが本式で、一か所に腰を据えて、ばらけエサのハリの下に食わせエサのハリという二段式の仕掛けで行うものとされているが、水辺を歩き回って釣るというウォーキングフィッシングを提唱してきた粘児は、ラップにくるんだ練りイモやマッシュポテトをポケットに忍ばせるだけで釣ってきた。ポイントさえ間違えなければ、それで充分に釣れる。

ウキがすっと沈んだ。そのタイミングで右手のグリップを利かせて竿をひょいと立てると、たちまち魚が抵抗する感触が手に伝わってきた。このぐぐっとくる感触がフナ釣りの魅力である。〔釣りはフナに始まりフナに終わる〕と言われてきたのは、初心者でも簡単な道具で釣れて、その後スポーツフィッシングや磯釣り、船釣りなどさまざまな釣りに手を染めるようになるとしても、年を取ればまたフナ釣りに戻る、という意味である。とにかくこのフナがかかったときの特有の感触は、年齢に関係なく魅力がある。

しばらくの間、引きを楽しんでから、さらに竿を立てて魚を寄せた。横に置いてあった、把手のついた魚釣り用の網を左手でつかんで、魚を取り込む。

白銀色がまぶしいヘラブナだった。大きさは三十センチ弱ぐらいだが、形が整っていて色がいい。まるでプラチナ板で作った鎧をまとっているようである。

ヘラブナは口をへの字に曲げて、ぎろっと見返している。粘児は「へへえ、そんな顔したってお前の負けー」と声をかけた。

立ち上がって、網の上に横たえたヘラブナの写真をスマホで撮影してから、手でハリを外し、網でそっと水の中に戻した。ヘラブナはゆっくりと遠ざかってゆく。

腹がぐーっと鳴った。まだ昼飯を食っていない。腕時計を見ると、午後一時半になろうとしていた。

空腹がきっかけで、そういえば佐賀県では昔から〔ふなんこぐい〕と呼ばれるフナ料理があったことを思い出した。毎年一月下旬になると今でも佐賀西部の鹿島市方面では朝市で生きたフナが売り買いされている。専門学校生だった頃に、郷土料理についてレポートを書く題材にしようと思って取材に出向いたことがあるが、ヘラブナもマブナもあまり区別せず売られていた。味に違いはないということだろう。

そのときは、地元の料理店に頼んで、食べるついでに調理過程も見せてもらった。驚いたのは、生きたままのフナを昆布で巻いてかんぴょうで縛り、大鍋に投入して煮るというワイルドな調理法だった。店や家庭によって作り方には差があり、事前にウロコや内臓を取る方法もあるようだが、主流は生きたまんまだと、店のおばさんは説明してくれた。味付けは味噌、酒、砂糖、唐辛子など。粘児が食べたときは、合わせ味噌が使われていた。フナの他にダイコン、レンコン、ゴボウなども一緒に煮て仕上げる。

食べてみると、ウロコは溶けてゼラチン状となり、骨も柔らかくて、印象としてはサバ味噌の昆布巻き(こぶまき)に似ていた。生臭さが全くないのは、フナの鮮度がよくて、一緒に煮た根菜類の味が染み込むからだろう。フナという魚の印象が大きく変わった体験だった。

なべしま市周辺の平野部でも昔は〔堀干し〕と呼ばれる、水路を堰(せ)き止(と)めて水を抜く方法で、タンパク源として淡水魚やエビなどが採取されていたというから、この辺りでもかつてはフナも普通の食材だったはずである。時代劇を見ていたときに、飲み屋でフナの甘露煮を注文する場面があったので、江戸の町でもフナは普通に食べられていたようだ。

とはいえ、仮にひなた屋の食事メニューに「ふなんこぐい」を加えたとしても、注文してくれるお客さんはほとんどいないだろう。粘児が取材させてもらった店のおばさんも、年に一度の恒例行事として、季節を味わうために食べに来る人ばかりで、それ以外の時期に「ふなんこぐい」の注文が入ることはないと言っていた。

しかし、もしかすると、ネーミング次第では需要を掘り起こせるのかも……。

粘児はイズミダイの例を思い出した。回転寿司のネタとして提供されているイズミダイは、ティラピアというアフリカ原産の淡水魚である。日本国内でも地域によっては繁殖している魚で、見た目も生態もブルーギルと似ている。粘児も何度か回転寿司店で食べたが、味も食感も確かにタイの仲間だと勘違いしてしまうほどで、イズミダイとは上手い名前を考えたものだと感心させられた。

イズミダイはまだいい。淡水魚であることを匂わせる名前だし、別称を用いているだけなのでウソをついていることにはならない。しかし店によっては南米原産の淡水魚ペヘレイを堂々とサヨリと称したり、アカマンボウをネギトロとして出したりしている。こうなると詐称に近い。

そんなことをぼーっと考えている自分に気づき、粘児は再びイモ練りをハリ先につけ、仕掛けを投入した。

次で〔つぬけ〕となるので、今日はそこで竿を納めることにした。

釣り人の間では、釣れた数が十尾になることを〔つぬけ〕と呼んで、釣果として自慢できるかどうか、楽しめたかどうかの目安にする。一から九までは、一つ、二つ、と〔つ〕がつくが、十にはつかないというのが語源である。

粘児はウキを見つめながら、「はあ」と大きくため息をついた。

こういうのを現実逃避というのだろう。引きこもる代わりに釣りに逃げている。

昨日は地元のラジオ局から、残念ながら契約社員としての採用は見合わせることとさせていただきます、というメールがスマホに届いた。〔まっしぐら〕はどうせ駄目だろうと判断して、合否の連絡をもらう前にラジオ局の面接を受けたのだが、撃沈。面接時には釣り雑誌に寄稿した記事のコピーや釣り番組に出演したときのDVDなどを提出して、原稿書きでもレポーターでもできますとアピールし、好感触を得たと思ったのだが……。

こうなったらもう、やりたいことや得意なことにこだわるのをあきらめて、普通に仕事を探すしかないか……贅沢を言わなければ、仕事自体がないわけではない。大串が紹介してくれた、環境センターの嘱託職員を本気で目指すとするか。

釣りは無心にやるべし。あと一尾で終わりにしようなどと余計な邪念に囚われたのがよくなかったのか、その後はウキをつつく気配があるものの、明らかにクチボソ（モツゴ）などの小魚の仕業で、フナたちはいなくなってしまったようだった。要するに、近くで仲間たちが釣られてることに気づいて、警戒するようになった、ということだろう。

「ま、九尾釣れたんだから、よしとしよう」とつぶやいたとき、カーゴパンツのポケットの中のスマホが振動した。取り出して画面を見ると、最近互いに口を利かなくなっていた母ちゃんからだったので、妙な胸騒ぎがした。もしかして、実家の部屋に住むのなら家賃を払え、とでも言われるのではないか。

「粘児。父ちゃんが入院することになったんよ」

「ウソ」

「誰がそんなウソをつくもんかね。あんた今どこ？」

「市内におるけど。父ちゃん、病名は何かね」

「化膿性脊椎炎やて。昨夜から腰が痛いって言いよったけん、疲れが腰に出たんやろかと思って市立病院で調べてもらったら、血液検査でそういう結果が出たと」

「もしかして、ヤバい病気なんか」

「脊椎を中心に悪い菌が繁殖しとったらしいんやけど、先生が言うには、抗生物質の点滴を十日ほど続けて菌を退治すれば大丈夫やて。手術とかはせんでええって」

「あ、そうなん」ほっと胸をなでおろした。「それにしても、何でまたそんな病気にかかったんかね」

「原因ははっきりせんのやけど、宿の周りの草むしりしよったときに手を怪我しとったけん、それが原因かもしれん。黄色ブドウ球菌っていうの？　その辺の土の中に普通にある菌らしいけど、身体が疲れて弱ってるときには、ちょっとした傷口から入って身体の中で繁殖することがあるんて。化膿性脊椎炎は感染の原因が判らんでも、治療法は判ってるから心配なかって先生が言いんさったよ」

「そう。なら不幸中の幸いたいね、そういうことなら」

「ところであんた、その間、アルバイトしてくれんね」

「はあ？」

「民宿の厨房スタッフたいね。調理、皿洗い、食材の仕入れ。その辺の飲食店よりはよかバイト料払ってやっけん。今日は予約がないけんよかけど、明日から頼みたいんやが」

「おいおい、何かね、それ」粘児は口をとがらせた。「俺が民宿の手伝いを申し出たときは、けんもほろろに断ったくせに、今頃になって手伝ってくれってか」

「あれは、跡を継ぐことなんか考えんで自分の道を探せって言いよっただけたい。これはあくまで一時的なアルバイトとしての話やろ」

「そういうの、屁理屈っていうんやなかね」

「別に嫌ならよかよ、他を当たるけん」

家業の非常事態である。父ちゃんはこれまで調理場を仕切り、母ちゃんは接客や配膳、掃除などを受け持っていた。急に父ちゃんの代役が見つかるはずもないし、宿泊客が多いと母ちゃん一人で回せなくなる。

粘児は「判った、じゃあバイトでやるってことで」と返事をした。

通話が終わった途端、またスマホが振動した。画面を補見ると、畑田知希からの電話だった。

ちょっと嫌な予感がした。彼女にはまだ本当のことは言っておらず、ひなた屋の手伝いをやっているというテイで適当に報告を続けている。あまり具体的なことは聞かれないので助かっていたが、二日前の電話では「ご両親から、結婚の予定はないのか、みたいなことは聞かれたりしない？」と言われ、「いや、今のところは」と返しておいたのだが、そろそろつき合っている女性がいることを伝えてはどうか、みたいな圧力をちょっと感じていたところである。

できるだけ気楽な調子を装って「はいはい」と出ると、知希から聞かされたのは予想もしていなかった言葉だった。

「私、作業中にぎっくり腰やっちゃって、今病院にいるのよ」

「へっ？」

「置いてあるダンボール箱を台車に載せようとしただけの、いつもの作業だったのに、完全にやっちゃった」

大丈夫か、と言いかけた言葉を飲み込んだ。大丈夫なはずがない。代わりに「それは大変やったね。どんな感じ？」と聞いた。

知希は、椎間板と靱帯の損傷がどうのといった説明をしたが、本人も詳しい知識があるわけではないため、医者からこんな感じのことを言われた、みたいなあいまいな表現ばかりで、要するに腰をひどく傷めた、ということしか判らなかった。実際、知希の声はちょっと苦しそうで、今も横になった状態のまま痛くて動けない、とのことだった。入院期間は十日前後になりそうだという。

原因は違えど、父ちゃんも知希も症状は腰痛。腰は〔にくづき〕に〔かなめ〕。ただの偶然だと判っていても、どこかから「お前がちゃんとしてないから大切な要が壊れたんだぞ」と叱られたような気分に囚われてしまう。

「じゃあ、希実ちゃんはどうする？」

「本人にさっき伝えたら、一人で大丈夫だって」

「まじで？」

「まあ、引きこもり状態が続くってだけのことだから。家にあるものを食べて、欲しいものがあったらコンビニに行って、シャワー浴びて、ベッドで寝るっていうのは一人でもできるとは思う。本人は、全然さびしくないって、かわいげのないことを言ってるよ。もしかしたらゲームとかネット動画とか見放題だって喜んでるぐらいかも」

「ああ、そう」粘児は少し迷ってから、「何なら、しばらくの間、こっちに来てもらうってことでもいいんだけど……」と言い、心の中で、そんなわけないか、とつけ加えた。

知希も失笑気味に「ありがと、一応は伝えてみるよ」と応じた。

「ネコがいるんだわ。飼ってるわけじゃないけど、魚の切り身なんかをやってるんで、毎日のようにやって来るよ。希実ちゃん、ネコとかは？」

「まあ、好きは好きだね、その手のテレビ番組とか見てるし」

「ここみたいな田舎にしばらく滞在して、気持ちをリフレッシュしてみたらって、言ってみてよ」

「判った、ありがと」

「釣りなんかは……興味ないか」

「うーん……そういう話は聞いたこと、ないかなあ。まあ、水族館に行くのは好きで、前は何度か連れてったし、最近は一人で行ったりもするようになってたけど。ほら、あの子、イラスト描くの好きだって、言ったことあるでしょ」

「ああ、そうだったね。あんまり見せてはくれないけど、色鉛筆かでクラゲなんかを描いてるんだっけ？」

「そうそう。ま、粘児さんがこう言ってたけどどうするって、聞くだけ聞いてみる」

「うん、頼むわ」

だが、これまで何度話しかけてもろくに返事をしてくれず、目も合わせようとしてくれない希実が一人でこっちに来るわけがない。離婚する前に夫婦間で口論になったとき、夫が「俺はそもそも子どもなんて欲しくなかったんだ」と怒鳴ったのを希実に聞かれてしまったという。そのことも、中年男性に対する警戒心をより高めることになったんだと思う、と知希が言っていた。

粘児は「とにかく、早く治ればいいね」と言い、知希も「うん、心配かけてごめん」とだけ答えて電話は終わった。

4

昼食後、幌付き軽トラックを運転して市立病院に出向いた。

父ちゃんは相部屋の窓際にあるベッドに、横向きになっていた。腰が痛くて仰向きにはなれないのだという。ベッド脇には点滴スタンドがあり、父ちゃんの左前腕に刺さっているハリからチューブでつながっていた。

結構な痛みのようで、父ちゃんは顔面蒼白だった。粘児が、入院中は自分がひなた屋を手伝うからと話しても、父ちゃんは苦悶の表情で「ああ、すまんな」と答えるのみで、それどころではないという感じだった。帰り際にナースセンターであいさつをしたついでに「きつそうなんですけど」と言ってみたところ、看護師さんの一人から、「さきほど痛み止めの薬を投与したので、これから少し楽になるはずですから」との説明を受けた。その他、腰が痛くて座れないため、二、三日は普通の病院食ではなく、寝たままパンを食べてもらう予定だということや、トイレは痛み止めが効いているときに看護師が付き添えば大丈夫だという説明も受けた。

軽トラックで実家に戻る途中、ポケットの中でスマホが振動した。交差点で信号待ちをしているときに確認してみると、知希からだった。何か急ぎの連絡かもしれないと思ったので、信号が青になって少し進んだ先で路肩に一時停止し、かけ直してみた。

「あ、何回もごめんね」

「いや。どうかした？」

「さっき話したこと、希実にＬＩＮＥで伝えたら、粘児さんのところに行くって」

つい「ウソ」と言ってしまい、「本当に？」と言葉を訂正した。

「うん、しかも食い気味の返事の仕方だったから私もびっくりだよ」

「それは俺としてもうれしいことなんだけど」

「けど何で？ってことでしょ」

「うん」

「本人によると、釣りに興味があるって。私、全然そんなこと知らなかったよ、母親なのに」

「まあ、親に何でも言うっていうわけでもないだろうから」

粘児は心の中で、特に思春期であれば、とつけ加える。

「LINEのやり取りで判ったんだけど、あの子、小六の修学旅行で四国に行ったときに、自由時間中に釣り堀を見つけて行きたかったんだって。でも一緒に行動するグループの他の子たちに反対されてあきらめたことがあって、ずっと釣りをしてみたいって思ってたらしいのよね」

「へえ」

「元をたどると、今はもう潰れてなくなってるけど、あの子が幼稚園ぐらいのときに何回か連れて行った小さい動物園にザリガニ釣りコーナーがあって、そういえばあの子、いっつもやりたがってたんだ。多分、そのときの写真も……残ってる、かな」

知希が離婚したのは五年ほど前だと聞いているので、動物園でのザリガニ釣りは、元夫も一緒だったのだろう。知希も途中でそのことに思い至り、言葉の最後の方がちょっとお茶を濁すような感じになったようである。

離婚原因は夫がゴルフに懲りすぎて家庭をないがしろにしたことと浮気だという。最後の一年間ぐらいは、仕事の取引先で働いていたという浮気相手の女性宅に入り浸って帰って来なくなったらしいが、それ以上の詳しいことは知らない。知希が言いたくないのなら、粘児も触れないでおこうと思っている。

「だから、言えば釣り堀ぐらい連れて行ってあげたのにって伝えたんだ、ＬＩＮＥで」と知希が続けた。「そしたら、まあそうなんすけどー、だって。シングルマザーの休日を自分の要求で潰したくない、みたいな？　要するに、あの子なりに気を遣ってくれてたらしいのよね。あと、さっき思い出したんだけど、あの子が好きな男性アイドルがテレビ番組の中で、子どもの頃から釣りが好きで、今でも空き時間があったらちょいちょい釣り堀に行ってるんだって。そういう影響もあるのかも」

「ああ……そうなんだ」

「釣りとか、連れてってもらえる？」

「ああ、もちろん。こっちは十種類以上の淡水魚が釣れるし、それぞれ釣り方も違ってて、きっと喜んでくれると思う。俺がついてりゃハズレなし、バンバン釣らせてやっから、そこは任せてくれ」

「ありがと。あと、ネコにも会いたいってさ。あの子、前から飼いたがってたんだ。うちはアパートでペット禁止だから我慢させてたんだけど」

「へえ」

まさか希実が本当に一人でこっちに来ると言い出すとは思っていなかったので、粘児の返答は半ば上の空状態だった。

入院中の父ちゃんはともかく、母ちゃんの承諾をもらわないと。

その前に、事情を説明しなければ。

知希の「スマホで飛行機のチケット取っといてもいい？」という言葉で我に返った。

「あ、はいはい、判った」

「そっちの受け入れ体勢とか、大丈夫？」

「ああ、大丈夫、大丈夫。ちゃんと話をしておくから。うちの親は話せば判ってくれる相手だから心配しなくていい、任せてくれ。知ちゃんはぎっくり腰の治療に専念して」

「ありがとう。じゃあ、飛行機のチケット取れたらまた連絡するから」

「オッケー」

電話を切って粘児は、ふう、と大きくため息をついた。

これは希実と仲よくなれるチャンスだ。だから歓迎しなきゃいけない。なのに何か引っかかりを感じてしまう。

本当に、釣りがしたいとか、ネコに会いたいとか、それだけの理由で一人でこんな遠くに来ることを決めたのだろうか。あまり勘ぐっても仕方のないことかもしれないが……。

とにかく、来てくれるっていうのだから、来てよかったと思ってもらえるよう、頑張らないと。

実家に戻って軽トラックから降りると、その音に気づいたらしい母ちゃんが、白い三角巾に割烹着姿で、ひなた屋の勝手口から出て来た。

「ああ、母ちゃん、父ちゃんに会って来たわ。きつそうにしとった」

「まあ、点滴治療で治るそうやから不幸中の幸いたいね」母ちゃんは顔を少ししかめて言った。「お父さんも年を取ったってことやろ。若かったら草むしりをして手を怪我したぐらいで、こんなことになったりはせんかった」

母ちゃんの口調にはどちらかというと、父ちゃんのことを心配しているというより、何をやってんだというニュアンスを感じた。もともと口が悪いところはあるので、母ちゃんらしい言い方ではある。

母ちゃんは「さっそくで悪いんやけど」と小さなメモ紙と二つ折りの千円札を寄越してきた。「直売所に行って、これ買って来てもらえんやろか」

メモ紙には鉛筆書きで、ダイコン、ゴボウ、ニンジンなどの野菜とその数量が示されてあった。

「仕事は明日からって言っとったやろ」

「本格的な仕事はって意味たいね。この程度のお使いもできんと？」

どうやら母ちゃんも本当は、父ちゃんが入院して不安を抱えているらしい。だから言い方がいちいちぴりついているのだ。

「嫌とは言うとらんやろ、これぐらいすぐにやるって。でもその前に、ちょっとしておきたい話があるけん、ダイニングに行こか」

「何ね、あらたまって」

「一応、あらたまってする話やけん」

母ちゃんは値踏みするように粘児を見返してから、「判った。じゃあ行こ」と家の方にあごをしゃくった。「今日はお客さんもおらんけん」

家に上がり、ダイニングテーブルをはさんで向き合った。母ちゃんから「何か飲むね？」と聞かれたが、「いや、よか」と頭を横に振った。

粘児は単刀直入に「実は、つき合ってる女の人がおって」と切り出し、その女性が勤務先の食品加工会社で作業中にぎっくり腰に見舞われて入院することになったこと、彼女には中二の娘がいて、一人にしておくのは心配なのでしばらくの間こちらで面倒を見たいということを説明した。

母ちゃんは目を丸くして聞いていたが、途中で遮ることはなかった。粘児がひととおりのことを話したところで、「その子、学校はどげんすっとね」と言った。

「それなんやけど、学校でいじめに遭って、不登校になっとるんよ」

「いつから？」

「六月の途中からやけん……四か月ほど前から、かな」

「それはかわいそかね」

「うん。そやけん、気分転換も兼ねて、こっちに滞在させたらどうかと」

「それって、すぐ先の、数日後のことやろ」

「多分、そういうことになると思う」

「あんたとその女の人とは、いつ頃からのつき合いなんかね」

「……二年ぐらい前からやね」

小雨が降っていたときに、歩道で自転車がスリップし転倒するところに遭遇、駆けつけて助け起こしたその相手が知希だった。だが、母ちゃんはそこまでの具体的な経緯などは聞いてこなかった。

「死に別れかね」

「いや、離婚。俺が知り合うよりずっと前のことで、旦那があまり家庭を大切にしない人物やったらしい」

「ふーん」

粘児は、立てていた計画がこんな形であっけなく崩れるとは、と心の中でぼやいていた。母ちゃんと父ちゃんには、まず結婚したい相手がいると伝えてその女性がまじめで優しいということを印象づけるエピソードなどを話して聞かせ、しばらく時間を置いてから、実はシングルマザーであることや離婚原因などのネガティブ情報を出すつもりだったのだ。

だが、こういうことは流れに任せた方がいいかもしれない。釣りと同じで、余計な策は空回りしてしまうものだ。

「結婚を考えてるってことなんやね」

「うん。俺としては、再就職先をしっかり決めて、経済的な基盤を作ったところでちゃんと申し込むつもりやったんやけど……」

「そういうことね」母ちゃんは、ふん、と口の片方を持ち上げた。「あんたが急に、ひなた屋を継ぎたいとか言い出したり、こっちで仕事を探したりしとったのは」

「まあ……それもあるね」

「写真、あっと？」

「へ？」

「その女の人と娘さんの写真」

「ああ」粘児はスマホを取り出して画面に呼び出し、母ちゃんに見せながら知希が二歳年上であること、おっとりした優しい性格であること、知希と希実の名前と漢字でどう書くかといったことを伝えた。

写真は、三人でパスタ店に出かけたときに、並んで座る知希と希実を粘児がスマホで撮影したものだった。知希は笑ってピースサインをしているが、希実は視線を下に向けて、撮られたくないという気持ちを遠回しに示している。このときに希実に悪いことをしたと感じ、それからは母子の写真を撮ることは控えている。

案の定、母ちゃんが「あんたには心を開いとらんのやなかね、希実ちゃん」と言った。

「……かもねー」

「かもねー、やなかろ。なついてもらうのは大変かもしれんよ」

「うん」

「お母さんの知希さんはほつらつとした感じがあるけど、希実ちゃんはやせとるね。身長も低いんかね」

るけど」

「何センチかは知らんけど、小柄な方やろうね。運動神経はまあまあよかって聞いと

　写真の希実はショートボブ風の髪型をしている。さらさらでつやつやの髪で、以前はそれを肩よりも長く伸ばしていたのだが、それが妬まれていじめのきっかけの一つになったようで、中二のゴールデンウィーク中にばっさり短くしたという。だがそれがまた、格好つけてる、みたいな受け取られ方をしてしまったらしい。

「あんた、家庭を持つ覚悟があるんなら、自分のことを優先させたらいかんよ。知希さんと同じぐらい、希実ちゃんのことも考えてあげんと」

「ああ、判ってる」

「口では何とでも言えるたいね」母ちゃんは腕組みをした。「希実ちゃんがこっちにしばらく来てくれるっていうのなら、このチャンスを潰したらいけんよ」

「ああ、そうやね」

「あんたの人生もかかってるんやろ、何ね、その他人事みたいな言い方は」

「それは母ちゃんが勝手にそう感じとるだけたいね。俺はちゃんと考えとるって」

「どうかなー」母ちゃんは腕組みを解いて少し身を乗り出した。「あんたを見てると、どうも今ひとつ頼りにならん感じがしよるんよね」

「そこはまあ、母ちゃんも加勢してもらって。ほら、女同士やからこそできる話もあ

るやろうし」

母ちゃんは大きくため息をついて、「そういうところたいね、あんたの頼りないところは」とテーブルを手のひらで二回叩いた。

直売所に向かうため軽トラックに乗り込もうとしたとき、母ちゃんが「直売所にはたいがいあの子がおっけん」と言ってきた。

「あの子って誰かね？」

「ほら、何とかちゃんよ。あんたと同級生やった。短大卒業してすぐに結婚したけど、旦那の暴力が原因で離婚して地元に帰って来たっていう。子どもはいないって」

「知らんて、そんなの。俺はずっとこっちにおらんやったんやけ。名前を言うてくれんね」

「普段、名前なんか呼ばなくても会話ができてるから、忘れてしまうんよ。あんたが釣りの雑誌やテレビに出てたの知ってて、すごいですねって言うとったよ」

これだから田舎は困る。知らないところで地元出身者の情報が勝手に広まり、話に尾ひれがついてゆく。その元同級生だという女性に会うと、また自分がなぜ帰省したかを聞かれて、経緯を説明しなければならなくなる。

どうせ中学時代にクラスが一緒だったというだけの相手だろう。声をかけられなかったら、こっちも気づかないふりをしたまま買い物を済ませるとしよう。

直売所は、ひなた屋から傾斜地の国道を北に五百メートルほど上った辺りにある。看板を見ると、［ふじ農産品直売所］となっていた。これが名称らしい。粘児が専門学校生だった頃にできた施設で、不二川沿いの国道に面してぽつんと建つ簡易なプレハブ造りの外観も、背後が赤土の崖と山林であることも、記憶のとおりだった。ただし、当時は砂利が敷かれていたはずの駐車スペースは、今ではアスファルト舗装されており、プレハブ小屋が一棟だったのが二棟続きになっていた。出入り口近くには飲料の自販機が二台。近くにスーパーやコンビニがないせいで、また佐賀と福岡をつなぐ国道に面しているため、利用者は案外いて、地元産の食材や弁当などは堅実に売れているという。

店内は、この手の直売所や道の駅に多い配置で、メインの野菜や弁当の他、菓子類や加工食品が入ったカゴが並ぶコーナーもあった。一緒に買い物に来たと思われる中年女性三人組がおしゃべりをしながら野菜を物色していた。

野菜類は午前中に多くがはけてしまうらしく、中身の少ないカゴが目立った。サラダ菜の濃い緑色が目についたので手に取ってみると、しっかりしたみずみずしさがあり、鼻を近づけると葉の香りがした。かじりたい衝動にかられる。

その隣に残っていたシイタケは傘が大きくて分厚く、容器に入ってラッピングされているにもかかわらず、強い香りが鼻腔をくすぐった。

この直売所がしっかり続いている理由がよく判る。大手スーパーは野菜の鮮度管理を徹底しており陳列棚にはミストが出る店もあるが、それは要するに、収穫してから時間が経過することを考慮しなければならないからである。例えば長野県で収穫されたレタスが佐賀県内のスーパーに並ぶまでには数日かかる。だから鮮度を保つための機器が必要になる。

しかしここに並んでいる野菜はまさに直売、近辺で今朝収穫して持ち込まれたものなのだ。だから保冷庫やミストなんかなくても鮮度がいい。

粘児がメモを見ながら買い物カゴに入れている間に、三人の先客は清算を終えて出て行った。

レジに、同世代と思われる女性がいた。入店したときに「いらっしゃいませ」と声をかけられたが、誰か判らなかったので軽く会釈を返しただけだった。この女性が元同級生なのだろうか……。

色白で栗色のショートヘア。眉がきりっとしているが、少し眠たそうに見える目。えりの高い青いシャツにジーンズという軽装で、化粧も控えめなのに、どこか艶っぽさがある。

母ちゃんが言っていた「何とかちゃん」がこの女性なのだろう。だが誰か判らない。

清算するために近づくと、女性は大きめの目でじっと粘児を見て「古場君？」と言った。

えーっ。

粘児が「えーと……」と愛想笑いで間を取っていると、彼女は「大野です。中二のときに一緒のクラスだった大野キョウコ」と言った。

大野、大野……ああ、そういえばそんな名前のコがいた。美術の授業でデッサン画をしたときに、隣の席同士でペアを組んで、互いの顔をデッサンしたのが彼女だったような気がする。そのときの彼女が描いた絵が上手すぎてびっくりし、尋ねてみると絵画教室に通ってると言われたことも思い出した。そのとき粘児は照れ隠しもあって「上手いけど、俺の口ってこんなにでかくないだろう」と文句を言い、「いやいや、こんな感じだよ」と笑って返されたこともよみがえった。それまではほとんど口を利かなかった相手だけに、珍しくかわしたその会話はかえって記憶に残っていた。

キョウコが杏子だということも思い出した。

ようやく相手が誰なのか思い出せたが、そのせいで今度は「えっ？」と声を上げた。

当時の彼女は縁が薄茶色のメガネをかけて、髪を後ろで束ねていて、もっと背が低かった。中学生というと女子が急に大人っぽく変化する時期でもあるが、大野杏子にそういうものを感じた覚えはない。多分、胸の膨らみもその頃はないに等しかったのではないか。

彼女の胸につい視線をやってしまい、あわててそらした。結構大きい。

「変な驚き方してごめん」粘児は片手で拝む仕草を見せた。「あの頃の印象とは全く違ってたから」

「あはは、それってほめ言葉？　内面はたいして成長してないんだけどね。はい」

彼女が両手を出してきたので、レジ台越しにハグを求められたのかと一瞬思ったが、「あ」と手に提げていた買い物カゴを渡した。

「古場君、釣りライターやってるんでしょ。テレビに出演してるの、見たよ。古場君のお母さんに事前に教えてもらったから。録画して、残してあるよ」

大野杏子が手を動かしながら言った。

メガネがコンタクトになったり、髪型が変わったりしただけでなく、化粧のせいもあるのだろう。顔の印象がまるで違う。女は化ける生き物なのだとしみじみ思う。

清算後、彼女はレジ袋に入れる作業までやってくれた。粘児が「あ、悪いね」と言うと、彼女は「お客さんが少ないときはやるようにしてるのよ」と笑った。

「中学のとき、美術部だったっけ」

「ううん、吹奏楽部でクラリネットやってた。絵は親の知り合いの人がやってた絵画教室で教わってたのよ」

「あ、失礼」

「いいよ、あんまりしゃべらなかったんだから、記憶が薄くて当たり前だよね」

そのとき、そういえば彼女は県の美術展か何かで入選したことがあったはずだと思い出した。全校集会のときに校長がそんな話をして、彼女は声をかけられて立たされ、半強制的な感じでみんなから拍手をされているのを見た場面がよみがえる。

「古場君のこと、みんな知ってるよ」と彼女は続けた。「私たちの学年でテレビや雑誌で活躍するようになった人って、古場君だけだから。卒業年のクラス同窓会でも、みんな古場君の話してたよ。古場君がいたクラスじゃないのに、話題の中心だった」

またか。市川からも似たような話を聞かされている。他人の人生に勝手に期待するのは、いい加減やめてほしい。

「実は、釣りライターでは食えなくなったんで、都落ちして帰って来たんよ。地元で話題の人物やったらしいところ申し訳ないけど、今はこっちで仕事を探しよる」

「あ、そうなん？ごめんなさい」

気まずい間ができそうだったので「いやいや」と片手を振って言葉をつないだ。

「実家が民宿やってるんは知っとるやろ」

「うん。ひなた屋さん、この直売所をひいきにしてくれてるよ」

「その親父がちょっと体調不良やけん、俺がしばらくアルバイトで民宿を手伝うことになったんよ。しばらくはちょいちょい来させてもらうから、よろしく」

「えっ」と彼女が目を見開いた。「お父さん、どうされたの?」

「化膿性脊椎炎っていう病気で入院しとってね。でも抗生物質の点滴を何日か続けたら治るらしいけん、心配なかよ」

「あ、そう? でも何だか怖そうな名前の病気ね」

「そうやね」

そろそろ行かなければならないが、あっさり出て行くのもちょっと冷たいような気がした。

と思っていると、彼女の方から「民宿を引き継ぐかもしれんと?」と聞かれた。

「いや、それはないやろ」粘児は苦笑して頭を横に振った。「宿泊客が減り続けとるけん、親は自分らの代で終わりにするち言うとるんよ。俺が継いだとしても存続は無理やと思う。時代の流れってやつよ」

「そうかな。私、古場君やったら何とかできそうな気がする」

「へ?」

変な間ができた。

「あ、ごめん」彼女はしまったという感じで一度うつむいたが、真面目な表情で粘児を見てきた。「古場君って、みんなができないと思ってることをできるところ、ありそうだなと思ってたから」

何のこっちゃ。

「あのさ……俺が釣りライターになったのって、そんなたいしたことやないんよ。雑誌やテレビに出てすごいって思ってくれたのかもしれんけど、好きが高じてその手の仕事に運よく就けたってだけやから。その釣りライターも結局、食っていけんであきらめたんやけん。そういう、特別な目で見らんで。実際のところはなかなか再就職先が見つからんアラフォーの駄目男なんやけん」

少し自虐が過ぎるかもしれなかったが、これぐらいの言い方をしておいた方がいい。勝手に高い評価で見られて後になって、期待してたのに、などと言われてはたまったものではない。

「私が古場君をすごいって思ったのは、中二のときの出来事もあるのよ」と彼女は視線を宙に向けた。「市川君とケンカしたやん、教室で。私それを見て、びっくりしたもん。スポーツ万能で体格も一回り大きくて、絶対に古場君、負けると思ってたのに、あの市川君を失神させたでしょ。そのときは見てて怖かったけど、後で古場君って実はすごいんだ、目立ってなかったけど本当はただ者じゃないんだって思ったもん」

「いや、あのときはたまたまで……中学生のケンカでそんなに過大評価せんで」

その市川にはこの前、嘱託職員の座を争って惨敗したんですけど。

しかし彼女は聞く耳を持っている様子ではなく、真顔で頭を横に振った。

「私、古場君のケンカを見たことがきっかけで思うようになったのよ。人には潜在能力っていうものがあって、それを引き出すことができたら、周りがびっくりするような結果を残せるんだって。私はたいしたことできてないけど、それでも自分にもまだ潜在能力があるかもしれないって思うことで、しんどいことがあっても乗り越えることにしてるの」

もしかしてDV夫との離婚のことだろうか。

「古場君、だから頑張ってね。ていうか、お互い頑張ろうね」と彼女は続けた。「私なんかに言われてもうれしくないやろうけど、勝手に応援してるから。古場君はこっちに帰ってきても、何かやってくれると思ってるから」

どうやら、自分が生まれ育った故郷は、今や住みにくい場所となってしまったようだ。会う人会う人から、過分な評価をされて期待の目で見られてしまう。それがどれほど居心地の悪いことなのか、他人には想像しにくいのだろう。

勘弁してくれって、そう言おうとしたが、新たに客が入って来ので「じゃあ、またた」と片手を振って、出入口に向かった。

翌日は朝から小雨が降っていた。粘児は、ひなた屋の厨房で仕込み作業をした。この日の宿泊予定は中年女性二名一組のみ。夕食はイノシシ鍋で、翌朝はご飯にみそ汁、焼き塩鮭、海苔、生卵などのありきたりな旅館食なので、やるべき仕事はほとんどなかった。イノシシ鍋は父ちゃんがノートに記したレシピどおりに、バラ、ロース、肩、ホルモンなどを、ダイコン、ゴボウ、ニンジン、シメジ、長ネギ、豆腐などと一緒に鉄鍋に入れ、合わせ味噌で煮込めばいいので、火加減さえ気をつければ初心者でもできる。

午後三時過ぎに送迎用のワンボックスカーでなべしま駅まで二人組の女性客を迎えに行った。帰路の運転中、「あいにくの雨ですね」と話しかけたのをきっかけに、「傘をさして付近を散策できますか」と聞かれたのでお勧めのコースを説明し、今日は宿泊客がお二人だけなので要望があれば佐賀市内も含めて送迎できますよ、と言っておいた。しかし二人は既にだいたいの観光を終えたそうで、宿でゆっくりしたい、とのことだった。

仕事が一段落したところで実家二階の自室に戻り、清流竿、バスロッド、ライン（釣り糸）や釣りバリなどの道具をチェックした。希実に釣りをさせる場合、まずはやっぱりフナからがいいだろう。仕掛けが単純だし、釣りやすいし、何よりもハリがかりしたときにフナの抵抗が竿から手に伝わる感触がちょうど手頃である。オイカワやカワムツだとちょっと手応えが軽いし、ライギョやナマズだと重すぎる。その点、フナは女性や子どもでも片手で引きを楽しめるはずだった。

粘児は、ひなた屋の棟内掃除をしながら、何度もスマホで時間を確かめた。

昨夜、知希からのＬＩＮＥで、希実の佐賀空港着が今日の夕方六時過ぎだと教えられた。心の準備をする暇もないまま、出迎えることになるわけだが、希実がやって来るのが今日であろうが三日後であろうが大きな差などない。むしろ何も考えていないうちに会った方が不自然さがなくていいかもしれない。

そうこうするうちに迎えに行く時間となり、厨房にいた母ちゃんに「じゃあ、空港に行って来るけん」と声をかけると、母ちゃんは「ああ。希実ちゃんに使ってもらう一階の畳の間、片付けといたけん」と答えた。普段はたまの来客を通す部屋だが、衣類を詰めたダンボール箱などの物置部屋状態となっていたのを動かしたらしい。粘児は「ああ、ありがと」と言っておいた。何だか母ちゃんもちょっと緊張している様子だった。

普段は宿泊客の送迎用に使っているワンボックスカーを運転し、二十数分後に佐賀空港に到着。駐車場に停め、到着口で待っているとき、スマホが振動した。

母ちゃんからだった。

「希実ちゃんの夕食、どうするんやったかね」

「ああ……まだ決めとらんやったね」

「まさかあんたが普段食べてるようなコンビニやスーパーの弁当を食べさせるつもりやないやろうね」

「本人に聞いてみるわ」

「そうやね。私もうっかりしとって、何も準備しとらんやったもんね」

「よかれと思って準備しとっても、本人が喜ぶとは限らんから。本人に聞いて、ファミレスにでも寄りたいって言ったらそうするし、ファストフードが食べたいって言ったら買って帰ればいいたいね」

「せっかく来てくれっとに、そんなもん食べさすんかね」

「本人が食べたかったらそれでよかろうもん」

「まあ、そうやけど……」

「あのさ、お客さん扱いはせん方がええんやなか？ そういう態度でいたら、あの子も心を開いてくれんと思うがね」

「ああ……」母ちゃんは少し間を取ってから、「意外と真っ当なことを言うやないね」と続けた。

意外と、とは何だ、と思いながら「じゃあ、そういうことで」と言って通話を終えた。

到着を知らせるアナウンスがあり、しばらく経って乗客が出て来た。平日のこの便は、仕事関係の利用者が多いようで、キャリーケースを転がしながら歩くスーツ姿が目立つ。その他、ギターケースを抱えてデイパックを背負った若い男性、夫婦らしき初老の男女……希実はその後に姿を見せた。白い薄手のパーカーにジーンズ、スニーカーという軽装で、リュックを背負ってボストンバッグを手に提げていた。粘児が手を振ると、希実はそれを認めていったん立ち止まり、その場で少し強張（こわば）った表情のままぺこりと頭を下げてから、遠慮がちに近づいて来た。

粘児が「お疲れさん」と声をかけると、希実は「はい」とうなずいた。

「ここまで来るの、ごちゃごちゃして大変やったんやない？　地下鉄の乗り換えとか、搭乗手続きとか」

希実は軽く頭を横に振って、「タクシーでバスセンターまで行って、羽田行きのバスに乗っただけだから。飛行機も、スタッフの人が案内してくれた」と言った。

「あ、そう。それはよかった」

予想どおり、気まずい間ができた。すると希実がもう一度頭を下げて、「しばらくお世話になります」と言ったので、粘児はあわてて「あ、いやいや、こちらこそ」と答えた。

希実はワンボックスカーの二列目、ハンドルを握る粘児の斜め後ろの席に座った。荷物は後部ハッチを開けて粘児が積んだ。

発進させて、一番緩いワイパーを作動させた。小雨はまだ続いている。

走りながら、「今日はずっと降ってたけど、明日は晴れるって」と言うと、少し遅れて希実が「はい」と応じた。確かに、だから何だというような言葉ではある。

「お母さん、早くよくなるといいね」

「はい」

「こっちに来ること、学校には？」

「言ってません」

「じゃあ、自宅にいるっていうことにしておく？」

「はい」と希実は答えてから「知希ちゃんもそれでいいって」とつけ加えた。希実は自分の母親のことを知希ちゃんと呼んでいる。知希によると、以前はお母さんだったのがつい最近になって呼び方を変えたのだという。理由は知希も判らない、とのことだった。

「ああ、そうそう、夕食はどうしようか？」

「何でもいいです」

まあ、そう答えるだろうな、と予想はしていた。

「嫌いな食べ物なんかはない？」

「特にないです」

「じゃあ、好きな食べ物は？」

「特にないです」

実体のないホログラムに触れようとしているような感覚に囚われる。こんな感じで何日も続くとしたら、ちょっとしんどいかもしれない。

もちろん、希実の方がもっとしんどいに違いない。

だからといって、無理して打ち解けようとしても、逆効果だろう。時間をかけて少しずつ親しくなってゆくしかない。

「ひなた屋の近くには、あまり飲食店とかないんだわ。途中、どっかの店によって食べてく？何でもいいよ。回転寿司、パスタ、フライドチキン、ファミレス」

「家にあるものでいいです」希実は抑揚のない言い方をしてから「お客さんじゃないから」とつけ加えた。

この子は精一杯、気を張り詰めているのだと粘児は感じた。歓迎されるかどうか判らない。もしかしたら迷惑がられるかもしれない。その事実に直面したときに傷つきたくないから、自分からは絶対に尻尾は振らない。そういうことだろう。粘児は心の中で、そんな気分にさせてしまったことをただただ申し訳なく思った。

「家にあるものって、何かあったかなあ……」とつぶやいた次の瞬間、思いついた。

「よかったら、ひなた屋のイノシシ鍋、食べてみる？今入院してる俺の親父が考案した料理で、一応は看板料理なんだわ。佐賀県内にいる野生のイノシシ。あの、これは希実ちゃんをお客さん扱いするって意味じゃなくて、身内として、食べてみてほしいんよ」

「イノシシ……」希実はイノシシ鍋のことを知らなかったようで、ちょっと驚いたような言い方だった。「その、粘児さんが捕まえて、さばいて……」

「いやいや」粘児は苦笑して頭を横に振った。「捕まえたりさばいたりは専門の業者さんがやってくれてるんだわ。俺はその肉を調理するだけ。豚肉に似てるけど、赤身が多くて歯ごたえがあって、旨いよ」

返答がなかったが、興味は持ってくれたようだったので「どう？」と言うと、「はい、いただきます」と返ってきた。

その後、会話が途絶えたが、交差点で信号待ちをしているときに希実が「イノシシを家畜化したのがブタなんだ」とつぶやく声が聞こえた。

センターミラー越しに見ると、希実はスマホ画面を見ていた。ネット検索してイノシシについて調べてみたらしい。

「そ、ブタはイノシシがルーツ」と粘児は声をかけた。「ちなみにカモを家畜化してできたのがアヒル、キジ科の鳥を家畜化したのがニワトリ。ニワトリなんか、確か五千年ぐらい前から飼育が始まったんじゃなかったかな、インド辺りで」

「へえ」

「調理師の専門学校に行ってたんで、そういう知識はまあ、あるんだわ、多少は」

センターミラー越しに目が合い、粘児が笑顔を作ると、希実もほんの少しだけ、口角を上げてくれた。

母ちゃんも、希実をお客さん扱いしない方がいいという粘児の考えは賛成してくれ、あえて感情を抑えた感じで、「あら、いらっしゃい。古場粘児の母親で、ひなた屋の女将(おかみ)をやっている加世です。よろしくね」という言葉で希実を出迎えた。希実は「しばらくの間、お世話になります」とぺこりと頭を下げた。

「希実ちゃん、今夜はイノシシ鍋を食べてみたいって」ワンボックスカーの後部ハッチから希実の荷物を運び込みながら粘児は言った。「材料はあるけん、作ってくるわ」

「ああ、そう。食べるのはうちのダイニングでいいんやろ」

「ああ。出来上がったら持って行くけん、その間に希実ちゃんに使ってもらう部屋とか、トイレや風呂とか、見せといて」

「判った。あんたの分もついでに作ったらええ」

「そうやね。そうするわ」

希実を母ちゃんに任せ、一人でひなた屋に移動した。厨房の隣りにある休憩部屋で調理服に着替え、二人分のイノシシ鍋を作る。弱火で煮込んでいる間に、今日の宿泊客である女性二人がいる部屋に出向き、あいさつをした。二人ともイノシシ鍋を食べ終えて、お茶を飲んでいるところだった。幸い、口に合ったようで、美味しかったとほめてもらえた。女将さんの息子さんですかと聞かれ、父親が大将をやっているが所要があって今日は不在のため、ピンチヒッターで手伝っていると言っておいた。大将が入院していることは、お客さんにとっては関係のないことであり、知りたくもない話だろう。二人の女性客はおしゃべり好きなようで、粘児の方から聞いてもいないのに、二人は同じ損害保険会社の同僚で、共に独身なのでときどきこうして二人で国内旅行をしていること、若い後輩社員の仕事に対する姿勢の甘さや去年の旅行で遭遇した接客態度の悪い旅館のこと、先日の健康診断で中性脂肪の値が高かったことなどを聞かされ、粘児は愛想笑いをしながら相づちを打った。暇を告げるタイミングを図っていたが、さらにイノシシはどうやって捕獲するのか、どこで解体処理するのかといったことも聞かれ、なかなか退出できなかった。

だがイノシシ鍋はその間にちょうどいい頃合いに仕上がっていた。二つの鉄鍋に木のふたをし、盆に載せて家へと運ぶ。

家の玄関前で、希実がしゃがんであのトラネコをなでていた。母ちゃんが玄関ドアの前に立っていて、「魚の切れ端をやるようになったら、ちょいちょい来るようになってね。ちゃんとした飼い主はおらんみたいやけど、よその農家さんからもエサもらっとるみたいやね」と話しかけている。作り笑いも入っているのだろうが、二人とも表情が緩んでいるので少しほっとした。

希実はちょっと名残惜しそうにしていたが、母ちゃんから「また後で相手してやったらええよ」と言われて立ち上がった。

ダイニングのテーブルにイノシシ鍋を置いたとき、「さっき、あんたの話をしよったんよ」と母ちゃんが言った。「調理師の資格を取ったのに、釣り師になるち言い出して、ずっと浮き草みたいな生き方しとったこととか」

「それって悪口やないね」

「本当のことが何で悪口になるんかね」

「判った、判った。腹が減っとるけん、食べさせてくれんね」

母ちゃんは湯飲みや菓子の袋をどかし、「ご飯よそおうね」と席を立った。

いただきます、と手を合わせ、鉄鍋のふたを開けると、湯気が立ち上った。希実が「わー」とつぶやき、木のお玉ですくって小鉢に移し、汁をすすった。遠慮がちに「美味しい」と笑顔を作り、食べ始めた。あまりじっと見ているのはよくないと思ったようで、母ちゃんは「ひなた屋のお風呂見て来るわ」と言い残していなくなった。

会話はなく、黙々と食べることになった。途中で一度、「口に合わんかったら残していいよ」と声をかけたが、希実は「大丈夫。本当に美味しいから」と答え、「おなか、割と減ってたし」とつけ加えた。実際、希実はきれいに完食した。

お茶を淹れようとすると、希実が「あ、私がやる」と言ったので、粘児は「あ、ありがと」といったん浮かせた尻を椅子に戻した。

電気ケトルで湯を沸かしている途中、希実が「ひなた屋、あと二、三年で終わりにするって聞いたんだけど」と言ったので、粘児は心臓がはねた。しまった。母ちゃんに口裏合わせを頼むのを忘れてた。

「ああ……うん。お客さんが少なくて、経営が厳しいみたいで」

「粘児さん、どうするつもりなの」

希実の睨むような表情。明らかに詰問だった。こんな状態で知希ちゃんと一緒になるつもりなのか——目がそう訴えていた。

「今は親父が入院してるんで、ひなた屋を手伝ってるけど、それと並行して、仕事を探してるところで」

粘児は自然と身体を縮込めていた。娘ぐらいの年の子どもから叱られているという状態は、さすがに恥ずかしい。

「ちゃんと見つかるの？」

「見つかるか見つからないかじゃなくて、絶対に見つけます」

「口だけなら何とでも言えるじゃん」

うわぁ、詰められてる。ちらと上目遣いに見ると、希実は立って腕組みをしていた。ケトルのお湯が沸騰し、パチンと電源を落とす音がしたが、希実は動かない。ちゃんとした返事を聞くまでは動かないつもりなのだろう。

「じゃあ、今ここで希実ちゃんと約束しよう。希実ちゃんがこっちにいる間に俺、何としてでもちゃんとした仕事を見つける。胸を張って知希さんにそのことを報告できるようにする」

「だからさ、口先だけで終わらないっていう保証は？」

保証って……。

「できなかったら」と希実は続けた。「知希ちゃんとの結婚、なしだよ」

「…………」

「当たり前じゃん、そんなの」

確かに。今自分はこの子に試されているのだ。本気度を。

「判りました」粘児はうなずいた。「必ず、早急に何とかするんで、どうかよろしくお願いします」

希実は「聞いたからね」と腕組みを解き、背を向けて電気ケトルに手を伸ばした。

希実とこんなに話をしたのは初めてだった。だが会話の内容は、思っていたのと全く違っていた。

希実が背を向けたまま、「知希ちゃんには、それまで言わないでおくから」とつけ加えてくれた。


翌日は雨が上がり、日中は気温が高くなりそうだった。

宿泊客に朝食を出した後、粘児は厨房の隣部屋で一人朝食を摂った。希実の分は母ちゃんが用意する、とのことだった。

午前中にいったん家に戻ったとき、希実がまた玄関前にしゃがんでトラネコをなでていたので「おはよう」と声をかけると、希実は顔をスマホに向けたまま「おはようございまーす」と返してきた。

粘児はトラネコにも「おはよう」と声をかけたが、無視された。希実になでられるのにも飽きた、という感じで、あくびをしてからすたすたと家の裏に行ってしまった。

「サクラネコだね、あのコ」希実が見送りながら立ち上がった。

「へ？　トラネコじゃないの？」

希実は、何言ってんの、という感じで少し眉根を寄せ、「片方の耳の先が欠けてたでしょ。その形が桜の花びらの端っこみたいだから、サクラネコっていうの」

「へえ。でもたまたまそういう怪我をしたんだろ。ネコ同士のケンカとかで」

希実は両手を腰に当ててため息をついた。

「まじで言ってんの？」

「え？ 違う……んですか」

「あれはね、去勢手術や避妊手術をしましたっていう印なの。あの子はメスだから避妊手術。誰かがあの子を正式に飼うことにしたとき、ちゃんと避妊手術してますからって知らせるため。地域ネコっていう言葉、聞いたことない？」

「いや、ない……です」また怒られてる感じになってきた。

「ちゃんとした飼い主がいない野良ネコを、地域で世話してあげてほしい、できれば正式な飼い主さんと出会って欲しいっていう気持ちを込めて、ボランティア団体の人たちが避妊手術などをして、元いた場所にまた放すっていう活動をしてるの」

「へえ。じゃあ、飼いネコと野良ネコの中間みたいな」

「まあ、そうだね」

希実はもしかしたら、あのトラネコと自身に重なるものを感じているのかもしれない。シングルマザーの知希と二人っきりの家族であり、学校という居場所も失っている。トラネコと接することで、ちょっとでも元気を受け取ることができればいいのだが……。

「昨夜は眠れた？」と粘児が話題を変えると、希実は「うん、普通に眠れた」と素直にうなずいてくれた。さっきはちょっと叱られているような空気だったが、機嫌が悪いわけではなさそうだったので、胸をなで下ろした。

「寝るまでの時間、ほとんど和室にいたみたいだけど、退屈しなかった？」

「大丈夫。昨夜はスマホで、イノシシやブタの肉の部位とかホルモンの名前とか調べてた。あと、イノシシが全国的に増えてることとか、その理由とか」

「へえ、昨日イノシシ鍋を食べて、興味を持ったってこと？」

「まあね。学校に行ってない分、学校では教わらないことを一日に一つ、調べることにしてて」希実はスマホを見ながらそう言い、「知希ちゃんの発案なんだ」とつけ加えた。

そういえば知希によると、希実は知識欲のようなものは割と旺盛(おうせい)で、スマホを使って興味を持ったことは調べることが多いという。もしかしたら、不登校になったことの焦りを埋める、という意味合いもあるのかもしれない。

「ウメの木ってさ」希実はスマホから顔を上げないままだった。「実が大きくなったら、わざと地面に落とすんだって」

「へえ、そうなんだ。だったらウメを育ててる人は収穫が楽でいいね」

「イノシシにわざと食べさせるために落とすらしいよ。そうやって種を遠くに運ばせて、子孫を増やす戦略なんだって」

「へえ、イノシシを利用してるのか。頭のいい植物なんだな」粘児はそう言ってから「植物に頭なんてないか」とつけ加えたが、希実は笑わなかった。

この子なりに気を遣ってコミュニケーションを取ろうとしてくれているらしい。

「今日は宿泊の予約が入ってないから」粘児はちょっと緊張を感じながら言った。「午後に釣り、行こうか。まずはヘラブナを狙ってみよう」

希実が急にきつい視線を向けてきた。

「そういうことしてる暇があったら、仕事探すべきだと思う」

「大丈夫、大丈夫」粘児は両手のひらを肩の辺りに上げて、まあまあ、という仕草を見せた。「なべしま市役所で働いてる幼なじみから、環境センターっていう施設で働く嘱託職員を紹介してもらうことになってて、昨夜電話をかけて念押しの確認しといたから」

「環境センター……」

「簡単に言うと、大型の燃えないゴミなんかを解体して分別する仕事だね。二週間後ぐらいに面接する方向で調整してくれるって。一応、市役所の施設だし、生活してゆく程度には収入もあるから」

昨夜、大串にＬＩＮＥで相談したところ、今朝にそういう返事をもらっている。持つべきものは友。やりたい仕事、自分のスキルを発揮できる仕事という条件をあきらめさえすれば、何とかなるものだ。

「じゃあ、こっちに住み続けるわけね」

「ああ。できれば知希さんと希実ちゃんにも来てもらいたいなって」

「それはまた別の話だけどね」希実は背を向けて玄関ドアのノブに手をかけ、引いたときに「でもまあ、よかったね」とつぶやいた。

粘児はあらためて腹をくくった。環境センターで働こう。自分の生きがいは仕事ではなく、家族を守ることなのだから。

昼食後、軽トラックの助手席に希実を座らせ、釣りの道具を荷台に積んで、先日ヘラブナを九尾かけた水路に出向いた。前日の雨のお陰でほどよく濁っていて好都合である。

軽トラックは付近にある排水機場の金網フェンス沿いに停めた。この辺りは車を停めてもとがめられない場所が多いのでありがたい。

和菓子店の裏のコンクリート護岸に並んで立ち、「ここはフナがよく釣れるんだわ」と粘児が言うと、希実は「へえ、こんな普通っぽい水路なのに」と濁った水面を見下ろした。

「佐賀平野の水路にはいろんな魚がうじゃうじゃいるよ。フナ、コイ、オイカワ、カワムツ、クチボソ、タナゴ……と指を折ってゆく。「タナゴなんて、本当にきれいな水でないと生息できないんだ。見た目は濁っていても、水質は抜群なんだ、この辺りは」

「へえ」

「まずは寄せエサ」粘児はたすき掛けにするタイプのデイパックからポリ袋に入った寄せエサを出して、ちぎって複数回投げ入れた。釣具店で売っている粘土状のもので、水中でゆっくりと崩れ、匂いでコイ科の魚を引き寄せる効果がある。

二・七メートルの振り出し竿にライン（釣り糸）などの仕掛けをセットし、イモ練りをハリ先につけた。希実は「それ、何でできてるの？」と聞いたので「ふかしたサツマイモを練っただけのもんだよ。フナはこういう甘みのあるデンプン質が大好きなんだ」と説明すると、「へえ、ミミズとか、そういうのをハリにつけなきゃいけないと思って、ちょっと覚悟を決めてきたけど、こんなエサでいいのか」と驚いた様子だった。

「ミミズなんかの生きエサでも釣れるけど、ゲームフィッシングでは殺生（せっしょう）をしないという暗黙のルールみたいなのがあるんだわ。だから肉食魚はルアーを使い、コイ科の魚なんかは植物由来の練りエサを使う」

「ふーん」

ウキの位置を調節し、「はい。そっとハリ先を振り子の要領で投入してみて」と竿を渡すと、希実は「いよいよかー」と少し表情をほころばせた。

昨夜、希実からは少々きついことを言われたが、そのお陰で距離を縮めることができたようだった。実際、粘児に対して警戒心を露わにしたり心を閉ざしたりするかのような態度は消えて、話しかけてもろくに返事をしてくれなかった頃の希実とは別人である。やはり人と人は、感情をぶつけ合うことが大事ということだろう。

持参したキャンプ用小型折りたたみ椅子二つを広げてセットし「座ろうか」と促すと、希実は「あ？うん」と竿を持ったまま振り返り、腰を下ろした。粘児は一メートルほど空けて隣りに座り、ウキの様子を見守った。粘児の横には大型のヘラブナがかかったときのために、把手の長さを調節できる網を置いてある。

やがて、蛍光色の発泡ウキが小刻みに動き始めた。希実が「あっ、ついてる？」と尋ね、粘児が「うん。でもあれは多分、クチボソなどの小魚だ。口が小さいからハリがかりすることはあんまりないんだ」と説明した。

ウキはその後も前後左右に揺れたり、ときおり少し沈んだりしたが、大きな反応がないまま、やがて制止した。

「ああいうのをエサ取りって言うんだ。最初のうちは小魚がエサをつついて、なくなったらウキが止まる。ちょっと仕掛けを上げてみて」

希実が竿を立てると案の定、ハリ先のイモ練りはなくなっていた。

「えーっ」希実は少し不満そうに口をとがらせた。「こんなのが続いたら、ずっと釣れないの？」

「大丈夫。最初のうちは小魚が寄って来てエサをつつくことはよくあるんだ。きっとフナも周辺に集まって来てる。フナがエサに寄って来たら、小魚たちは散っていなくなるから」

「へえ。濁った水の中で、そういう力関係の争いが起きてるんだ」

「そ。水路の中って意外と、いろんな生き物たちのドラマがあるんだよ」

もう一度ハリ先にイモ練りをつけてやり、再び投入。またウキが小刻みに動き始めたがそれが止まった。希実が「あれ？ もうエサなくなったの？」と竿を立てようとしたのを粘児は「ストップ」と片手を出して止めた。「これは、フナが来てるっぽい」

「まじ？」

「まあ見てて」

数秒後、発泡ウキが横倒しになったところで粘児は「はい、竿をひょいと立てて。上げすぎないように」と声をかけた。希実が言われたとおりに竿を立てると、竿先が大きく曲がり、ウキの位置が急に右に動き、ラインが斜めになった。希実が「うわっ、むっちゃ引っ張られてる。怖いっ、釣り糸切れちゃうよっ」と声を張り上げた。

「大丈夫、大丈夫。魚が逃げようとしても竿の弾力で引き戻されるから。これがフナの引きだから、しばらく楽しんで」

「うそぉ……」

やがて希実は感触に馴れてきたようで、冷静さを取り戻した。ウキとラインが右方向で不規則に動き回っている。希実は「手に来るぅ。魚の生命力が伝わってくるねー」とうれしそうにつぶやきながら興奮した様子で水面を見つめている。

粘児は思いついて、カーゴパンツのポケットからスマホを取り出し、水面の様子や希実を動画撮影し始めた。希実の横顔は少し紅潮していた。

「少しずつ竿を立ててって、魚を引き寄せて」と粘児は助言した。「フナの顔だけが水面から少し出るぐらいにすると、観念しておとなしくなるから」

「こう?」

希実がさらに竿を立てると、白銀色のヘラブナが水面から顔を出した。希実が「わっ、びっくりして目を丸くしてるみたい」と言った。

「よし、そのまま足もとの方に引っ張ってきて」と指示し、粘児は右手でスマホ撮影を続けながら左手で網をつかみ、水中に投入した。「網は水中からすくい上げるんだ。上に網があるとフナは驚いてパニックになるけど、下からだとおとなしく入ってくれる」

見たところ、体長は二十五センチぐらいありそうな良型のようだった。希実が「来たよ、来たよ」と言い、粘児が「任せろ」と網ですくい上げた。

目の前まで引っ張り上げた網をコンクリートの上に置き、ヘラブナの上にかかっていた網を指先でつまんでどけると、白銀色の魚体が姿を現した。希実が「わっ、金属でできてるみたい。こんなに光沢があるんだ」と口にした。「目が大きくて、びっくりしてるみたいな顔だー」

「初めてにしてはいいのを釣ったね。体高が高くてぶ厚くて、ウロコがきれいに並んでる。サイズは……」粘児は片手を広げてヘラブナに近づけ、「二十四センチぐらいかな。俺の親指の先と小指の先との間が二十三センチぐらいだから」と教えた。

「ハリが口の中に刺さって痛そう」

「大丈夫」粘児はヘラブナの口からハリを外した。「魚の口の中に痛点はないから、痛みは感じないんだ」

「へえ、そうなんだ。口をぱくぱくさせて、何か言いたそうにしてる」

「負けを認めてやるから、早く水の中に戻せって言ってるのかもよ。実際、ほとんどの魚はエラ呼吸しかできないから、外に放置しておくと息が苦しくなってくる。ヘラブナとのツーショット写真を撮ったら、すぐに逃がしてやろう」

粘児はポケットから手のひらサイズのポリ袋を出して希実に手袋のようにはめるよ

うに言い、網の下からヘラブナを持ち上げさせた。それをスマホで数枚撮影。そのとき、ヘラブナが急に暴れ出して手から滑り落ち、希実が「きゃあ」と叫んだが、粘児がとっさに網の把手をつかんで無事キャッチできた。

「じゃあ、逃がしてやろう」粘児は網をそっと水中に沈め、把手を揺すって網から出られるようにしてやると、ヘラブナはしばらくその場にいたが、急にすーっと泳いでいなくなった。見送りながら粘児は「遊んでくれてありがとう」と声をかけると、希実も「確かにそうだよね。遊び相手になってくれてありがとう」と水面に向かって手を振った。

「さっき、ウキが横に倒れただろ」

「うん」

「あれは食い上げって言って、フナが下からエサに食いついたときにああなるんだ。普通はまっすぐに沈むんだけどね。食い上げは、魚が元気で食欲もりもりっていうことを示してるんだわ。今日は期待が持てると思うよ」

撮影した画像を確認すると、希実は「わお」と少し恥ずかしそうに笑った。

その後も順調にヘラブナがかかった。希実はハリがかりするたびに「お、来たっ」「うわっ」などと声を上げ、粘児が「これも写真撮る?」と尋ねると、毎度「うん」とうなずき、撮影に応じた。竿を立てるタイミングも馴れてきたようで、粘児が合図を出さなくても自分の判断でハリがかりさせることができるようになった。

途中、マブナもかかった。希実が「ちょっと色や形が違うんだね。ヘラブナは白銀だけどマブナはいぶし銀って感じ。形もちょっとスマートで、顔はヘラブナよりかわいいかも」と印象を口にした。釣りながら粘児は、フナの仲間はほとんどがメスで、他の魚の精子に反応して卵が孵化するので事実上のクローンが繁殖すること、ヘラブナのルーツは琵琶湖水系のゲンゴロウブナで、日本独自のゲームフィッシングの対象魚として放流された結果全国に拡散したこと、まれにキンブナという種類のフナや、半ベラと呼ばれるヘラブナとマブナの交雑種もいることなどを解説した。希実はそういった事実が新鮮だったようで、「へえ、そうなんだ」「後で調べてみよっ」などと素直な反応だった。

六尾目で、ついに三十センチオーバーがかかった。釣り上げた魚体を見て希実は「さすがに引きが強かったー」と言ったが、「でも初めてのときの感触がやっぱり一番すごかったかなー」とつけ加えた。

確かに、生まれて初めて魚をかけたときの、えも言われぬ興奮と感動は格別だろう。粘児も小三のときに初めてヘラブナを釣り上げたときのことは、当時の風景や水路や草いきれの匂いなどと共に、鮮明に覚えている。

希実のその初体験に立ち会うことができたことは大きな幸運、感謝すべきだろう。

七尾目に挑んだ希実が仕掛けを投入した直後、つつかれた様子もないうちにウキが唐突に沈んだ。希実が「あれっ？」と言い、粘児はもしやと思いながら「はい、竿を立てて」と促した。

途端に、それまでとは確実に違う、竿先の大きなしなりを確認した。希実も「え？えっ？」と少し混乱し、粘児に助けを求めるように顔を向けた。

この辺りの水路にいる大型魚は、ライギョ、ナマズ、コイ。ライギョとナマズは肉食魚だから基本的にイモ練りを食うことはない。

無理に引っ張ればラインが切れるのではないかという、竿のしなり方だった。希実が「うわああっ、釣り糸が切れそう」と竿を両手で持ち直しながら声を上げた。実際、竿はぎゅんぎゅん、ラインはきりきりと音をさせていた。

「コイだ。ラインが切れてもいいから、ちょっとチャレンジしてみよう」

「コイ？　そっかー、コイか」

正体が判ったことで少し安堵したのか、希実は落ち着きを取り戻したようだった。

コイは警戒心が特に強い魚なので基本的には時間をかけて待つ釣りをするものだが、イモ練りはコイにとっても好物なので、フナを釣っていると外道（目的外の魚）としてかかることがちょいちょいある。特に今日のように水の濁りが強いと、コイの警戒心も下がり、かかりやすくなる。

「コイの引きはとにかく強いし、スタミナもある。引っ張られてるときは我慢して、弛(ゆる)んだら竿を立てて、また引っ張られたら我慢するっていうのをしばらく繰り返して、疲れさせるしかない。頑張れるか？」

「頑張れるかって……頑張るしかないんでしょ」

「そのとおり。大物を釣るチャンスだから、やってやろうぜ」

だがコイの引きは恐ろしく強くて、二・七メートルの清流竿で対処するのは難しい。コイ釣りはバスロッドのようなリール付きの竿を使うか、清流竿なら四・五メートル以上のものを使ってその弾力に頼るのが標準的な対処法である。

だが、短くて細い清流竿でも、やりようによっては何とかなる。

「竿の弾力だけでなく、身体も使った方がいい」

粘児がそう言うと、「どういうこと？」とちょっとキレ気味に返された。

「立ち上がって、腕や足腰の弾力も使うんだ。身体全体を釣り竿(つりざお)の延長だと考えて、ひざのクッションを使ってコイの引きをいなす」

「は？ 何かよく判んないけど……」言いながらも希実は折りたたみ椅子から立ち上がり、「こう？」と手を上下させたりひざを軽く曲げ伸ばししたりした。

「そうそう。そうやって力を分散させた分、ラインへの負担も軽減されて、切れてしまうリスクが減るから。しばらくそんな感じで頑張って」

「竿が折れたりはしない？」

「可能性はゼロではないけど、グラスファイバーっていう軽くて柔軟性がある素材でできてるから信用して」

竿に小さな傷があったりすると、そこが割れ目になって折れてしまうことはあるが、今は余計な情報だろう。

希実は中腰姿勢になったり立ったり、竿の弾力に加えて右左に少し移動したりしながら、コイの引きに耐えていた。コイは右に左にめまぐるしく動き、ときには旋回したり沈んだりもした。粘児がその度に「はい、ひざ使って」などと助言していたが、途中で希実が「もう黙っててっ、判ってるからっ」と怒鳴り、口を閉じることになった。

希実は両腕が疲れてきたようで、「あーっ、肩がだるい」と言い出した。そして「ちょっと替わってもらっていい？」と粘児に横顔を向けた。

「替わったら、希実ちゃんが釣ったことにならないぞ。それでもいいの？」

「えっ、どういうこと」

「いったんハリがかりしたら、最後までファイトしないと、一人で釣ったことにはならないんだよ。網に取り込む作業は他人でもいいんだけどね。これ、釣りの世界の暗黙のルール。だから基本、近くにいる人は応援や助言はしてもいいけど、手を貸してはいけない」

「何、そのルール。知らないっての」

希実は文句を言いながらも、粘児に竿を渡さず、一人での格闘を続行した。

コイはなおも、右に左にと動き回って抵抗を続けている。

途中、水面から少し背びれが出た。黒光りする魚体を見て、希実が「おおーっ」と声を上げる。粘児が「体格のいい野ゴイだ」と言い添えた。

希実が「もう、腕がパンパン」と弱音らしき言葉を漏らしたとき、ラインの動きが鈍くなってきていることに気づいた。粘児が「向こうも疲れてきてる。大丈夫、勝てるぞ」と励ますと、希実も確かに引きが弱まっていることに気づいたようで「よし」と自分に言い聞かせるようにうなずいた。

「あ、そうだった」と粘児はつぶやき、スマホでの動画撮影を開始した。

さらに攻防を続けるうちに、コイが再び水面から現れた。希実は竿を立てて寄せる。するとまたコイは逃げようと引っ張り返した。しかし強い引っ張りの時間がだんだん短くなってきたことは間違いなかった。

そろそろ大丈夫だろうと判断し、粘児はスマホでの撮影を続けながらしゃがんで左手で網の把手をつかんだ。そっと希実の足もとへと網を沈めて待機した。

「来た、来たっ」希実が声を弾ませた。実際、黒光りするコイは顔を水面から出した状態で近づいて来た。粘児がすくい上げると、コイは大きすぎていったんはみ出そうになったが、何とか収まった。

網を持ち上げてコンクリートの上に置くと、希実が「うわあーっ、でかっ。こんなのを釣ったのかー」と言った。粘児と目が合い、安堵の笑みを漏らす。粘児は一瞬、ハイタッチでもしようかと片手を持ち上げかけたが、希実がすぐに視線をコイの方に向けたので、手を下ろした。

ポケットからメジャーを出して計測。六十センチそこそこだったが、黒光りする魚体は一升瓶（いっしょうびん）よりも太くて、丸々としていた。黒光りするウロコの光沢も口ひげも威厳（いげん）に満ちていた。粘児の経験上、これぐらいのサイズのコイは特に体力があって引きが強い。それに対して、八十センチ以上のコイを釣ったときはかえって引きがそれほどでもなかった、ということもあった。力強いコイにはそれにふさわしい体格があるということだろう。

口からハリを外してやるとき、目と目が合った気がした。てめえら、このオレ様を釣りやがったな、という抗議と驚きの表情のようにも思えた。

コイが口をぱくぱくさせているのを見た希実が「早く水に戻せって言ってるよ」と笑った。

「よし、じゃあ持ってるところを撮影して、すぐに逃がしてやろう」

「えっ、これを持ち上げるの？」

「じゃあ、コイだけの写真でいい？」

「いや、せっかくだからツーショット撮りたい」

だが、希実が網を持ち上げて片手でコイを抱えた次の瞬間、コイがはねて暴れた。粘児が手を伸ばして網で確保したが、コンクリート護岸にそれを置いた途端、コイは勢いよく身をくねらせてジャンプ。あっと声を上げたときには既に太い魚体は水面にぶつかり、激しく水しぶきを上げて水中に消えた。

顔や服に水がかかった。見ると、希実もだった。

「あーあ」と希実は言ったが、「でも、動画は撮れてたんだよね」と粘児を見た。

「ああ、バッチリ。後で希実ちゃんのスマホに送るから」

希実は「知希ちゃんにも見せよっ」と笑って、目の周りに飛んだ水を片手でぬぐった。

服が濡れたので、今日の釣りはここまでにしようということになり、軽トラックでひなた屋へと戻った。車中、希実は黙ってスマホをいじっていたが、明らかに機嫌がよく、粘児の隣りに座っていることをもはや何とも思っていないようだった。

途中で希実がスマホ画面を見ながら「へえ、コイ料理の専門店が佐賀にはいっぱいあるんだ」と独り言のように口にした。「美味しいのかなあ」

「旨いよ、コイ料理は。洗いといって、刺身を氷で絞めたのを酢味噌で食べる料理なんて、海で獲れる高級魚に負けてないし。あと、鯉こくっていう味噌煮も濃厚な味で舌触りはとろっとしててねー。栄養価も高かったはずだよ。江戸時代なんかは、病人には鯉こくを食べさせれば治るって言われてたぐらいで」

そう説明した次の瞬間、粘児は雷に打たれたような気分に囚われた。

5

翌日の午後、ひなた屋の仕事が一段落したところで、粘児は自室の押し入れからバスロッド（バス釣り用リール竿）二本を引っ張り出した。いずれもスタンダードなツーピースロッド（真ん中辺りで二つに外して収納するタイプのロッド）で、長さは一・八メートル。ラインは昨夜のうちに新しいものに巻き直し、スピニングリールの機能もチェックしてあり、動きはなめらかである。

続いて、キャンプ用品類を詰めたまま押し入れの奥に突っ込んであったダンボール箱から大型のペグ（テント用の杭）を数本と、山中の野池で釣りをするときのクマよけとして使っていた直径二センチ程度の紐つき鈴二個を取り出した。

大型のクーラーボックスも引っ張り出した。バス釣りの大会に出場していた頃に使っていたもので、電池式のエアポンプ付きなので釣った魚を弱らせずにキープできる。大会で結果が出ずバスプロになることをあきらめたとき、中古釣具店に持ち込んだのだが、買い取り価格が低すぎたため、むっとなって持ち帰った品である。無用の長物に再び出番が訪れるというのは、何だか今の自分と重なる気がする。

さらに、持っている中でも一番大きい釣り用の網も押し入れの一番奥から引っ張り出した。ライギョ用に使ってきたもので、把手が振り出し式になっており、伸ばすと長さが一・八メートルになる。

それらの道具と、何種類もの釣りバリを収納したケースや予備のライン、イモ練りなどの練りエサを詰めた密閉容器などを幌付き軽トラックの荷台に載せてから、ダイニングのテーブルで自主学習をしていた希実に「そろそろ行こうか」と声をかけた。希実には昨夜のうちに計画を伝えてある。ちょっと驚いたようではあったが、「へえ」と興味はありそうな態度だった。

二人で軽トラックに乗り、平野部へ。ポイントとなる水路に行く途中、ホームセンターに寄って単一乾電池を買った。クーラーボックスのエアポンプ用である。

地元で南部通りと呼ばれている国道を通って右折し、農道に入って水田と住宅街が混在する区域へ。この辺りはなべしま川から引かれた水路が縦横に走っている。

駐車スペースがある児童公園に軽トラックを停め、クーラーボックスを肩にかけ、釣りの仕掛けなどを収納したデイパックを背負い、二本のバスロッドを手に、水路沿いを進む。

やがて目的の場所に到着した。ここは池と呼んでもよさそうな面積の長方形の水路で、幼稚園のグラウンドぐらいの広さがある。ガードレール沿いの土手はコンクリートの部分もあれば土の部分もある。向こう岸の一部は道路下をくぐる形でトンネルになっており、向こう側の別の水路につながっている。流れはほとんどなく、濁りも充分。中学生のときにここでライギョや大型のヘラブナがよく釣れることを発見して、一時期は日曜日になるたびに通ったものだが、コイの魚影も濃かったことを覚えている。ヘラブナ狙いで竿を出した大串が、途中から大型のコイが連続してかかるようになり、そのたびに網に納めるのに苦労したことがあった。最後にかかった大物は大串の清流竿の先をへし折っていなくなり、大串はしばらくの間、「あれはメートル級だった」と言い張っていた。

今もコイたちがいてくれることを祈りつつ、コンクリートの土手に置いたクーラーボックスに腰を下ろして仕掛けの準備に取りかかった。それを見ている希実に、コイを釣るための仕掛けについて説明しながらの作業である。

四つ叉の仕掛けを準備した。それぞれにヘラブナ用の大きめのスレバリが結んであり、練りイモ団子の中にハリを隠す。コイは口が下の方にあるあの顔を見て判るように、基本的に川底にあるエサを食べる魚なのでウキを使わず、いわゆるベタ底仕掛けが向いている。

デイパックからテントを張るときに地面に打ち込むペグを二本出して、土の土手に斜めに刺し込んだ。二本のペグの頭部分をクロスさせる形にする。

ロッドを軽く振って四つ叉の練りイモ団子の仕掛けを十メートルほど先に投げ込み、一定の力がかかるとリールが逆回転するようドラグを緩めて、クロスしたペグに立てかける。そしてロッドの先端部に、鈴についたひもをくくりつける。コイがエサを食ってハリが口にかかるとラインが引っ張られ、ロッドが震えて鈴が鳴るという仕組みである。コイ釣りは待ちの釣りであり、川岸に人影があると警戒して寄りつかないおそれがあるため、仕掛けを置いてその場から少し遠ざかるのがセオリーとなる。エサを四つ叉にしたのは、コイはすぱすぱと吸い込んだり吐いたりしながら食べるので、仕掛けが一つだけだと食い逃げされるおそれがあるからである。しかし四つエサがあれば、順に食べてゆくうちにたいがいどれかのハリにかかる。

そういった説明を聞いた希実は、「そっか。確かにコイは下の方に口がついてるよね。そういう魚は基本、水底のエサを食べてるってことか。あ、ペットショップとか水族館で見たアロワナなんかは、落下昆虫なんかを食べるから、口が上の方についてるんだ」と納得した様子でうなずいていた。

デイパックから寄せエサの袋を出して、小さくちぎっては仕掛けを投入した辺りに投げ込んだ。途中で希実に交替してやらせてみると、意外とコントロールがいいので「いい場所に投げるじゃん」とほめると、「まあね」とかすかに笑っていた。

同じ仕掛けをもう一つ、二十メートルほど離れた場所に沈めた。さきほどは十メートルほど先に投入したので、今度は十五メートル以上先に飛ばした。この微妙な差で、釣れたり釣れなかったりということが、ままある。ここへも希実はちぎった寄せエサを的確に投げ込んだ。

仕掛けの設置を終えた粘児は、クーラーボックスからバケツを出して、仕掛けから少し離れた場所で水を汲んだ。コイが釣れたらすぐにエアポンプ付きクーラーボックスに移す必要がある。水道水などではなく、そこの魚が棲んでいる水を使うことが、弱らせずにキープすることにつながる。

水を入れたクーラーボックスを、二つの仕掛けの中間地点に置き、その上に腰かけた。希実にはキャンプ用の折りたたみ小型椅子を渡し、近くに座らせた。

「待つ間、足音を立てることは厳禁だからな」と粘児は説明した。「魚は人間がしゃべる声はほぼ聞こえていないけど、地面の震動にはかなり敏感で、不用意に動くとたちまち逃げられてしまうんだ。コイは特に神経質だから」

「へえ、音じゃなくて振動なんだ」

「それとあとは人影。魚たちは意外と、水中から近くに立ってる人間が見えてるんだ」

「それって、光の屈折があるから？」

「おっ、よく知ってるじゃん」

「理科の教科書に載ってたよ。プールサイドに立ってる人からはプールに沈んで壁面に隠れてる人は見えないけど、水中の人からは立ってる人が見えたりするのも光の屈折のせい」

希実との間にあった溝を埋めるためには、結構な時間がかかることを覚悟していたが、釣りとトラネコのお陰で思っていたよりも早く打ち解けることができた。

そういえばどこかの地域では、「奇跡を信じたければ釣りをするがいい。」ということわざらしきものがあったはずだ。その言葉には前段部分があって、確か「人を信じたければカネを貸すがいい。愛を信じたければ結婚するがいい。神を信じたければ教会に行くがいい。」とかいうものだったように思う。そのことわざのことを知ったときは、釣りがトリを務めるとはよほどの釣り好きがひねり出したのだろうと、鼻で笑いたくなる気分だったが、実際に希実とこうして今では緊張することなく話ができている。あながち我田引水的な都合のいいことわざではなく、真実を含んでいるのかもしれない。

昨夜の知希からのＬＩＮＥを思い出した。〔びっくりした。一日で希実と仲よくなったんだね。〕〔むっちゃ喜んでたよ、ヘラブナ釣り。ありがとう。〕〔動画見ただけで興奮してるのが伝わったよ。あの子があんな顔をするの久しぶりに見たよ。〕〔ネコがいるのもうれしいって。ひなたって名前を勝手につけたってさ。〕など、知希からも喜びと興奮が伝わる返信ＬＩＮＥだった。希実からは動画に加えていくつかの写真画像も受け取ったらしい。希実はさらに〔粘児さんてすごい人なんだね。〕と知希に送ってきたというので〔俺がすごいんじゃなくて釣りってものがすごいんだよ。〕と謙遜気味に答えたのだが、知希からは〔そうだね。〕と返ってきた。

思えば、知希がぎっくり腰で入院しなければ、希実は今もきっと、粘児に対して警戒心を露わにし続け、ろくに口も利いてもらえない状態だったに違いない。まさに怪我の功名というやつである。

希実がスマホ画面を見ていたので覗き込むと、コイ釣りについての情報を仕入れているようだった。

コイは雑食性で、イモ練り、うどん、パン、かまぼこ、ソーセージなどの人間の食材などに限らず、自然界での好物とされるタニシ、ミミズ、エビなどの生きエサがよく仕掛けに使われている。釣り具店ではボイリーと呼ばれるコイ専用のエサも売られている。硬めの団子で、魚粉、大豆、乳タンパク、フルーツなどでできているもので、釣る場所や季節、時間帯などによって釣れるボイリーの種類も違ってくるという。練りイモの食いが悪くなってきたら、ボイリーを試してみるのもいいかもしれない。

十五分ほどが経った頃、後で仕掛けた方のロッドが鈴を鳴らした。やはりコイはイモ練りで充分に釣れる。

希実があっという表情でこちらを向いたので、粘児は「よーし、来たか」と口もとを緩めて立ち上がり、抜き足差し足で近づいた。リールがカチカチと音をさせて逆回転し、ロッドの先が細かく震えている。

粘児はそっとロッドを持ち上げ、リールのドラグを心持ち締めた。コイがゆっくりと左前方に泳いでいることがラインの動きで判る。

ドラグを締めて抵抗力を強めたのに、リールはまだ逆回転を続けた。ハリが確実にコイの口にかかっているということだ。粘児はリールの使い方について希実に説明しながら、ドラグをさらに締め、ロッドを立てリールを巻いた。

緩んでいたラインがぴんと張った途端、強烈な引きが手に伝わってきた。

ドラグを締め過ぎたと感じて、少し緩め直した。清流竿はその長さと弾力によって魚の力をかわすが、バスロッドは堅くて柔軟性がないため、無理に力勝負をするとラインが切れやすい。それを防ぐためにドラグの強度を調節し、一定以上の力がかかるとリールが逆回転してラインが出てゆくようになっているのである。魚が強く抵抗したときは負荷をかけながらラインを送り出し、隙を見て巻き、また送り出しては巻き、という繰り返しで魚を疲れさせせて距離を縮めてゆく。そこには清流竿とはまた違った駆け引きがある。

五分ほど格闘の末、ようやく力が弱まったコイを引き寄せ、希実が用意してくれた網に収めた。希実が「昨日と違って、取り込むまでが早かったね」と言うので粘児は「これがリールのいいところだな。清流竿は力と力の勝負、スタミナ勝負になるけれど、リールはテクニックの勝負ってことだよ」と答えた。

やや灰色がかった、太さのある野ゴイ。メジャーで調べてみたところ、六十五センチあった。

エアポンプが低い音を出して底から泡を出しているクーラーボックスにコイをそっと移し替えた。コイはしばらくじっとしていた後、いきなり尾びれで水を跳ね上げて暴れたが、ふたを閉じるとすぐにおとなしくなった。魚は視界に入ったものに驚いて暴れるが、何も見えなくなるとシャットダウン状態になる。わなにかかったイノシシの足をしばるときも、先に目の周りにテープを巻いて視界を塞ぐと暴れなくなるというから、視界を閉ざすというのは、野生動物を捕獲する場合に共通するやり方なのだろう。

そのとき、もう一つのロッドも鈴を鳴らした。粘児が「次は希実ちゃんに任せてみようか」と声をかけると、希実はいかにもうれしそうに「いいの？」と口の端を持ち上げた。

それから三日間は雨が続き、釣りには行けなかった。粘児はひなた屋の調理場に立った他、客室や風呂場の掃除、障子の張り替えなどの仕事をこなした。希実も母ちゃんの指示で家やひなた屋の掃除を分担してくれた。雨がやんでいる時間を利用して、自転車で直売所への買い出しも希実が受け持つようになった。

母ちゃんからは「希実ちゃん、あのトラネコにひなたっていう名前をつけたみたいやね」と言われ、「あ、そう」と答えておいた。トラネコについてネット検索してみたところ、古代エジプト文明の頃には既に存在しており、キジネコに較べると稀な存在だったことや色合いなどから太陽の化身として当時は神聖視されていたという。その意味で、ひなたという名前はトラネコにこそふさわしいのかもしれない。

ひなた屋が提供する朝食の定番は、ご飯、みそ汁、焼き魚、卵焼き、野菜のおひたし。焼き魚は事前に客に聞いて塩ジャケか塩サバから選べるようになっている。みそ汁はイリコと昆布の出汁に合わせ味噌、具は揚げ豆腐と水菜などの葉物野菜。おひたしはホウレンソウや小松菜。

夕食は、イノシシ鍋にご飯や副菜をつけたものをおすすめメニューにしているが、それを注文してくれる客は六割程度で、その他はリクエストを聞いて、赤鶏の水炊き、赤鶏のすき焼きなどを提供している。いずれも調理場の大鍋で完成させたものを一人用鍋に取り分けて、固形燃料でぐつぐつ煮えている状態を保つ形で出している。どの料理も、父ちゃんが作ったレシピノートに作り方が細かく書いてあるので、それに従えばよく、さほどの苦労はなかった。

イノシシ鍋は赤味噌で仕上げるが、調味料として他にニンニクとショウガを使い、ダイコン、ゴボウ、ニンジン、シメジ、長ネギ、豆腐なども一緒に煮る。モツの部分は脂が多いため塩もみと下ゆでをしてから調理する。それでも灰汁（あく）が出るので、こまめにすくい取らなければならない。

水炊きとすき焼きはどちらも佐賀県産の赤鶏を使っている。スーパーで普通に売られている若鶏すなわちブロイラーは白色の鶏で、戦後にアメリカから入ったものである。これに対して赤鶏は身体が赤茶色の鶏で、昔から日本におり、各地で「××地鶏」と呼ばれている鶏肉はこの赤鶏を品種改良したものである。

赤鶏はブロイラーよりも飼育に時間がかかるが、歯ごたえと風味の強さに特徴がある。ただし、赤鶏を使った水炊きは福岡を中心に扱う飲食店が多いからさほど珍しいものではなく、お客さんのウケも地味なものだった。一方の赤鶏のすき焼きは割と珍しいはずなのだが、すき焼きといえば牛肉というイメージがあるためか、わざわざ鶏肉で食べようとは思わない人が多く、こちらも人気は今ひとつ。母ちゃんによると注文を受ける割合はざっと、イノシシ鍋六割、水炊き三割、すき焼き一割といったところだという。

イノシシ肉の仕入れは、一キロの冷凍パック二つ以上を〔まっしぐら〕に電話やメールで注文すればスタッフが届けてくれるというので、近いうちに市川と再会することになりそうだった。彼が嘱託職員として働き始めるのは十一月一日からだと大串から伝え聞いている。

赤鶏肉、シャケやサバの切り身などは、市内の食品卸会社、といっても個人経営の小さな業者だが、そこが電話注文を受けて持って来てくれる。赤鶏肉は一口サイズにぶつ切りになっている冷凍肉で、もも肉と手羽元が中心。五百グラム入りごとに袋詰めされている。

その他の食材や調味料は、〔ふじ農産品直売所〕や市内のスーパーで購入する他、野菜の一部は母ちゃんが近所の農家から直接買い入れている。ちなみに長ネギとミツバは、ひなた屋所有の小さな畑で収穫しており、最近はパクチーも加わった。いずれも虫に食われず放っておいても育つというメリットがある。

この三日間の宿泊客は、水曜日が二人、木曜日がゼロ、金曜日が二人。いずれもハイキング目的の中高年女性や初老の夫婦だったが、あいにくの天候だったので、粘児が送迎用のワンボックスカーで近隣の歴史博物館や温泉施設に送り迎えすることになった。

土曜日の予約は四人。母ちゃんによると年配の夫婦二組が別々に予約を入れてきたとのことで、最近の週末はたいがいこの程度の宿泊だという。ひなた屋が危機的状況にあることを実感せざるを得ない。

ようやく空が晴れた土曜日の午後、粘児はひなた屋の裏を流れる水路の洗い場に下りた。ここには三日前から、ホームセンターで購入した野菜収穫用のコンテナカゴが沈めてある。カゴはふた付きで、ゴムひもを引っかけて固定するようになっている。大雨などで流されないよう、かごの底にはレンガを沈めてあり、カゴは岸に打ち込んだペグとロープでつながっている。

ふたを開けた。三日前に希実と一緒に釣り上げた二匹の野ゴイは、緩い流れに合わせて、かごの中で泳いでいた。一匹を網ですくい上げると、尾びれをはねさせて暴れ、持つ腕がぶれた。元気いっぱいである。

三日間置いたのは、泥を吐かせるためだった。ネットで調べてみると、野ゴイが泥臭いというのは世間の単なるイメージで、新鮮なコイを手際よく調理すれば全くそういう心配などなく、また、なべしま市内の水路はほとんどが、なべしま川と不二川の支流から枝分かれしており、淡水シジミなどの二枚貝が生息しているほど水質がよいので、捕獲してすぐに調理しても問題ないぐらいだと思われた。それでもしばらく清流で泳がせることにしたのは、客に「清流で泳がせて泥を吐かせました」と説明した方が美味しいイメージを持ってもらえるはずだという計算があってのことだった。

網ですくったコイの目の周りを布巾で覆っておとなしくさせ、バケツに移して調理場へ。コイをさばくのはこれが初めてだが、もともと調理師専門学校で何種類もの魚をさばいてきており、だいたいの要領は判っている。ネットで調べてみたところ、プロのコイ料理店の板前さんがさばく手順が動画でアップされていたので事前学習もできていた。カツオやハマチをさばくのと、技術的にはそう変わらないので不安はなかった。

目隠しをしたままのコイをまな板の上に置いた。

「すまんが、成仏してくれな」と声をかけ、魚体を縦にし、出刃包丁の背を頭に叩きつける。二度の衝撃で完全に失神したようで、ぐったりとなったのが手触りで判った。

希実は、さばくのを見るのはちょっと怖い、と言ったので、この場には呼ばないことになった。実際に食べてみて、その旨さを知れば、やがてタイやヒラメをさばくのを見るのと同等の感覚になるのだろうが、別に早くそうなるよう急ぐ必要はない。粘児自身も、調理師専門学校で初めて生きたアジをさばいたときは、ちょっと気後れしたものである。

コイのさばき方は、洗いにする場合はいわゆる三枚おろしだが、鯉こく（コイの味噌煮）の場合は筒切り（輪切り）である。

野ゴイは寄生虫のリスクがあるため洗いは不可。そっちはコイ料理の専門店に任せておいて、ひなた屋は天然ゴイの鯉こく鍋で勝負である。

まずは出刃でウロコをすく。身を傷つけずにウロコをすくのは、素人にとっては少々難しいことかもしれないが、粘児にとってはさほどの作業ではない。父ちゃん愛用の出刃はよく研がれていて、すいすい刃が進んだ。

ウロコは、油で揚げるとパリパリした食感のつまみになるが、煮ると溶けてゼラチン状になり、鯉こくの旨みを引き立てるので、捨てずにそっちに使う。

胸びれの手前から包丁を入れ、一気に頭を落とした。

あとは輪切りで五つぐらいに分ければよいが、苦玉と呼ばれる胆嚢（たんのう）を潰してしまうと身がたちまち緑色に染まって臭みがついてしまうので、注意しなければならない。とはいえ苦玉は頭を落とした縁から三センチほどの腹側にあり、それ以上の幅で輪切りにすれば問題ない。輪切りのときよりも、その後で内臓を手で引っ張り出すときにこの苦玉を潰さないことが大切である。

頭は食べないが、いい出汁が取れるので煮るときに一緒に入れる。まず口から頭側に包丁を入れて中央を割り、続いてあごの部分も割る。

内臓と身の間にある粘膜や血は傷むのが早いので、すぐに水道水で洗い流す。水道水に含まれる塩素は消毒の役目も果たす。

切り分けた具材をざるに載せて、沸騰したやかんの湯をかけ、さらに臭みを取る。

匂いをかいでみたところ、嫌な臭みを感じることはなく、一安心。コイの身が臭いという話は、死んで時間が経過してから調理したり、苦玉を潰してしまったり、粘膜や血を洗う作業を怠（おこた）ったりした者たちが勝手に言っていることなのだ。

鍋は既に煮立っていた。酒とみりんを入れてから、コイの身と頭、ウロコを投入。味噌はぐつぐつ煮ると風味が飛んでしまうので、仕上がり時に入れる。

再び煮立ったら弱火にし、あく抜きしたゴボウ、ニンジン、ダイコンをそれぞれ一口サイズに乱切りしたものを入れ、さらに厚揚げ豆腐とちぎりこんにゃくも入れる。ただの鯉こくではなく、鯉こく鍋として差別化するための具材である。

煮ている間に、イノシシ鍋など他の料理の仕込み作業もしつつ、こまめにあく取りをした。このあく取りを丁寧にこなすことも、臭みを完全に消すために必要な作業である。

一時間が経過したところで、味噌を溶き入れる前に出汁を味見してみた。

「おお、滋味あふれるとはまさにこういう味だ」と独り言を漏らし、うなずいた。

ここまでの旨みを持っていたとは。コイという魚を見くびっていた。見た目は脂がぎとぎとしているが、くどいどころか、あっさりした旨みに仕上がっている。

味噌は白味噌を使うことにした。イノシシ鍋で赤味噌を使うので、こちらは白味噌にすることでメリハリがつくと考えたのだが、そもそも九州で鯉こくといえば白味噌仕立てである。関東で鯉こくは赤味噌が主流らしいので、要するにどの味噌にもコイは合うということだろう。

あらためて味見をした。

うーむ、これは……最後に味噌を入れて正解だった。味噌の風味がコイの旨みをしっかり引き立てて、さっぱりした口あたりなのに濃厚な味に仕上がった。

これは鯉料理の専門店に負けてない。間違いないぞ。

粘児は「うっしゃー」と拳を握りしめた。


母ちゃんと希実を調理場に呼んで、小鉢に取り分けた鯉こく鍋の味見をさせた。

母ちゃんは「ほう。思ってたよりも上品な味やねえ。ちょっとびっくりやわ」と大きくうなずいた。希実は目を丸くして「えっ、これがコイなの？ 柔らかい肉をとろとろに煮込んだシチューみたい」と独特な表現で驚きを口にした。

鯉こく鍋を試作してみると母ちゃんに伝えたところ、「そんな専門的な料理、あんたに作れるんかね」「民宿の仕事は道楽やないんよ」などとネガティブ発言を連発された。しかし実食した母ちゃんの表情を見る限り、そういう言葉は二度と口にはしないだろう。

「骨まで柔らかいやろ」

「うん、確かに」母ちゃんはコイの身をゆっくりと咀嚼（そしゃく）している。「食べる前はサバ味噌と較べようとしたけど、これは脂の乗った金目鯛（きんめだい）を味噌煮にした感じかもしれん。根菜類や厚揚げ豆腐も味が染みてて、とろっとした食感もまたいいね。これやったらお父さんも喜んで了承するやろ」

「コイのウロコは溶けやすくて、ゼラチン状になって旨みが増すんよ」

「滋養強壮にもいいって聞いたことある」母ちゃんはうなずいて汁をすすった。「乳の出が悪い女性に食べさせたらええって、私のばあちゃんも言うとったよ。あれはいつやったかなあ、親戚の集まりか何かのときやったと思うけど」

「ネットで具体的に調べてみたら、肝臓の疲労を回復させるタウリンとか、身体のむくみを取ったり血圧を下げるカリウムとか、老化防止につながるビタミンEなんかが豊富らしいけん、栄養価があるのは本当たい。それに鯉は縁起がよかろ」

「どういうことね。鯉の滝登りの話かね。滝を登って龍になるという」

「それもやけど」と粘児が言うと、希実が「コイは長生き、でしょ」と口をはさんで目を細めた。ネットで調べたらしい。粘児がうなずいて促すと、希実はこう続けた。

「コイは平均でも二十年以上生きて、中には七十年以上っていう個体もいるんだって。不老長寿を連想させるような説明をＳＮＳで発信したら、中高年のお客さんが興味持ってくれそうな気がする。ハイキング客って基本、普通の人より健康に関心が高かろ」

「それは言えてる」と粘児はうなずいた。「ＳＮＳか。それは是非やろう」

母ちゃんが「ＳＮＳって何やったかね。聞いたことあるけど」と首をかしげたので粘児が「インスタグラムとかツイッターとかブログとか、ネット上にひなた屋のページを作るということよ」と説明すると、母ちゃんは「ああ……」と一応は理解したようだった。

「ブログでよかったら」と希実が言った。「私が作ってみようか？」

「いいね。じゃあ希実ちゃん、叩き台になるものを作ってみてくれる？」

「いいよ。私も戦力になりたいし。粘児さんのパソコン借りていいよね」

「ああ、オッケー、オッケー」

「へえ、ひなた屋のブログ」と母ちゃんがいかにも感心した様子だった。「希実ちゃんは頭がええねー」

実は前回の帰省時に、粘児もひなた屋のブログを作ってはどうかと提案したことがあり、父ちゃんは「よう判らんけどやってくれるとね」と言ってくれたのだが、母ちゃんからは「よか、そんなもん」と一蹴されている。母ちゃんは多分そのことを覚えていないだろう。

いや、あのときは既に、ひなた屋を近いうちに終わりにするつもりだったから今さら悪あがきをしても仕方がないと思ったのだろう。だが希実のせっかくの申し出を却下するようなことはできない——そういうことではないか。

粘児が言ってもダメだが、希実が言えば通る。これは今後母ちゃん対策として他の局面でも使えるかもしれない。

「コイは年中釣れるし、コンテナカゴを増やして洗い場を生け簀代わりにすれば充分に対応できると思う」と粘児は続けた。「コイ一匹で三人分から四人分の鯉こく鍋ができるし、仕上げに味噌を溶く前の段階で冷蔵庫に入れとけば二、三日は持つ。しかも原価ゼロたい」

母ちゃんが「市内の水路におるコイは、勝手に釣って持ち帰ってええんかね」と聞いた。「なべしま市や佐賀市の水路に漁業権なんてなかけん、何の問題もなか。コイは食欲旺盛な雑食の魚で、他の魚の卵や水草まで食べ尽くす問題児なんよ。そやけん、多少は間引きになって感謝してもらえるぐらいたい」

「ならやってみたらよか。ただし、食べたがるお客さんがどれだけおるかやね、問題は」

「もともと県内には小城を中心に鯉料理の専門店があるし、川魚やて言うても高級魚っていうイメージは既に定着しとるけん、俺は大丈夫やと思う。あとは接客担当の母ちゃんのトークにかかっとるたい。滋養強壮のかたまり、鯉こく鍋、またの名を〈不老長寿御前〉。私も食べて、こんなに肌がつるつる」

母ちゃんが眉間にしわをよせた。

「私の肌がつるつるなんは、太っとるせいで張っとるだけたい」

直後、希実が顔を背けた。笑いそうになったのを隠そうとしたらしい。

その日の夜、一食だけだが、鯉こく鍋の注文が入った。ハイキング目的で泊まった初老の夫婦のどちらか一方が、母ちゃんから話を聞いて食べてみたいと言ってくれたという。もう一人はイノシシ鍋の注文で、シメにうどんを、という注文だった。

鯉こく鍋の上には、ミツバをちらした。白味噌の上で鮮やかな緑色が映え、まずは目で楽しんでもらおうという趣向である。そして一人用鍋の横には、椀に盛ったちらし寿司を添えた。ちらし寿司には、ほぐしたカニかまぼこ、小さめに切ったきぬさやとレンコン、細切りにんじんを混ぜ、錦糸卵ときざみ海苔を載せた。鯉こくの白、ミツバやきぬさやの緑、錦糸卵の黄色、カニかまやニンジンの赤。少なくとも見ためは合格点だろう。

粘児は仕上がった鯉こく鍋を、母ちゃんが客室へ運んで行く前にスマホで撮影した。後で希実のスマホに送って、ブログにも掲載してもらうとしよう。

もう一組の二人客は、いずれも赤鶏の水炊き鍋を注文した。それを仕上げて粘児が運んだ後、調理場に戻って後片付けをしていると、母ちゃんがやって来て「鯉こく鍋を注文したご夫婦が、あんたに会いたいって」と言った。

「どういうことね」

「気に入ってくれたってことやろ。私の息子が作ったたって言うたら、あいさつしたいって。ほれ、行って、行って。二階の〔楓（かえで）〕やけん」

クレームとか嫌みじゃないよな……少々の不安を覚えながら、階段を上がった。

「失礼します」と声をかけ、引き戸を開けると、座卓をはさんだ初老の夫婦がこちらを向いた。二人とも白髪で、旦那の方は社会人としてそこそこのキャリアを積んだのではないかという風格があった。夫人の方も品がありそうで、笑顔で会釈をしてきた。鍋や椀は既に片付けられていたが、ビール瓶二本とコップが残っていた。

畳にひざをついて、「本日は、ひなた屋をご利用いただき、ありがとうございます」と頭を下げた。

「どうもお疲れ様です。私はここのイノシシ鍋のファンでね」と旦那が言った。「仕事をリタイアした後、何度か泊まらせてもらって、そのたびにいただいてきたんですよ。夫婦で山歩きをした後で風呂に入って、ビールを飲みながらイノシシ鍋をつつくっていうのが楽しみで。今日も味は同じだったんだけど、入ってる根菜類の切り方が以前とちょっと違ってるようだったんで女将さんに聞いてみたら、今回は息子さんが作ったと聞いて、ああそういうことかと納得したよ」

「あ……それは失礼しました」粘児は顔をしかめて両手を合わせた。「父親が書いたレシピを再現したつもりでしたが、野菜の切り方が違っていたとしたら、申し訳ありません」

「いやいや、申し訳なくなんかない、気にしないでくれ」旦那は片手を振った。「おやっと思っただけで、出来映えは変わらなかったから。それよりお父さん、入院中だと聞いたけど、大丈夫なの？」

「ええ、幸い、たいしたことなくて、来週ぐらいには退院できそうです」

「それはよかった。で、お兄さんに会ってみたくなったのは、鯉こく鍋のことだよ。家内もこれまで、ここに泊まるときはイノシシ鍋を注文しとったんだけど、女将さんから、鯉こく鍋っていうのを始めたって聞いて、食べてみたいって言い出してね。女ってのは、食いもんに対する好奇心が強いから」

「男が保守的なだけよ」夫人はそう言ってから粘児に笑顔を向けた。「美味しかったわー。長野の方で以前、赤味噌仕立ての鯉こくをいただいたことがあったんだけど、白味噌は初めて。でも私、こっちの方が好きかも。ちらし寿司との組み合わせもいいわね。若かったらお代わりしてたわ」

「あんまり旨そうに食ってるから、俺にも寄越せって頼んだんだけど」と旦那が口をはさむ。「ちょっとしかくれねえんだ。残り三分の一をイノシシ鍋と交換しようって言っても、そっちの味は判ってるからって、断られちゃって」

「そんなに食べたかったら、今度来たときに注文すればいいでしょ」

「それまで待てねえから交換してくれって頼んだんだよっ」

粘児は「それは恐縮です」ともう一度頭を下げた。「実は今日初めてご注文をいただいたんです。気に入っていただいて、ほっとしております」

「それにしても民宿で鯉こくがいただけるとはねー。専門店で食べて、その後で素泊まりの宿に泊まったら、トータルでひなた屋さんに泊まる料金の倍ぐらいになるんじゃないかなあ」と旦那が夫人に言ってから、「コイは専門の業者から仕入れてるの？」と粘児の方に顔を向け直した。

「いえ、天然物です。なべしま市内の河川で釣り上げたコイを三日ほど、近くを流れる不二川の清流で泳がせて身を締めてから調理致しております」

「えっ、お兄さんが自分で釣るの？」

「ええ、子どもの頃から川や池で釣りをやってきて、水がきれいな場所、コイの好物であるタニシやエビが多い場所などは把握してますので」

「へえ。天然の野ゴイかぁ」

「はい。養殖のコイは配合したペレットのエサなどで育てますが、うちではタニシやエビなどを食べて育った天然ゴイの味を楽しんでいただこうという趣向でして」

ものは言いようである。実のところ、その辺の水路を泳いでいるコイを調理したということなのだが、養殖か天然かと聞かれれば天然だし、水路にいるコイならタニシやエビも当然食べている。他にもいろんなものを食べてはいるが、ウソはついていない。水がきれいな場所、というワードを入れたのも意識してのことだった。なべしま川と不二川から分岐した水路は、二枚貝も生息しており、見た目は濁っていても実際に水質はいい。

「おい、予定を変更して、連泊しないか」と旦那が言った。

「あら、べべちゃんはどうするのよ」

「ペットホテルに電話してもう一泊延長するって言えばいいだろう」

「寂しがってるわよ」

「大げさなことを言うな。他の犬たちと一緒にいて、楽しんでるぐらいだろう。どうせ仕事の予定なんてもうないんだ、こういう気まぐれなことをするのも悪くない」

「それはまあ……私は構わないけど」

「ようし、じゃあ決まりだ」旦那は、ぱんと手を叩いた。「明日は俺が鯉こく鍋を食うからな。君はイノシシ鍋でいいよな」

「私が何を食べるかまでは決めないでよ」

おお、早くもリピーター獲得。粘児は「ありがとうございます」と、さきほどよりも深く頭を下げた。


その後も宿泊客は相変わらず少人数の日々が続いたが、鯉こく鍋について問い合わせの電話がぽつぽつ入り始めた。希実に手伝ってもらって立ち上げたブログ『民宿ひなた屋』を通じて、清流なべしま川、不二川水系で育った天然の野ゴイを使った鯉こく鍋について、栄養価にすぐれた滋養強壮食であることを強調する説明文をつけ、ちらし寿司椀とセットの色鮮やかな写真を載せたことが、徐々に効果を発揮し始めてきたようである。

鯉こく鍋についての問い合わせで、しばしば聞かれたのが「鯉こく鍋を頼んでも、従来の宿泊料金のままなんですか？」というものだった。もちろんですと答えると、五割以上の確率でそのまま宿泊予約してもらえた。その他、宿泊しないで鯉こく鍋だけを食べるのは可能かという問い合わせもあったが、調理場担当者が一人しかいないので今のところは宿泊客にのみ提供させてもらっていると説明し、理解してもらった。

ブログではイノシシ鍋も、ひなた屋の二枚看板の一つとして、同等の扱いで紹介した。イノシシ鍋の説明は、なべしま市の山中で捕獲したイノシシを素早く解体処理し新鮮な状態で地元野菜と共にコトコト煮込んだ――という表現を使った。実際には冷凍肉を解凍するわけだが、消費期限を守っているので新鮮な状態で処理したことについてウソはない。コトコト煮込んだという言い回しをどれぐらいの時間に感じるかも人それぞれである。

ブログには、粘児と希実が撮影したさまざまな水辺の写真も掲載した。なべしま川や不二川の上流部の、透明度の高い水域を、青空や木々の緑が映り込むように撮影した写真を選んでいる。実際にコイが釣れるのは濁りがある下流の水路だが、掲載写真にある川の水系で釣ったわけだから、ねつ造ではない。沖縄周辺の旅行パンフレットに載っている、真っ青な海やエメラルドグリーンの海がたとえ年に一度あるかないかという好条件のときに撮った写真であるとしても、ウソをついているわけではないのと理屈は同じである。

希実はブログ内に『ネコのひなた』というコーナーも作り、いくつかの写真画像を掲載し始めていた。粘り強く映える瞬間を待って撮影しているようで、ひなたが飛んでいる蝶(ちょう)を捕まえようとジャンプしたり、エアコンの室外機と壁の隙間に隠れて顔を覗かせていたり、笑っているかのような表情でお座りしていたりと、なかなか凝っている。ネコ好きの閲覧者から〔地域ネコなんですね。かわいいこと。〕〔ひなた屋の看板娘ですね。〕といったコメントも届いた。動画も見たいというリクエストも来ていて、希実もすっかりその気になっているようである。

備蓄するコイも希実と一緒にコンスタントに釣りに出かけ、今では常時十尾前後が洗い場のコンテナカゴの三つに待機している。コイは年中釣れるが、冬になると数はどうしても落ちるので、ある程度は蓄えておくべきだろう。

さらにコンテナカゴを増やすことにしてホームセンターまで買い出しに出た帰り、県道の交差点で信号待ちをしているときに、左から進入して右折待ちをする黄緑色のマイクロバスに目が止まった。サイドボディに筆書体で〔エンペラーホテル佐賀〕と入っている。運転手しか乗っていないようなので、宿泊客をハイキングコースの出発点まで運んで、ホテルに戻るところなのだろう。

ひなた屋のハイキング客を横取りしてくれているマイクロバスである。

粘児は小さく「この野郎」と漏らして、ぴかぴかの車体を睨みつけたが、マイクロバスは全く意に介する様子もなく右折して姿を消した。

その夜、グッシーこと大串からLINEメッセージが届いた。粘児は自室でコイ釣りの新しい仕掛けを机の上で作っているところだった。

〔その後どげんしよる？　環境センターの嘱託職員、予定どおりでいいか？〕

粘児は少し考えてから返信した。

〔実は親父が感染症で入院しとって、ひなた屋の調理場とか代わりにやっとるんやけど、最近思いつきで始めた鯉こく鍋というのがちょっと評判よくなってて予約が増えてきとるんよ。あと、ひなた屋のブログも立ち上げて宣伝始めたら、閲覧数も伸びてきてて。〕

するとしばらく経って、再びラインメッセージが届いた。

〔ブログ今見たよ。鯉こく鍋のセット、彩りがきれいで旨そうやね。カミさんと息子連れて泊まりに行こうかな。自分でコイを釣って調理するって、古場らしいね。民宿の状態がよくなってきてるのなら勝負どころやね。環境センターの件は見合わせるか？〕

粘児は〔すまん、せっかく紹介してくれたのに。〕と送った。ここ数日の間にそう決めて、そろそろ大串に報告しようと思っていたことだった。

すると〔了解、気にせんでいいから。ひなた屋が調子上げていくのが楽しみたいね。ところで、なべしま新報の生活文化部担当記者に知り合いがおるけん、取材を持ちかけてみようか？」と大串が提案してくれた。

なべしま新報は佐賀県内の購読者が中心の新聞で、県内では最大のシェアを有している。その紙面で紹介してもらったら知名度が確実に上がるし、最近は地方紙もｗｅｂニュースとしてネット配信する時代なので広く県外にアピールできるかもしれない。

〔是非頼む。ありがとう。〕

〔古場はやっぱりただ者やなかね。持ってる男たい。〕

どういう意味だよ、と尋ねるよりも早く、続いて届いた。

〔しっかり釣りを仕事にしとるもんね。〕

はっとなった。

確かに、気がつけば釣りが仕事の一部になっているではないか。釣り関係の仕事をしたい、だから民宿を継ぐ気はないと言い放って、母ちゃんとケンカみたいになって出て行ったのに、いつの間にかいったんはあきらめた釣りが、今では民宿経営に役立っている。

ずっと、二者択一しかないと思い込んでたけれど、そうじゃなかったのだ。

濃霧が去って、急に視界が開けたような気分だった。

さっそく翌日に、なべしま新報の記者から取材依頼の電話がかかってきた。声がやや高い、まだ若そうな女性で「生活文化部のウメノと申します」と名乗り、なべしま市経済振興課の大串係長からの紹介であること、『ひぜんヒト図鑑』という連載記事の一つとして紹介したいといった説明を受けた。なべしま新報は古場家でも購読していたが、粘児はろくに新聞を読んでこなかったためその連載記事について知らず、内容を尋ねてみたところ、佐賀県内のフリーランス事業者や家族経営的な小規模自営業者の活動を紹介するコーナーだとのことだった。鯉こく鍋やイノシシ鍋のことも記事にしてもらえるのかと尋ねると、「もし試食させていただけるのなら、もちろん重点的に書かせていただきたいと思います」との返答。無料で提供してくれるなら記事にしますよ、ということらしい。

話はとんとん進み、その翌日午後一時にカメラマンを連れて二人で取材に来てもらうことが決まった。

あいにくの曇天で小雨になったその日の午後、約束の時間に記者とカメラマンがやって来た。女性記者はまだ若くて二十代後半ぐらいのようだった。少しスレンダーな体型で細い目や笑みを含んだような口もとの一方、髪を後ろで束ねて黒いパンツスーツという姿はいかにも忙しく動き回っている記者という印象である。「今日はよろしくお願いします」とあいさつされてもらった名刺には「なべしま新報　生活文化部記者　梅野彩子（あやこ）」とあった。粘児は「すみません、私は名刺を持っておりませんで」と謝った。

カメラマンも女性だった。こちらはややふくよかな体型で短めの髪、薄手の黒いセーターにベージュのチノパンという軽装である。梅野記者よりも年上で、粘児と同年代ぐらいのようだった。彼女も愛想がよく、昔はほっぺの赤い田舎の女子だったけれどセンスを磨いて大人の女性になった、という勝手な経過を粘児は想像した。彼女は「スギヤマと申します」と自己紹介しただけで、名刺は出さなかった。おそらく「杉山」だろう。宿の外観を既に撮影してきたとのことで、ショルダーバッグとは別にカメラを肩から提げている。

撮影しやすいよう、二人部屋ではなく四人部屋の一つに案内し、まずは鯉こく鍋とイノシシ鍋を食べてもらうことにした。おそらく二人はまだ昼食を摂ってないだろうし、先に食べてもらった方が取材も和やかに進むはずである。

鯉こく鍋とイノシシ鍋を順番に運んだ。母ちゃんは「新聞に写真が載るかもしれないんやろ」と言って記者に会うのを嫌がり、顔出しNGだと伝えておけば大丈夫だしいくつか質問に答えるぐらいはいいではないかと説得しても聞く耳を持たず、記者たちが来る前に、買い物に出かけてしまった。母ちゃんは以前、旅番組でイノシシ鍋が紹介されたときにも、対応をすべて父ちゃんに任せて、撮影中は宿にいなかったという。出しゃばるところがあるくせに、マスコミでの露出は嫌がるという、よく判らないこだわりが母ちゃんの中にはあるらしい。

希実にも一応は取材のことを伝えたが、やはりマスコミ対応は気が進まないようで「ちゃんと宣伝しといてね」と言われた。今は家の方で自主学習でもしているか、トラネコのひなたの相手をしているかだろう。

鯉こく鍋の盆には、鉄鍋に入ったメイン料理の他、ちらし寿司の椀、番茶の湯飲みも載っている。イノシシ鍋の盆には、シメに使ううどんを載せた皿、番茶の湯飲み。うどんは平たい乾麺を少し固めにゆでてある。鯉こく鍋の方がやや分量が少ないので、ちらし寿司椀でバランスを取っている。

杉山さんがそれぞれの料理を数枚ずつ、アングルを変えて撮影した。その後、「古場さんの上半身もいただいていいですか」と言われ、その場で何枚か撮られた。

すると杉山さんがカメラを下ろしながら「古場さん、撮られるのに馴れてらっしゃいますよね？」と言った。「自然な笑顔を作るの、上手じゃないですか。普通はもっと、ぎこちなさがあるものですけど、古場さんはいわゆるキメ顔を作れてますよ」

梅野さんが「へえ、そういうの、判るんですか」と聞き、杉山さんが「そりゃ判るよ、こちとらカメラで食ってんのよ」と応じる。二人の女性は気安く話ができる関係らしい。

「以前は釣り関係のライターやレポーターをやってて、釣り雑誌や釣り番組で撮られることがあったもので」と粘児は答えた。「カメラを向けられると習慣で表情を作っちゃうんでしょうね」

「えっ、そういうお仕事もされてたんですか」と梅野さんが目を見開いた。「できたら後で、その辺のお話も伺ってよろしいですか」

「ええ、どうぞ。まあ、まずはお召し上がりください」

料理を再び煮立たせるために粘児が点火ライターで固形燃料に火をつけると、梅野さんが「最初、私が両方とも少しいただいて、メモを取らせていただきます」と正座し、鯉こく鍋の盆を引き寄せ、「いただきます」と手を合わせた。

レンゲで鯉こく鍋の具材をすくい、小鉢に移して、竹の箸でコイの身をつまむ。

「あら、柔らかい。白味噌のいい香り」と実況しながら口へと運び、「ん」とうなずく。

「濃厚だけどさっぱり感があって、旨みがしっかり出てますね」

杉山さんが「テレビの食レポじゃないんだから、黙ってメモすりゃええでしょうが」と口をはさむと、梅野さんが「あ、そうか」と応じて自分に失笑している。杉山さんが「このコ、こういう天然なところがあるんですよ」と苦笑して肩をすくめた。

梅野さんは続いてイノシシ鍋も少し食べ、そちらもメモを取り始めたところで杉山さんがカメラをバッグに収めて隅に置き、「じゃあ私もいただくよ」と座布団に正座し、粘児に「いただきます」と会釈した。

　本格的に食べ始めた二人は「全く臭みがなくて食べやすいね」「骨まで柔らかい」「ビールが欲しくなるねー」「イノシシのモツ、大阪のどて焼きより関東のモツ煮に近い気がする」「そろそろうどん入れよっか」などと言い合っている。粘児が「ビール、出しましょうか」と言うと、二人は「いえいえ、今はお仕事なので」と苦笑いで片手を振った。

　見られていては楽しめないだろうと気づき、粘児は「ちょっと失礼しますね。新しいお茶を持って参ります」といったん部屋を離れた。

　十数分後に部屋に戻ると、どちらの鍋もきれいになくなっており、二人ともスマホを操作していた。

「あ、ごちそうさまでした」と梅野さんが笑顔を向けた。「どちらも美味しかったです。上品な味わいの鯉こく鍋に、食べ応えがあって飽きがこないイノシシ鍋。対照的な感じもいいですよね」

　粘児は持って来た急須を座卓に置いてから正座し、「ありがとうございます」と丁寧に頭を下げた。

「今、スマホで古場粘児さんのことを、ちょっと検索させてもらってたんですけど、釣りの世界では有名な方なんですね」と梅野さんがスマホの画面と粘児の顔を交互に見た。「マスコミ業界にいながら全く存じ上げず、失礼しました」

「いえいえ、有名というほどではありませんし、今はもう釣りライターをやってないので、気にしないでください」

「では、ここでお仕事をされるに至るまでの経緯を含めて、インタビューさせていただいてよろしいでしょうか」

「はい、よろしくお願いします」

互いに正座をし、座卓をはさんでのインタビューとなった。杉山さんは立ってカメラを構え、ときどき粘児の顔を撮影した。

三十分ほどのインタビューの中で、ひなた屋が祖父の代から始まったことや幼少期の思い出、釣りに夢中だった少年期、民宿を継ぐつもりはないと宣言して上京し釣りライターになったが仕事がなくなり帰省したことなども話すことになった。梅野さんが「へえ、そうだったんですか」と驚きと共に興味津々の様子で熱心にメモを取りながら「それからどうされたんですか」と聞いてくるので、ついついしゃべってしまう。ちょっと天然系の人だとのことだが、インタビュアーとしては能力があるのかもしれない。実際の記事はせいぜい原稿用紙にして二枚程度のはずだが、詳しく知っておけば短い記事ながらも密度の濃い内容に仕上げることができる。粘児自身も釣りライターをやっていたので判る。

「ところで、ひなた屋という名称は、どういう理由でつけられたものなんでしょうか」と梅野さんが尋ねた。

「初代の祖父が命名したものですが、その頃は竹林に囲まれてなくて、陽当たりがよすぎるぐらいの場所だったんですよ。だから夏は扇風機だけでなく大きな氷が入ったタライも客間に置いたりしてて。まだエアコンが普及していない頃だったもので」

「だから竹を周りに植えたわけですか」

「いえ、父親から聞いた限り、勝手に生えてきたそうです。お陰で今は強すぎる陽射しも冷たい風も遮ってくれて、ほとんどエアコンなしで済んでます」

「へえ。もしかしたら、民宿にお客様を呼び込むよう、土地が気を利かせてくれたのかもしれませんね」

面白い解釈をする人である。だが粘児は、ブログでの紹介文にそういうエピソードを加えるのもいいなと思った。

そろそろ終わりだろうという雰囲気になったところで梅野さんが「親御さんとの確執や対立を乗り越えて、力を合わせるようになるって、ドラマ的ですよね」と言った。

「うん。民宿ひなた屋物語ですよ、これ。久しぶりにストーリー性のあるお話を伺うことができて、ちょっと興奮です」

そんな大げさな。粘児は「そうですかね」と苦笑した。

「なべしま新報の『ひぜんヒト図鑑』の記事は週に一回ペースでもう十年近く続いて

まして、私もその担当ローテーションに入ってるわけなんですけど、ほとんどが看板商品の紹介と、親しみやすい雰囲気の店だとかいった適当なほめ言葉でお茶を濁すっていうか……中には自慢話ばっかり聞かされて、それを謙虚な人柄みたいな感じの記事に仕上げちゃったりして……あ、ここオフレコでお願いしますね」

「はい、大丈夫です」

「過去の記事で社内で評判になったのって、ほんの一握りなんですよ。まあ、短い記事なので仕方ありませんけど」

「社内でMVPだとされてるのは」と杉山さんが言い添えた。「五年ぐらい前の、寿司とラーメンの親子の記事だよね。あれがダントツ」

それを受けての梅野さんの説明によると、佐賀県中部の多久市内に「せきや」という寿司店があるのだが、息子は「寿司屋よりもラーメン屋をしたい」と言い出して父子の間で大ゲンカとなり、息子は家を飛び出した後いくつかのラーメン店で修行を重ねた末に鶏ガラベースのラーメン店を福岡市内で始めたという。しかし新旧のとんこつラーメン店がひしめく激戦区で鶏ガラスープのラーメンは苦戦し、テナント料の高さもあって結局、店を閉めることに。一方、実家の寿司店「せきや」も回転寿司チェーン店が周辺にできた影響をもろに受けて経営難だった。そんなとき、もう店をたたむと言う父親に息子が提案して、ラーメンと寿司のセットメニューを出してみた。ラーメンは通常の半分程度の量にし、にぎり寿司六貫とのセットにしたという。すると、鶏ガラベースのあっさりしたラーメンとにぎり寿司の組み合わせが意外といける、こういうのが食べたかったという声が広がって、ランチメニューとして評判になり、人気店として復活したという。

「その記事を書いた人はもう退職されましたけど、拡大コピーした記事、生活文化部のフロアに飾ってあるんです、額に入れて。この記事を手本にしろってことですよね」

「へえ」

確かにいい話である。近いうちに勉強を兼ねて〔せきや〕に行ってみようという気になった。

「古場さんのお話も、共通した部分がいろいろありました」と梅野さんが続ける。「対立していた親子。互いに譲らず袂を分かつことになったけれど、どちらも行き詰まってしまう。ところがその親子が力を合わせてみたら、それまでできなかったことができてしまった。普通に民宿を継いでたら、こうはならなかったように思うんです。対立して飛び出して、違うことをやった経験が結果的に家業を助ける。どこか寓話的ですよね」

粘児は「かもしれませんね」とあいまいにうなずいておいた。

間ができたところで梅野さんが「こんなところで、いいよね」と杉山さんに声をかけると、杉山さんが「ちょっと言わせていただいても？」と粘児の方を向いた。

「はい、どうぞ」

「鯉こく鍋もイノシシ鍋も、地元の食材を使ってるってところに何か大きな可能性を秘めているような気がするんです。身近なところで釣ったコイ、捕獲したイノシシ、そしてなべしま市内で育てた野菜。美味しさはもちろんだけど、地元産の食材でおもてなしをするというか、独自のジビエ料理を自然に囲まれた民宿でいただけるっていう、そこがいいところに気づいて押さえてるなあって思いました」

「はあ」

「私、趣味でときどき国内を一人旅するんですけど、大きな旅館に泊まったら、確かに美味しい夕食が出てくるんです。刺身盛りとか天ぷらとか霜降りステーキとか。で、女将さんとか仲居さんとかが、富山湾直送の金目鯛でございますとか、京都の農家さんから直接取り寄せた京野菜を使っておりますとか、最高ランクの米沢牛でございますとか聞かされるんですよ。最初のうちは、へえ、すごいって思うんですけど、どこに泊まろうが同じようなメニューで何だかなあってなって、その手の旅館に泊まる気がしなくなったんですよね。宿によって米沢牛が松阪牛だったりヤリイカの活造りがアオリイカだったりしても、泊まった人間の思い出としては似たようなものになっちゃうんです」

粘児は「そうかもしれませんね」と相づちを打ちながら、杉山さんが言わんとしていることに気づいて、ぞくっとくる感覚を得ていた。

もしかすると、これはすごいヒントをもらったのではないか。杉山さんは、目の前の男が最初からそれを判って取り組んでいると思い込んでいるようだが……。

「だから私、最近はもっぱら、宿は素泊まりにして、地元の料理を出すお店に入るようにしてるんです」と杉山さんは続けた。「その方がよっぽど旅の醍醐味を体感できるし、記憶に残るんですよ。地名を見たり聞いたりしたら、ああ、あそこの料理店ではあれを食べたんだ、カウンター席の隣にいた地元のおじさんから知る人ぞ知る一品を教えてもらったなあって、次々と記憶がよみがえる。大きな宿の料理は確かに美味しいけれど、そこが欠落してるんですよ。最近ようやく、地元食材を重視する宿がぽつぽつ出始めましたけど、まだまだで、メニューの一部に加えてる程度のところばかり。古場さんは、全国の旅館が抱えているそういった問題点にいち早く気づいて、では何をすべきかということを理解し、行動に移しておられる。私、そこにすごく共感できるんです。私みたいな旅好きはきっと、ひなた屋さんに泊まってみようって思うはずです」

杉山さんはそう言ってから「すみません、一人で熱くなっちゃって」と頭を下げた。

えーっ、そんなこと全然考えてませんでしたけど。単に安く手に入る食材だってことでやってるだけで……。

だがここは、判ったふりをしておいた方がよさそうである。

「いえいえ」粘児は作り笑顔で片手を振った。「旅好きの方が、うちのコンセプトをご理解くださったというのは、大変うれしいことです。ありがとうございます」

粘児は、足がしびれているのを我慢しながら、頭の中で勝手に立ち上がってきたフレーズを暗唱していた。

なべしまを召し上がれ。佐賀を召し上がれ。

ひなた屋は、個性ある地元食材をご堪能いただける民宿です。

悪くない。このコンセプトを忘れなければ、オンリーワンの宿を目指せるんじゃないか。まだ他にも何か、鉱脈みたいなものが見つかるんじゃないか。

地元の食材で名物料理　民宿ひなた屋　元釣りライターの挑戦

なべしま市不二町の中山間地、竹林に囲まれた民宿ひなた屋は、二人部屋が三室、四人部屋が二室の小さな民宿だが、鯉こく鍋とイノシシ鍋という地元産の食材にこだわった料理を提供することで、じわじわと評判を広げている。親が営む民宿を最近手伝い始めた古場粘児さん（四十一歳）は「全国の旅好きのお客様がリピーターになっていただくためには、地元ならではの食材を使うことが大きな武器になると思います」と語る。

鯉こく鍋は、小城市の郷土料理として知られる鯉こく（鯉の味噌煮）を鍋料理にしたもので、ダイコン、ニンジン、ゴボウ、厚揚げ豆腐、ちぎりこんにゃくなどが入っている。白味噌の風味が、コイの滋養が詰まった濃厚な味を引き立てている。コイはなべしま川と不二川水系の河川で古場さん自らが釣り、不二川上流の冷えた清流で数日間泳がせて身を締めてから調理する。野菜や味噌ももちろん地元産で、彩りのあるちらし寿司がついてくる。

イノシシ鍋は、周辺の山間部で捕獲されたイノシシ肉をやはり数種類の季節の野菜や豆腐などと煮込んだ料理で、こちらは赤味噌仕立て。ニンニクとショウガが利いており、イノシシ肉もさまざまな部位やモツが使われていて、食感の違いを楽しめる。使用する肉は、なべしま市内で捕獲されたイノシシを解体処理するＮＰＯ法人「まっしぐら」から仕入れている。シメ用にうどんがついている。

古場さんは、調理師専門学校出身で調理師免許を持つ一方、最近まで釣りライターとして釣り雑誌や釣り番組で活躍したという異色の経歴の持ち主。かつては両親に「民宿は継がない。釣り関係の仕事をする」と宣言して実家を飛び出し、長らく疎遠だったという。しかし今年になって、ひなた屋の調理場を仕切っていた二代目当主である実父が体調を崩したのを機に手伝うこととなり、二代目が考案したイノシシ鍋の他にも地元ならではの食材を活かした料理を作れないかと考えて生まれたのが鯉こく鍋だった。「民宿の仕事を手伝うからには、大好きな釣りとは距離を置くことになるだろうと覚悟していたのですが、気がつけば再び釣りが仕事の一部になってしまいました。釣りとの縁は切れないようです」と苦笑いで語る古場さん。なべしま市周辺にはまだまだ面白い食材があるので、今後さらに名物料理を考案してゆきたいという。なお、ひなた屋には毎日のように地域ネコの「ひなた」ちゃんが遊びに来るそうで、宿泊客を和ませてくれているという。

宿は小さくても夢は大きく膨らむ。

（梅野彩子）

取材の三日後に掲載されたその記事には、粘児がインタビューに答えているときの顔写真と、鯉こく鍋、イノシシ鍋それぞれの写真も載っていた。ひなた屋の所在地、電話番号、宿泊料金、ブログの情報なども記載されている。

記事には事実とやや異なる部分もあった。イノシシ鍋の他に新メニューを考案しようとしていたわけではなく、希実にフナ釣りをさせていたらたまたまコイがかかって、鯉こく鍋というものを思いついたに過ぎない。旅好きの客を引きつけるには地元ならではの食材が武器になるなんてことも恥ずかしながら正面から考えたことなどなかった。女性カメラマンの杉山さんが勝手に深読みをしてくれたことがきっかけで、上手い具合にひなた屋の方向性らしきものを見出すことになっただけである。

このレポートを読む限り、古場粘児という男はものすごくいろいろ考えてる人間みたいである。穴があったら入りたい。

しかし結果オーライではある。粘児はこれを受けて、ひなた屋のブログに「なべしまを召し上がれ。」というサブタイトルを加え、地元の食材にこだわった宿であることを強調する説明文に直した。

母ちゃんは、インタビューにかかわることを嫌がって姿を消したくせに、前日になべしま新報の販売店に電話をかけて、掲載紙を十部も注文した。入院中の父ちゃんにも渡しに行った他、何人かの親戚にも送るという。ひなた屋の浴槽を掃除していた母ちゃんが「あの子は何かやるとは思ってたんよねー」とスマホで誰かにしゃべっている声が、調理場にいた粘児の耳に届いた。

買い出しのついでに、希実を伴って市立病院に寄って父ちゃんを見舞った。抗生物質の点滴が効いているようで、腰の痛みはかなり引いて、普通にベッドから起き上がれるようにもなっていた。あと三日もすれば退院できそうだという。入院してからの最初の数日間は激痛続きで食事もままならなかったせいか、やせて一気に十歳ぐらい老けたようにも見えるが、顔の血色は戻ってきたようである。

希実は恥ずかしがって「こんにちは。お世話になっています。畑田希実と言います」と小声であいさつをしただけだった。父ちゃんも結構な人見知りなので、「ああ、こちらこそお世話になってます」と返した後、特に気の利いた言葉を口にすることはできなかったようだった。知希や希実のことは母ちゃんからいろいろと聞いているはずなので、もしかしたら母ちゃんから「いらんことを言って希実ちゃんを傷つけたりしないように気をつけてよ」などと言い含められていて、それを守ったということかもしれないが。

その父ちゃんから小声で言われた。

「お母さん、ひなた屋を粘児が立て直してくれるんやないかって期待し始めとるぞ。継がせるつもりはないって言ったこと、きれいに忘れとるみたいやな」

父ちゃんはそれだけしか言わなかったが、母ちゃんの二枚舌をなじったりせず、父ちゃんからは、いけると思ったら黙って突き進んでくれと託されたのだと解釈した。

「実は、他にも考えとることがあっけん、ちょっとやってみてよかね？」

そう尋ねてみると、父ちゃんは「ああ、もちろん。好きにやったらええ」とうなずいてから、「是非頼むわ」とつけ加えた。

6

十月中旬の小雨が降る日の午後、粘児は希実を助手席に乗せて、ひなた屋の送迎用ワンボックスカーを運転し、佐賀市内へと向かった。

なべしま新報に記事が掲載された効果で宿泊予約の注文が増えてきたため、コイ釣りやブログ作成、掃除などの手伝いをしてくれている希実へのねぎらいと敵情視察を兼ねて、エンペラーホテルのレストランへジビエランチを食べに行ってみようということになったのである。

「知希さん、無事に退院できてよかったね」

粘児がそう話しかけると希実は「うん」とうなずいてから、「まあ、もともと命に関わるような怪我じゃなかったんで、それほど心配はしてなかったけどね」とつけ加えた。

昨夜、希実からは「もう少しこっちにいたい」と言われた。もともとは知希が入院している間だけ預かる予定だったが、もしかしたらそんなことを言い出すかもしれない、という気はしていた。なので母ちゃんと少し話し合って、知希の了解を得ること、勉強をサボらないでちゃんとやることを条件に、滞在延長を認めることとなった。知希は後で粘児に電話をかけてきて、「悪いけど、もう少し面倒見てもらえる？」と言い、母ちゃんにも代わってくれと言って、何やらいろいろと謝ったり頼んだりしていたようだった。知希もあまり驚いた様子ではなかったのは、日々の母子間でのLINEのやり取りの中で、希実がこっちでの生活を気に入っていることにとっくに気づいていたからだろう。知希からは電話の後でLINEも届き、「久しぶりに若い頃の独身生活を楽しませてもらうことにするよ。」とあった。本当はちょっと寂しい気持ちもあるのだろうが、知希は意地っ張りなところがあるのでそういうことは表に出さない。希実もそういうところは受け継いでいる気がする。

希実はもうしばらくこっちにいたいとは言ったが、その理由をはっきりと口にしなかったのは、言わずもがな、ということなのだろう。毎日のように釣りができること、トラネコのひなたがいること、そして、ひなた屋の戦力になっているという自覚などから、自分の居場所を見つけることができた、ということである。なので粘児も「本当に帰らなくていいの？」「いったん帰った方がよくない？」「いつまでいようと思ってる？」などといった余計な問いかけはしないことにした。希実が帰ると言い出すときまで、ひなた屋を好きなだけ手伝ってくれればいい。実際、この子は貴重な戦力である。

希実が滞在期間を延ばしたがった明らかな理由がもう一つあった。直売所で働いている粘児の元同級生、大野杏子がかつて絵画展などで何度も入選歴があることを粘児から聞いた希実が興味を覚えたらしく、それからは直売所への買い出しを引き受けたがるようになり、毎日のように自転車で通うようになった。そしてすぐに二人は仲よくなり、希実は買い出しのついでに小型のスケッチブックと色鉛筆も持参して、こまめに技法を教えてもらうようになった。一度、教わって描いたという絵を見た粘児は「ひえーっ」と声が出た。水色のガラスコップに麦茶が入っているだけのイラストだったのだが、ガラスコップも麦茶も、コップの表面についている水滴も、まるで写真のように仕上がっていたのである。希実によると、大野杏子の説明はとても判りやすくて、教えてもらうたびに確実に上手くなっていることを自覚できるという。その表情は、大野杏子を絵の先生として心から尊敬していることが窺えた。もしかしたら、彼女の離婚歴のことも知っていて、自分の母親である知希に重ねて見ているところもあるのかもしれない。

また、トラネコのひなたの存在も、希実が帰ろうとしない理由の一つに違いなかった。最近は直売所への買い出しに出かけるついでにコンビニまで足を伸ばして、ちょっと上等のキャットフードやネコ用おやつを自腹で購入し、ひなたに与えている。そのせいか、ひなたは最近、希実が「ひなたー」と呼びかけると、近くにいれば「ニャー」と返事をしながら姿を現すことが多い。その一方、粘児がなでようとして手を伸ばすと、何もくれないケチくさいやつだとばかりにさっとかわして遠ざかるようになった。

車を発進させる直前、グッシーこと大串からLINEで〔さっき、鳥獣対策課長さんに連れられて市川がうちの観光課に来たよ。十一月から「まっしぐら」の嘱託職員になりますので、よろしくお願いしますって。丁寧に頭下げてきたもんやけん、ちょっとびっくりした〕と知らされた。そこで、〔それまで市川と顔を合わせることはなかったんか?〕と尋ねてみたところ、〔大学生のときに二度ほど、佐賀市の繁華街でばったり会って、よう、みたいなことはあったけど、それ以来かなあ。あんときは、お前は就職どうすんだ、地元で働くんか、みたいなこと聞かれて、そんな仲じゃねえだろってむっとなった覚えがあるけど、昨日は別人やった。大人になったということなんか、ネコかぶっとんのか判らんけど、中学時代のあいつを思えば、人って変わるもんやなと思ったよ。〕とのことだった。

それでLINEは終了したと思ったのだが、大串はさらに〔鳥獣対策課長さんによると、粘児と市川のどっちを採用するか、すごい僅差(きんさ)やったって。〕とさらに届いた。あの日の面接官の一人だった鳥獣対策課長は集団面接を終えた後、庁舎建物の窓から、粘児が植え込みのゴミを拾って帰るのを目撃し、誰も見ていないところでああいう行動を取る人間は信用できるから是非採用したいと思ったのだという。最終的には、試験場外での行動を加味するわけにはいかないということで、市川に決まったが、大串は鳥獣対策課長さんから「君の幼なじみはいいやつだな」と言われ、鼻高々だったという。

　採用はならなかったが、釣りをやっているうちに身についた習慣が意外なところで役に立ってくれたらしい。手を差し伸べてくれた大串が喜んでくれている。それだけでも試験を受けた甲斐(かい)はあったというものだろう。

　希実がスマホを見ながら何か言ったので、粘児は我に返って「へ？」と聞き返した。

「ジビエ料理のお店」と希実はスマホ画面に目を落としながら言った。「佐賀はエンペラーホテルだけみたい。福岡に三軒あるって思ったけど、今はもう営業してないみたい」

「あ、そうなん？」

「いつ営業を始めていつ閉店したのかも閉店の理由もはっきりとは判らないけど、お客さんのコメントを探してみたら、珍しいから行ってみたけど味は普通の割に値段が高い、イノシシやシカはいいけどカモ、キジバト、ノウサギなどを食べるために殺すのはかわいそうっていう意見がいくつかあった」

集団面接のときに市川からもそんな発言があったなと思い出す。

「まあ、そうかもね。動物愛護団体の中には、イノシシとかシカみたいに農林業に被害をもたらしている動物は駆除を兼ねて食べることに反対はせんけど、何の罪もない野生のカモとかキジバトを殺して食べる必要があるのか、家畜のニワトリやウシやブタで充分ではないか、という内容の質問状を出してその回答をホームページにアップしたり、抗議の電話をかけたりする人らがおるらしい」

「私もカモとかキジバトは抵抗あるなー」

「飲食店は客あっての商売だから、コンセンサスが得られないとね。その上、野山にいるのを撃ったり捕まえたりする手間、すばやく解体処理する技術、大量流通してないから輸送コストも割高になるだろうから、どうしても値段が高くなる。で、食べてみたら旨いは旨いけど、それだけのおカネを出すのなら国産の高級和牛や高級地鶏でいいだろうってなる」

そんな中で、エンペラーホテルのジビエ料理が人気を保ち続けているのは、やはりコンセンサスを得られる食材を使い、手ごろな価格設定にしているからだろう。ホームページによると、イノシシ、シカ、エミューの三種類がメインだという。エミューは佐賀市から車で三十分ほどの基山(きやま)町で飼育されていて、そこから購入しているらしい。

昨夜のうちにネット検索したところ、エミューはオーストラリア原産の、ダチョウよりも一回り小さな二足歩行の鳥で、赤身の肉が美味だという。温厚な性格で人間に危害を加えることがないため、一部の動物園では「ふれあい動物コーナー」などで触ったりできるようにしているところもある。肉は高タンパク低カロリーで鉄分豊富、ウシやブタなどのほ乳類と違って雑草を食べさせるだけで丈夫によく育つのでエサ代も管理費用も安く済み、ヘルシーな高級食材として需要が見込めるということで、数年前から基山町で飼育が始まっている。その他、エミューの皮脂は人間のそれにかなり近いため美容用品としての開発も進んでおり、大きな卵の殻はエッグアートの材料などで販売されているという。

「でも、エミューは飼育されてるわけだからジビエとは言えないよね」と希実が疑問を口にした。「イノシシとシカは捕獲するから確かにジビエだけど」

「そこはまあ、ジビエ料理をどう定義するかやろね。もともとが野生動物であればジビエ食材に含めていいっていう理屈なのかな。関東の方では飼育したアイガモとかウサギもジビエ料理として出してる店があるし」

ちなみにエンペラーホテルは「まっしぐら」の大口出資者なのでイノシシ肉はそこから調達しているわけだが、シカ肉については兵庫県の専門業者から購入しているらしい。シカを専門に捕獲して解体処理する会社で、関西地方ではカレー専門チェーンの〔デリー一番〕の店舗も、その会社から仕入れたシカ肉のカレーをメニューに加えているという。ジビエ業界にも勝ち組と負け組がいるわけである。

エンペラーホテル内のそのレストランの名称は〔ユベール〕という。同じ階には和食と中華のレストランもあるが、ジビエ料理を出しているのは今のところ〔ユベール〕だけである。

「お客さんの〔ユベール〕についてのコメント」と希実がスマホを操作しながら言った。「夜のコース料理は高いけど、ランチメニューはお手頃価格で美味しい。平日に行ったのに行列ができてた。三種類のメニューがローテーションするので他の日が気になってまた来てしまった。知人を連れて行ったら喜ばれた。ほめてるねー」

粘児は雨がやんでいることに気づき、ワイパーを止めた。

〔ユベール〕のホームページもあって、それによると、ジビエ三種ランチという名称だが、日によってそれぞれの調理法を変えているのだという。ちなみに本日のジビエ三種ランチは、エミューのスモーク、シカ肉の炭火グリル、イノシシ肉のシチューにサラダとバゲット。翌日はそれぞれの調理法が変わって、別料理のような感じで楽しめるわけである。

「要するに」と粘児は言った。「燻製（くんせい）にする、焼く、煮るっていう三種類の調理法で肉の種類をローテーションしてるわけだ」

そしてそれがリピーターを生む大きな要因になっている。全く同じメニューであればさすがに飽きるが、食べてみて旨かったら全ローテーションを制覇したくなる。

素材を活かしたシンプルな調理法は、カツレツにしたりミートパイにしたりというのに較べて手間がかからずコストを下げられるし、スモークとシチューは作り置きができる。また、シンプルな調理法は結果的に低カロリーに仕上がり、女性客の人気を得やすい。そして何よりも、調理法がシンプルだというのは、素材の新鮮さに自信があるということだろう。

車は既に佐賀市の市街地に入っており、エンペラーホテルに近づいていた。

「グリルって焼くっていうことでしょ」と希実が言った。「ローストとかソテーとか、ムニエルなんかも焼くっていうことと？　どう違うんだろ」

「グリルは網や波形の鉄板でそのまま焼いたものだよ。だから規則的な焼き目模様がつく。ローストはオーブンなどの調理器を使う方法で、直火じゃなくて、いわゆる間接加熱調理という焼き方だね。ソテーはバターを引いたフライパンで焼くやり方で、グリルみたいな模様はつかない。ムニエルは主に魚料理で、小麦粉などをまぶしてから焼いたもの」

「へえ。さすが調理師だね」

ほめられたというより、サクラネコや地域ネコのことは知らないのにそういうことは知ってるんだという、ちょっといじられてるような感じがあった。だが、つい最近までろくに口を利いてくれなかった子が気楽にいじってくれるのは悪い気分ではない。

交差点を右折し、エンペラーホテルが見えた。市街地でも高層建築物が少ない佐賀市中心部の中でこの建物は目立っており、高級感のある外壁タイルも相まって、周囲を見下ろす威容を誇っている。

地下駐車場に入ろうとしたが、スタッフらしき黒いスーツスカートを身につけた小柄な女性が〔満車〕と書いたプラカードを掲げていた。愛想よく頭を下げながら、道路をはさんだ斜め向かいにある露天の第2駐車場の方を片手で示している。粘児は、片手を上げて了解の意思を示し、その前を通り過ぎた。ジビエ三種ランチの客が多いせいだろう。

第2駐車場も奥の方が少し空いているだけだった。車から降りて空を見上げると、雨雲がゆっくりと流れているのが判った。

レストラン〔ユベール〕には並ぶことなく、すんなり入ることができたが、午後一時を過ぎていたにもかかわらず、店内はまだ八割方の席が埋まっていた。

若い男性ウエイターから「相席になりますがよろしいでしょうか」と言われ、「いいですよ」と答えて、奥の壁際にある四人がけテーブルに案内された。先客は還暦前後と思われるおばさん二人組。軽く会釈をして、少し椅子を離し、希実と向き合って腰を下ろす。

おばさん二人は既に食事を終えて、コーヒーを飲んでいた。ジビエ三種ランチにアフターコーヒーを頼むと、コーヒー代が半額になる。

店内をあらためて見回し、女性客が多いことに気づいた。ＯＬと思われる若い女性も目立つ。やはり、ジビエ三種ランチは揚げたり炒めたりといった油を使う調理ではないので低カロリーで、バゲットも小さめだがサラダは多めであることなどが、女性客の心を捉えているのだろう。

粘児も希実も予定どおりに、ジビエ三種ランチにアフターコーヒーを注文した。

テーブルにほど近い壁に、新聞紙大で、白銀の額縁に入っている絵が飾ってあった。コラージュ写真のような作風で、丸々と太ったピエロがステッキを持って、森の中にいる。立っているのではなく、宙に浮いている。小鳥やイタチなども浮遊している。絵そのものはおそらく初めて見るはずだが、不気味さとユーモア感が同居するこの奇妙な作風には記憶があった。

さきほどからその絵を希実が食い入るように見つめていたので、粘児は「知ってる画家さんの絵？」と聞いてみた。

「ユズリハだ」と希実が絵を見ながら言った。「ユズリハタケシロー。世界的に活躍してる超有名アーティストだよ。画家っていうよりイラストレーターだったと思うけど」

　その名前には粘児も聞き覚えがあり、頭の中で名前が杠タケシローに変換された。

「俺が専門学校生だったときに、地元の新聞にこの人の特集記事が載ってた気がするんだけど……こっちの出身の人だったんじゃないかな」

「まじ？」

「うん、多分そうだったはず」

　そのときの記事には、作品の写真がいくつか載っていたが、本人の顔写真などはなかった。記事の内容もうろ覚えだが、国内ミュージシャンのレコードジャケットや作家の小説カバーなどにイラストが採用されるなど、注目度が上がっている新進気鋭の若手アーティストとして紹介がされていたように思う。粘児自身は絵にさほどの興味はなかったため、そんな人がこの辺の出身なのかと思った程度の印象だった。

　だがその後、杠タケシローは国内にとどまらず、世界で活躍するようになったらしい。

　目の前にある絵にも、どこか既視感があった。この絵そのものを知っているのではなく、作風に共通性があるからだろう。

「わ、ほんとだ」希実がスマホを操作しながら言った。「本当になべしま市出身みたい。ウィキペディアによると、出身地について本人は公表していないが、佐賀県なべ

しま市（旧なべしま町）って書いてある。年齢は今年四十四歳、杠タケシローという
のはアーティスト名で、本名は非公表」
粘児は席を立って、絵に近づいてみた。右下部分に赤く書き込まれた文字は、どう
やらアルファベット表記のサインらしかった。
「グラミー賞を獲るような有名ミュージシャンのCDジャケットとか、文芸書の表紙
イラストを主に手がけてる人だけど」と希実が続けた。「その他、マグカップ、ジグ
ソーパズル、ポストカードなども人気で、ニューヨークやパリなど世界各国の美術館
が作品を所蔵……わっ、見た目がロックミュージシャンみたい」
そう言って希実がスマホ画面を見せてきた。杠タケシローの上半身画像。面長で金
髪を逆立てており、丸いサングラスをかけて、あごひげを生やしている。無表情で、
真っ黒なパーカーを着ており、首には本物かレプリカか判らないが動物の骨や牙を集
めて作ったネックレスが少し見えていた。撮影場所は乾燥地帯のハイウェイだろうか。
その写真画像には、アートセンスのないやつは話しかけてくるなよ、という他人を
寄せつけない雰囲気が漂っていた。
希実はさらに、杠タケシローの動画も見つけた。見せてもらったそれは、経緯はよ
く判らないがホワイトハウスに招かれたタケシローが有名なハリウッド俳優やスポー
ツ選手から次々と握手を求められたり写真撮影を求められたりしていた場面だった。

いかにも屈強そうなＮＢＡやボクシングのトップ選手たちが小柄なタケシローの前で、緊張と喜びを混ぜ合わせた表情で喜んでいる。心からタケシローを尊敬していて、会えたことの幸運を嚙みしめていることが伝わってくる動画だった。

「こんなに世界的に活躍してるアーティストが同郷とは、ちょっと誇らしいね」と粘児は率直な本音を口にした。「探してみたら知り合いの中に親戚とかおるかもしれんな」

「杠タケシローは幼少期に父親が亡くなり……」と希実が再びスマホからの情報を読み始めた。「その後すぐに母親も他の男といなくなって、杠タケシローは複数の親戚宅をたらい回しにされた後、中学時代は児童養護施設で過ごしたって。親戚とはいい関係ではなかったみたい」

「まじか……」

「中学卒業後は住み込みの仕事を転々とし、二十歳を過ぎた辺りから独学でイラストを描き始める。当時は東京に出てバーテンダーの仕事をしており、懇意になったミュージシャンやイラストレーターの常連客を楽しませようとコースターにイラストを描いたところ評判になって、コンサートポスターやチラシ製作の注文が入り、やがてＣＤジャケットなども手がけることに。アーティストとして活躍する一方で、環境保護活動、犬猫の殺処分をゼロにする活動などに寄付を続けている」

「へえ」

その後、希実はしばらくの間、黙ってスマホ画面と向き合っていた。杠タケシローの情報を読み返しているのだろうか。希実の真剣な表情から、かなりの興味を抱いているらしいことが窺えた。それはもしかしたら、希実自身もイラストを描くのが好きだということによるあこがれだけでなく、杠タケシローの生い立ちなどにシンパシーを感じていることなのかもしれない。あるいは、杠タケシローと較べたら自分の境遇なんてたいしたことではないと感じ入っているのか。しかし粘児は余計な言葉をかけるのはやめておいた。

相席のおばさんたちが席を立った直後、ウエイターがジビエ三種ランチのトレーを運んで来た。粘児が「そこにあるの、杠タケシローの絵ですよね」と尋ねてみると、ウエイターは絵に視線を向けてから「よくご存じですね」と微笑み、「店が購入したものなんです」と答えた。

「店のオーナーさんが知り合いだとか」

「そうですね……杠さんが以前、このホテルにお泊まりになりまして、オーナーがもともとファンだったので声をかけて知遇を得たと聞いております。この絵もそれが縁で購入したものです」

「あー、そう。いい値段なんやろね」

ウエイターは「どうでしょうね」と控えめな作り笑いで応じ、「ではどうぞごゆっくり」と会釈してきびすを返した。

なべしま市が出身地であるにもかかわらず隣の佐賀市にあるエンペラーホテルを利用するということは、地元には泊まりたくない、ということだろうか。出身地を公表していないということが〔公表〕されていることからして、幼少期につらい思い出ばかりの故郷に対して、複雑な思いを抱えているのであろうことは想像できる。

おっと、今は杠タケシローに気を奪われているときではない。ジビエ三種ランチだ。粘児は咳払いをして「さ、食べようか」と言うと、希実もうなずいてスマホをしまった。

エミューのスモーク、シカ肉のグリル、イノシシ肉のシチュー、そしてサラダ、バゲット。バゲットはスライスして焼いたものが二つ、サラダは千切りキャベツやレタス、カイワレダイコン、細切りニンジンなどを混ぜたものが、ポテトサラダと一緒に盛ってある。ドレッシングは〔オリーブオイル＋酢〕〔ごまだれ〕〔青じそノンオイル〕の三種類が用意され、自由に選べるスタイルだった。スモークとグリルは一枚の皿に一口サイズのものが三きれずつ載っており、ボイルしたグリーンアスパラが添えられてある。

「女子が喜びそうなビジュアル、ばっちりだね」と希実が感心した様子でフォークを手にした。「スマホで取って、ＳＮＳにアップしたくなるのも判る」

　まずはスライスしたエミューのスモークにフォークを伸ばした。赤身肉は見た目、ローストビーフというよりカモ肉に似ていた。

　口に入れると、赤身肉の濃い旨みを感じると同時に、スモーク特有の香りが鼻から通り抜けた。粘児は「うーん」と目を閉じて咀嚼した後、「脂が少ないのにしっとりしてて、いい嚙みごたえ。肉の味の濃いこと。ローストビーフというより、カモ肉のスモークに似てる気がする」

「グルメリポーターになれるよ、そのコメント力」

　またいじられてる感じの言い方をされて、粘児は苦笑した。

「エミュー恐るべし。一頭さばけば多分、カモ十羽以上の分量になるだろう。しかも低コストで飼育できる。あ、エミューて鳥だから一羽、二羽と数えるのかな」

「大型動物は一頭、二頭でよかったはずだよ」と希実が言った。「イヌは小型犬が一匹、二匹、中型犬より大きいのは一頭、二頭と数えるのが基本だから」

「あー、そうなんだ」

　希実はトラネコのひなたもかわいがっているし、もともと水族館通いが好きだったという。要するに動物全般が好きだから、その周辺の情報にも詳しくなるのだろう。

　続いてシカ肉のグリル。見た目は、網焼きしたサイコロステーキという印象で、上にひとかけらのバターが載っている。

ナイフで切り分け、口に運ぼうとしたがハーブの香りがするのでまずはかいでみた。ローズマリーとナツメグは判ったが、他にも入っているようである。

歯ごたえは牛の赤身肉に似ているが、味はちょっと違っていた。だが牛の種類や部位によっては、こういう味に近いかもしれない。マトンやラムにしばしば感じる臭みもなく、柔らかくて食べやすい。おそらく血抜きなどの処理が完璧なのだろう。そのためハーブ類も、匂い消しのためというより、肉の旨味を引き立てている。

イノシシ肉のシチューは、デミグラスソースを使ってタマネギやニンジンなどの野菜と一緒に煮込まれているようで、見た目はビーフシチューのようだった。味もほとんどビーフシチューと変わらないように感じるが、三つ入っている一口サイズの肉ブロックは、柔らかさよりも歯ごたえを主張していた。この弾力に馴れたら、軟らかい肉ではもの足りなくなるかもしれない。

バゲットも焼きたてでカリカリ。希実がそのバゲットに、切り分けたシカ肉のグリルを載せてほおばり、「これは確かに、このシカ肉がスモークされたりシチューになったりしたら今度はどんな感じだろうって思うから、また別のローテーションの日に来てみようってことになるよ」とうなずいた。敵情視察というより、既にミイラ取りがミイラになりかけている様子である。

エンペラーホテルに宿泊すれば、ハイキングコースの出発点まで送り迎えをしてくれる。そして宿に戻れば、ジビエ料理に舌鼓を打ち、サウナ付きの大型浴場を利用して、スプリングの効いたベッドで眠れる。

こりゃかなわん。客を奪われて当然だ。

粘児は、エンペラーホテルをライバル視していたことが馬鹿馬鹿しく思えてきた。偵察して得たことは、エンペラーホテルのことを気にするだけ時間の無駄だということだった。だが今回の偵察は決して無駄なことではなかった。

自分たちがやるべきことは全くベクトルが異なっていることを確認できたのだから。

帰るときに希実が、大型書店があれば寄ってほしいと言い出した。目的には察しがついたので「杠タケシローの画集か作品カタログみたいなのを買いたいの？」と聞いてみると、希実は素直に「そ」とうなずいた。そこで粘児が「俺が買ってやるよ」と言ったが、希実は「いい」と頭を横に振った。「本当に欲しいものは自分のおカネで買うものだよ」と言われ、粘児は「あー、そうっすね。すみません」と苦笑しながら頭を下げた。

ショッピングモールにある書店で、希実はノートサイズの作品集を買った。その後希実は、ひなた屋に戻るまでずっと無言で、作品集のページをめくっていた。

三日後の午前中に父ちゃんが退院し、母ちゃんがひなた屋の送迎用ワンボックスカーで迎えに行った。

父ちゃんは、まだ少し腰痛が残っているようだったが「力仕事以外は大丈夫。リハビリも兼ねて身体を動かした方がええけん」と言い、さっそく調理服に着替えた。

父ちゃんに鯉こく鍋の味見をしてもらったところ、「うん、全くもって旨い。粘児、よう思いついたな。俺は長年なべしま市に住んどったのに、市内の水路におるコイを料理に使うなんてこと、考えてもみんかったよ。たいしたもんや」とほめてくれた。

その父ちゃんと、仕事の分担について話し合った。調理場はこれまでどおり父ちゃんが仕切るが、鯉こく鍋は粘児が主に担当する。その他、買い出し、新食材の開拓、ブログの管理も粘児が希実に手伝ってもらって行う。父ちゃんの仕事は従来の半分ぐらいになるが、代わりに、これまで食わず嫌いで触ったことがなかったパソコンの操作を覚えて、ネット予約に対応できるようにと頼んだ。

その他、粘児は調理場にある食材を使って、自分でまかない飯を作って食べてよい、ということも了解を得た。母ちゃんも「ええよ、好きにしんしゃい」とうなずいてから「どうせ高価な食材なんかうちにはないんやけん」とつけ加えた。

その日の午後、粘児は希実を伴って軽トラックに乗った。荷台にはクーラーボックス、網、デイパックなどが積んである。クーラーボックスの中にはポリ袋にくるんだ保冷剤を十数個入れてある。デイパックの中身は、三・六メートルと二・七メートルの振り出し式清流竿と、小魚釣り用の仕掛け一式。これから新しい地元食材の確保である。

エンペラーホテルのレストランを偵察した後、すぐに浮かんだ新食材があった。そのことは希実にも伝えてある。

まず、すぐ近所の不二川沿いの市道に入り、車幅に余裕がある場所に軽トラックを停めて、ガードレールの手前から竿を出すことにした。背後は赤土に草木が茂る斜面、目の前は幅五メートルほどの不二川、川の向こう側も山の斜面という場所である。ここは不二川の中流に当たり、流れはあまり速くないが水は透明度が高く、川底の小石や水草がよく見える。当然のことながら水中にいる魚たちからは人間の姿が丸見えで、粘児が覗き込むと、オイカワの群れがさっと散るのが判る。

透明度が高いと魚は当然ながら釣りにくくなるのだが、攻略方法はある。川に段差があって、小さな滝のようになって水が落下している場所である。自然と底が削られて深くなっており、無数の気泡が魚の視界を悪くしているのである。しかもこういう場所は魚たちにとっては、エサとなる小さな虫などが落ちて来るレストランであり、結構な数が集まっている。不二川には、こういう段差のあるポイントが何か所かある。

デイパックを背負い、クーラーボックスを肩にかけて最初のポイントへ。希実が歩きながら、「こういう浅い川にはそれを好む魚がいるんだね。でも見えてるあの魚たち、本当にオイカワなの？ネットで見た写真は、ナイフみたいな白銀色だったり、繁殖期のときのは淡い緑やオレンジ色がついてたりしてたけど、ここから見る限り、黒っぽいだけなんだけど」と言った。

「魚の天敵は鳥。だから上から見える魚の背中側は、見つかりにくいように黒っぽいんだ。保護色ってやつだな。でも川をじっと見てたら判るけど、ときどき銀色の魚体が光るはずだよ」

希実は歩きながらガードレール越しに川を眺め、「あ、本当だ。きらっと光った」と声を弾ませた。

「そういうの、魚がヒラを打つって言うんだ。エサを捕食したり方向転換したりするときに、どうしても身体が傾く瞬間がある。そのときに、側面の白銀色が太陽の光を反射させるわけ」

「そっかー。普段は見せないけど、実はきれいに光るのよ、私っていう」

「アクセサリーやブランド品を見せたがる人間と違って謙虚だよな」

オイカワは体長十五センチ程度のコイ科の魚で、流れがある国内の河川にはたいがい棲んでいる淡水魚の代表選手のような存在である。魚体は白銀色に輝き、繁殖期になるとオスは緑や橙色の美しい縞模様をまとうのだが、釣りをしない人にはそのことは意外に知られてない。川の上から覗く限り、確認できるのは黒っぽくて細長いシルエットのみだから無理もない。佐賀ではハヤと呼ばれることが多いが、東日本ではヤマベ、関西の一部ではハエと呼ばれている。

ポイントはかつての記憶と変わっていなかった。落下地点は白い水泡で底が見えず、複雑な渦巻きが次々と発生しては消えている。川岸はコンクリートで固められているが、川底は自然の土や砂、石や水草のままである。道路から川面（かわも）までの高低差は二メートルほど。

クーラーボックスをガードレール横に置き、デイパックから三・六メートルの竿を出して伸ばした。仕掛けは小魚用の小さなハリ、スイベル（ライン同士をつないで、仕掛けがねじれずにまっすぐに保つための小さな金具）、発泡ウキ。オイカワは釣り上げると暴れてハリが口から外れやすいので、ハリ先には小さな返しがついている。ハリにイモ練りをつけた。オイカワもコイやフナと同様、これが好物である。スイベルはおもりも兼ねていて、エサが投入された後、すみやかに仕掛けを水中で安定させる役目を果たす。

粘児は心の中で、本当は毛バリで釣りたいんだよなーとつぶやいた。毛バリは味や匂いがしないせいでオイカワは一瞬で異変に気づいて吐き出してしまうため、タイミングを合わせるのが難しい。しかしそれこそが毛バリ釣りの醍醐味でもある。釣れる数はエサを使う場合の十分の一ぐらいだが、釣れたときの達成感は十倍となる。だが今日は遊ぶために来たのではない。希実にある程度の数を釣らせることが最優先である。

仕掛けをつけた竿を希実に渡し、「ひょいと仕掛けを振り出して、できるだけ静かに投入な。勢いよくやったらオイカワが驚いて散ってしまうから。あと、竿先の高さは自分で加減できるよな」と言うと、希実は「了解、了解」とうなずいた。「竿先を下げすぎるとラインがたるんで合わせるタイミングが遅れるってことでしょ。竿先を上げすぎてもウキの反応が判りにくくなる」

「そうそう」

スマホなどを使って、しっかり勉強しているようで頼もしい。

仕掛けが投入されると、すぐにウキが沈んだ。希実が「わっ、もう来たっ」とすかさず竿を立てて合わせを入れると、竿先が細かくぷるぷると震え、粘児の手にも感触が伝わってきたかのような気分になった。

「フナと違って引きの強さはないけど、手のひらに伝わるこの感触、いいねー」と希実の横顔がいかにもうれしそうにほころんでいる。

水面を割ってオイカワが現れた。粘児は「最初は俺がキャッチしてやるよ」とポケットから小型のポリ袋を出して左手にはめたが、希実の引き上げ方がやや乱暴だったせいでオイカワが粘児の顔に向かって飛んで来た。「おいおい」と文句を言いながら何とか受け止めると、希実が「ごみーん」とあまりすまなくなさそうに苦笑した。

魚にとって人間の手は火傷(やけど)をするぐらいに熱いので、素手でつかんでしまうとダメージを受けて鮮度が落ちてしまう。ポリ袋をはめるだけで、それがかなり軽減できる。キャッチアンドリリースをする場合も、魚をむやみに痛めつけないために、このやり方は有効である。車でここに向かう途中、粘児がそのことを説明したところ、希実は「知ってるよ。そのために小型のポリ袋をポケットに入れてたんでしょ」と言っていた。

「おお、初めて見る本物」と希実がポリ袋の手袋の上に横たわるオイカワをまじまじと眺めた。「かわいい顔してるね。フナが出刃包丁なら、オイカワはフルーツナイフだね。なんてきれいな白銀色」

「繁殖期になると、オスはさらに緑やオレンジの色がついて、熱帯魚みたいだぞ」

「もう繁殖期は過ぎてるんだよね」

「ああ。あと二か月早かったら見られたけどね」

釣れたオイカワは十二、三センチほどの、白銀色がまぶしい良型だった。手の中でまだ暴れようとするのですぐさま指先でハリを外し、クーラーボックスに入れた。

過去の経験によると、このポイントで続けて釣れるのは五匹前後で、それ以上は釣れる時間の間隔が広くなってゆく。まだまだオイカワは潜んでいるが、エサに食いついた仲間が釣り上げられていなくなるというのを見て警戒心を高めてしまうからである。なので数を釣るには、とっとと次のポイントに移動することである。

7

ひなた屋に戻った粘児はさっそく調理場で、オイカワの下処理に取りかかった。小型の包丁の刃先で頭、胸びれ、えらを落とし、腹を割いて開きにし、ワタを取り出す。作業自体は小イワシを開きにしてゆくのと同じである。

横で見ていた希実が「さすがの手際ですなー」と茶化すように言った。粘児は「まあね」と応じた。活きたコイをさばくのは怖がって見なかった希実だったが、こちらはイワシや豆アジを調理するのと同じことだと思ったようで、声をかけると「見たい」と言った。そして「スーパーとかで買った魚をさばけるようになりたいなって思ってたんだ、実は」とつけ加えた。もしかしたら個人的な興味というより、知希の役に立ちたいという気持ちがあってのことかもしれない。

開いたオイカワは水道水で洗い、キッチンペーパーで水気を拭き取る。粘児が「この作業をちゃんとやっておくだけで、基本的に魚臭くはならないんだ」と解説すると、希実はさきほど取り出したスマホで動画撮影を続けながら「なるほど」とうなずいた。確かにメモを取るよりも動画の方が要領を得やすいだろう。

作るのは南蛮漬けである。小イワシや豆アジでいけるのだから、オイカワでいけないはずがない。ネットで検索しても、オイカワの南蛮漬けは食べてみるとイワシと区別がつかないというし、冷蔵庫に入れれば三日ぐらいは持つので、作り置きができる。

あの後、二時間ほど希実とポイントを回って、とりあえずは二十数匹を手に入れた。希実はまだ続けたそうな感じだったが、「またいつでもできるって。それに新鮮なのを調理して食べたいだろ」と言うと、「そりゃそうだ」と納得したようだった。

粘児にとっては中学生の頃にさんざんゲームフィッシングのターゲットとして釣ってきたオイカワだったが、実は立派な食材だったのである。調べてみると、佐賀県内のスーパーでもオイカワの甘露煮や生姜煮が総菜コーナーで売られていたし、東日本の山間部では塩焼きにして食べられてきたという。特に冬の時期は脂が乗って美味であり、新鮮なイワシにも負けていないということで、イワシヤマベと称されている。

なべしまを召し上がれ、というひなた屋のコンセプトが明確になったことで、オイカワが食材であることにようやく思い至った。まさに灯台もと暗しである。

下処理したオイカワに片栗粉を薄くまぶし、やや高めの油で揚げる。温度計は使わず、水で溶いた小麦粉を少し落として頃合いを計る。落とした小麦粉がすぐに浮上して細かい揚げ玉になれば丁度いい温度である。

素人がよくやってしまう過ちは、最初だけしっかり油の温度を測ってこれでよしと安心してしまい、次々と具材を入れて油の温度を下げてしまうことである。これをやってしまうから、サクサクに仕上がらなくなる。それを回避するには、二きれぐらいずつを丁寧に揚げてゆくことである。そして、骨まで食べられるよう二度揚げする。粘児は希実の撮影に協力して、そういったことも解説しながら手を動かした。ユーチューバーになった気分である。

油は食欲をそそる香りをつけるため、サラダ油にごま油を加えてある。鍋から出すタイミングは、色の変化よりも、パチパチと乾いた音がするようになったとき。

漬け汁は、水と酢を一対二で混ぜたものに薄口しょうゆ、砂糖、輪切りの赤唐辛子を加えて混ぜる。これを小鍋で軽く煮立たせて、たっぷりのスライスオニオンと、細切りしたニンジンとピーマンを漬しておく。これらは午前中に用意しておいた。

揚げたてのオイカワを平底の器に並べて、完全に浸かる量の漬け汁をかける。粗熱が取れたらラップをかけて冷蔵庫に入れ、二時間以上かけて味をなじませる。

下処理のときに頭を残して、開かないまま揚げても美味しく食べられるはずだとは思ったが、頭を落として一つ一つを丁寧に開いたことで、上品な見栄えとなった。スライスオニオンの白、ニンジンの燈色、ピーマンの緑という彩りがさらに食欲をそそる。

続いてもう一つのメニュー、オイカワのフライ作りに取りかかった。まずは専用のタルタルソース作りである。みじん切りしたタマネギをマヨネーズであえるところまでは普通だが、さらに包丁で叩いてペースト状にした梅肉と、細かく刻んだニンジンの葉も投入して、よく混ぜた。調理師専門学校時代に、イワシのフライに合うタルタルソースを作ってみよ、という課題が出たことがあり、最高得点を獲得したのが同期の女子学生考案のこのタルタルソースだった。梅肉の酸味と香りが魚臭さを完全に消すだけでなく、食欲をも刺激し、刻んだニンジン葉の緑色が加わることで見た目の美しさもアップする。ちなみにそのときに粘児が考案したのは、おろし生姜(しょうが)をタルタルソースに加えるだけという単純なものだったため、平均点以下だった。

少しだけ指先につけて味見。タマネギの辛みに、梅肉の味と香り。たちまちつばが湧いてくる。この特性タルタルソースがイワシのフライと相性抜群なのだから、オイカワのフライでもいけることは間違いない。

オイカワのフライは、二枚に下ろして薄力粉をまぶし、ボウルの溶き卵にくぐらせ、パン粉をつけて揚げる。衣がキツネ色になった頃には、油鍋が耳に心地いい音を奏(かな)でている。希実が「ほんとだ、音が変わるんだね」と素直に驚きを口にした。

小皿に取ってタルタルソースをかけていると、休憩室のふすまが開いて「お、やっとるな」と父ちゃんが顔を出した。まだ腰に違和感があるとかで父ちゃんは、仕事の合間にリクライニングチェアがある休憩室に何度も引っ込んでいる。

「今朝、作ってみたいと言うとった、オイカワのフライか」

「うん。試食してよかよ」

「希実ちゃんの次でよか。食べたいよね」

そう言われた希実が、いいの？という顔を向けてきたので粘児は「そうやね、釣った本人がまずは毒味やね」と言うと、希実は「毒味かよ」と言いながらもうれしそうに箸を手にした。

「梅肉か、なるほど」と父ちゃんが調理台を見て言った。「緑色は？」

「ニンジン葉」

「へえ、お陰で色がよくなってるな」

希実が「お先にいただきまーす」と箸を持ったまま手を合わせてから、タルタルソースのかかったフライをかじると、サクッといい音がして、かすかに湯気が上がった。

「うほっ、熱っ」と言った後、左手で親指を立てながら「むっちゃ旨い」と目を見張った。

続いて父ちゃんも試食。

「うむ、確かに鮮度のいいイワシのフライという感じやな。もともと硬い骨がないんやろう、中骨も全く気にならん。何よりタルタルソースがよく工夫できとる。タマネギのピリッとくる辛さと梅肉の風味がすごくいい」

「朝食メニューにどうかと思ってるんよ。従来の塩ジャケや塩サバよりも、地元産のおすすめメニューもありますがいかがですかってことで」

「うん、朝から揚げ物はどうやろかと思いよったけど、衣が薄くてパリッと揚がっとるけん、もたれることはなさそうやし、このタルタルソースは飯も進むやろう。今夜泊まるお客さんにさっそく勧めるよう、お母さんに言っとこう」

「じゃあ、ブログにも載せるけん」

「南蛮漬けも作るって言うとったろ」

「さっき冷蔵庫に入れたところ。しばらく寝かせてからやね、そっちは」

二時間ほど寝かせたものを後で味見したところ、父ちゃんは「うん、小アジの南蛮漬けに負けてない。身も柔らかいし味がよく染みてる」と評してくれ、母ちゃんは「こんないい食材が、近くにあったんやなあ」としみじみと驚きを口にしていた。希実は「お酢のお陰で口がさっぱりするから女性客にウケるよ、絶対に」とうなずいてから、「知希ちゃんは多分、フライよりこっちが好みだと思う」とつけ加えた。

実際、オイカワの南蛮漬けは、酸味や辛みがほどよくて、何の魚か知らされずに食べたらほとんどの人が小イワシか豆アジと間違える出来映えだった。しかも釣ってすぐに下処理をしているから鮮度がよく、魚臭さが全くない。決して抜きん出た旨さではないが、これがなべしま市内の川で釣った魚なのだと知れば、ただの南蛮漬けではなくなる。人間の味覚は、単に美味しいかどうかよりも、意外な美味しさ、珍しい美味しさというものに大きく影響されるものである。

翌朝、南蛮漬けもフライも二食ずつ注文が入った。いずれも、なべしまを召し上がれ、というひなた屋ののコンセプトを知って、前夜にも鯉こく鍋やイノシシ鍋を注文してくれた客だったので、オイカワにも興味を持ってくれたようだった。母ちゃんによると、「どっちも評判よかったよ。オイカワのフライを食べた男の人は、もう我慢できんて言って朝からビールも注文しんさった」とのことだった。

それからは、粘児は希実を伴ってコイだけでなくオイカワも釣って回るようになった。タルタルソースのマヨネーズも、地元産の鶏卵から自家製のものを作ることにし、薄力粉もパン粉も県内産のものを選んだ。梅肉も［ふじ農産品直売所］で購入した、地元農家が収穫して漬けた梅干しである。白味噌も赤味噌も県内産。佐賀県はもともと味噌しょうゆを作る老舗企業が多いので困らない。

これで夕食も朝食もほぼすべての材料が地元産だと胸を張れるようになった。ブログにも、そのことをしっかり伝える文章と写真画像を加えた。大分の関サバや五島(ごとう)列島のヒラマサの刺身、あるいは呼子直送のイカの活け造りなどをメニューに加えて客を呼び込んでいる大手旅館が県内にはあるが、そういうやり方とは全く異なる庶民的だが誰もやってこなかった路線である。

　翌週の午後、コイ釣りの仕掛けが鈴を鳴らしたので希実がロッドをつかんで合わせを入れたところ、「あれれ？何か変なものがかかったっぽいよ」と困惑顔になった。

「コイじゃない感じか？」

「うん。引きは軽いけど、くにゃくにゃ動いてる」

　ラインを見ると、全く素早さがなく上下左右に小刻みに動いている。

「とりあえず、捕まえてみよう」粘児は網を手にした。

　希実がリールを巻き、ほどなくして姿を現したものを見て、「えっ？ヘビ？」と及び腰になったので粘児は「違う違う、ウナギだ、ウナギ」と教えた。網に取り込んだウナギの姿を見た希実は「あ、ほんとだ」とため息をついてから「ウナギもいるんだ」とワンテンポ遅れて驚いた顔になった。

　背側は黒く、腹は白というよりも銀色に光る、立派な魚体をした成魚のウナギだった。そのウナギがラインにからみついて、ロープの結び目のようになった。身体の表面からたちまちヌルヌルした透明な粘液が出て、ローション状に垂れている。この粘液はウナギの防御反応だと聞いたことがある。

粘児は「うわあ、どうやってつかんだらええんかね」とつぶやきながら、小型のポリ袋を左手にはめた。網は早くも粘液でべとべと状態である。

ポリ袋をはめた手でウナギの頭をつかむが、滑ってしまいすぐにつるりと逃げられてしまう。仕方なく頭部を上から抑えて、プライヤーを使ってハリを外し、エアポンプが作動しているクーラーボックスに入れ、すぐにふたを閉じた。

ふう、と息をついた。

四つ叉に分かれている仕掛けを見て、ウナギがかかった理由に気づいた。四つのハリのうち、今日はイモ練りを二つつけ、残りの二つにはエビ団子をつけていたのだ。イモ練りは二つともまだ残っているが、エビ団子の一つがなくなっている。ウナギがかかったハリがこれだった。

エビ団子は釣具店で購入したもので、本来はチヌ（クロダイ）釣り用のエサなのだが、コイにとってもエビは好物なので、どれぐらい釣れるか試してみようと思ったのだが、想定していなかったウナギがかかったわけである。

そうか、ウナギもこの辺の水路にはいたのだ。粘児はほおを緩めた。

ウナギは肉食魚で、エビ、カニ、小魚、貝などを捕食する。だからウナギ釣りにはしばしば、エビや魚の切り身が用いられるわけだが、エビ団子もウナギにとってはごちそうなのだ。

今日は朝から曇天だった。ウナギは夜行性なので夜釣りが基本だが、水に濁りがあり、空が曇っていれば、日中でも釣れると言われている。

ウナギ釣りは待ちの釣りであり、夜に釣りをしたいと思ったこともなかったので、粘児はこれまで興味を持ったことはなかった。だが、なべしま市内の水路でコンスタントに釣れるとしたら、ひなた屋のメニューに加えることができるかもしれない。何しろ天然ウナギである。料理店やスーパーで扱っているウナギはほぼすべて養殖物なので、完璧に差別化できる。

ウナギをさばいて蒲焼き（かばやき）にする手順は、専門学校で習った。専門家がやるように千枚通しで首を貫いてまな板に刺して固定しなくても、氷水に入れて仮死状態にすれば普通にさばくことができるのである。関東と関西では、背開きと腹開き、素焼きに蒸しを加えるか否かという違いがあるが、粘児が習ったのは関西のやり方だった。

「希実ちゃん、君は幸運を呼び込む女神かもしれん」粘児はカーゴパンツのポケットからスマホを出した。「フナを釣っていたときにコイがかかり、今まで見過ごしてきた食材だと気づいて鯉こく鍋ができた。今度はウナギという高級食材がこの辺の水路にいることを教えてくれたんだ」

「まーねー」と希実は女芸人三人組、ぼる塾の田辺さんがやるように片手で髪をかき上げる真似をし、「だったら女神かもしれん、じゃなくて、女神だって認めなさいよー」と続けた。その口調が田辺さんの舌足らずな言い方に結構似ていた。

スマホでウナギ釣りについての情報を拾ってみた。「えーと、ウナギは日中は水中の穴や障害物のすき間などに潜み、多くは日が暮れる頃から活動を始める。釣れる時期は春から秋。釣りに適した場所は、水が濁っていることを前提に、泥底、急斜面の川底、水底の障害物周り、用水路の流れ込みや流れ出し場所、落ち葉が堆積した深場など」と希実にも判るよう口にしてゆく。

ウナギの標準的な釣り方は、投げ込み釣り。コイ釣りと同じく、エサをベタ底に仕掛けて、ロッドの先につけた鈴が鳴るのを待つやり方である。ただし、鈴が鳴ったときはまだちゃんとハリを飲み込んでいないことが多いので、しばらく待ってから合わせを入れた方がよい。夜釣りの場合は鈴だけでなくケミホタル（発光スティック）もロッドにつけておくと、竿先の動きが判りやすい。

釣ることよりもウナギを捕獲して食べることが目的の人が少なからずいるようで、ウナギが潜んでいそうな穴にエサ付きのハリを押し込む穴釣り、ロッドを使わず釣り糸を杭などにくりつけてエサを沈める置きバリ、入ったら逆戻りできない形状のカゴに誘い込むカゴ仕掛けなども、さまざまなサイトで紹介されていた。

そのとき、あることが気になって、スマホを操作する指が止まった。

ネットのニュースで最近、シラスウナギ（うなぎの稚魚）の漁獲量が激減していて、近い将来ウナギを食べることがかなり難しくなる、といった記事があったのではなかったか。だからニホンウナギは絶滅危惧種に指定されていると。

そちら方面のことも調べてみることにした。

ウナギは、遥(はる)か南のマリアナ海域が産卵場所で、孵化(ふか)した透明な身体の稚魚は、海流に乗って二千キロもの距離を泳ぎ、台湾、中国大陸、日本列島、朝鮮半島などに到着するという。なのでニホンウナギという正式名称はあっても、他の国に到着したウナギと遺伝子的には同種らしい。

河口部ではまだ稚魚だったウナギは川を遡上(そじょう)しながらエサを食べて成長、さまざまな水域に五年以上棲むうちに体長一メートル程度の成魚となる。その後再び川を下って産卵のためにマリアナ海域を目指すと考えられているが、現時点ではその移動の過程がはっきりと確認されたわけではなく、生態には謎が多い。そのため、今なお完全養殖は実現できておらず、世間で養殖ウナギと呼ばれているものは河口部で捕獲したシラスウナギを養殖池などで育てたものを指す。現代の日本人が口にするウナギの九十九パーセント以上がこの養殖ウナギであり、天然ウナギを食べた経験がある人はほぼ、自分で釣ったり獲ったりしているか、釣り人から分けてもらった場合に限られる。

佐賀県内でウナギ釣りは意外と盛んなようで、〔ウナギ　釣り　佐賀〕というキーワードで検索すると、佐賀平野の河川や水路を中心に、広く愛好家たちが釣りを楽しんでいることが判った。つまり、佐賀は天然ウナギが今もたくさん棲んでいるのである。

その一方、シラスウナギの漁獲量は激減している。アジア全域で極度の不漁に陥っており、今はかつて豊富に獲れた頃のわずか一パーセントにまで激減。シラスウナギの乱獲が原因だろうと言われてはいるが、段階的に獲れなくなったわけではなくどちらかというと突然の大激減という様相を呈しているため、乱獲だけでは説明できないという意見もある。

ウナギ好きの日本人は、養殖用のシラスウナギを確保するため、香港経由で台湾から大量に輸入している。台湾はシラスウナギの輸出を禁止しているのだが、香港にいったん密輸出され、それを日本の養殖業者が購入するという二段階の取引が、業界の常識だという。そのせいで最近は脱法的なやり方だとして国際的な批判を浴びている。

ウナギが絶滅危惧種に指定されたことを受けて、最近では国内の一部地域で、成魚のウナギを捕獲することを罰則付きで禁止する動きが出始めている。今のところ地域は限定的で、国内のほとんどの水域では釣って食べても構わないことになっているが、近い将来、この手の条例が増えてゆく可能性はある。

また、稚魚が一パーセントしか獲れなくなったということは近い将来、成魚もほとんどいなくなってしまうことを意味するため、一部の環境保護団体などが、ウナギ釣りは当面やめるべきだ、と主張している。実際、ウナギ釣りの成果を写真付きで報告する個人のブログの中には、〔一部の偽善者たちがウナギ釣りに因縁をつけるコメントを書き込むようになったので、コメント欄を閉じることにします。〕〔稚魚の群れをごっそり捕獲することが問題なのであって、数の割合で考えればゼロに等しいウナギ釣りを攻撃するのは筋違いだ。〕〔ウナギ釣りをしている者の実感として、天然ウナギは別に減ってないと思う。〕といった文章があった。確かにウナギ釣りは乱獲とは無縁であり、とばっちりに等しい言いがかりではないかと粘児も思った。

だが、民宿は客商売である。個人的に天然ウナギを釣って食べるだけなら「何が悪い」と言い返すこともできるが、カネもうけのためのウナギ釣りとなると、数量はたかがしれているにしても、作らなくてもいい敵を作ってしまうことになりかねない。今はネット社会であり、たとえ誤解であっても拡散すれば大きな痛手を負うことになる。

うーむ。落としどころを検討してみるとするか。

その日の夜、粘児はパソコンを使って、『佐賀平野の天然ウナギ』といったタイトルでブログに載せる文章を下書きしてみた。

〔佐賀平野では今でも天然ウナギがよく釣れているため、複数のお客様から、ひなた屋でも提供してほしいというご要望をいただいております。実際、エサの種類によってはコイ釣りの仕掛けにウナギがかかることがあります。その一方、全国的にシラスウナギ（ウナギの稚魚）の漁獲量が低迷している現状もあるため、意図してウナギを釣ってお客様に提供することにはためらいも感じているところです。熟慮した結果、ひなた屋のメニューにはあえて加えず、当面はたまたまコイ釣りの仕掛けにかかったときにだけ調理した蒲焼きを冷凍保存しておき、お客様の朝食に一切れだけご提供させていただくこととさせていただきたいと存じます。何とぞご理解を賜りますよう、お願い申し上げます。〕

まあ、こんなところでいいだろう。表向き、あくまでコイ釣りをしていたときについでにかかったウナギだけをありがたく調理させてもらうというスタンスである。積極的にウナギを獲ったりはしてませんよ、ウナギの漁獲量が回復することを陰ながら祈ってますよ、という態度の一方で、朝食に一口分だけ出す。釣れたときに蒲焼きにして切り分けておき、冷凍してストックしておけばいい。足りなくなりそうになったら、コイ釣りの仕掛けにウナギが好むエビ団子の割合を増やせばいい。ちょっとずるいやり方かもしれないが、これならクレームもほぼ回避できるはずである。実際、河口部で何万匹という数のシラスウナギを乱獲するから生息数が減っているのであって、一日に一匹程度のペースで釣っている人間を悪く言うのは筋違いというものである。それに、ウナギが釣れたことがきっかけで新たな別の食材を見つけることができたのだから、よしとすべきだろう。その意味で、希実はやはり幸運の女神だった。

翌日の午後、粘児は希実と共に新たな行動を起こした。

水路に沿ったその農道は二台の車が何とかすれ違うことができる程度の道幅だが、幸いなことにあちこちに空き地や廃屋などがあり、軽トラックを停める場所には困らなかった。粘児はそういったスペースを見つけては軽トラックを停め、希実に網を持たせて水路沿いを歩いた。

スジエビが棲むポイントは主に二か所。茂っている水草の中と、水路のトンネルである。まだ釣りを始める前の小学校低学年のときに、網でのスジエビ捕りは何度かやったので、要領は判っている。水草の中に網を入れてすくったり、トンネルの中に突っ込んで縁を一周させると、たいがい何匹かのスジエビが入っている。

捕獲したスジエビは濡れた網の上でじっとしていることが多いが、突然跳ねることがある。ほんの四、五センチの小さな身体だが、ぴょーんと飛び跳ねるさまはエネルギッシュで、バネ仕掛けのおもちゃのようである。

あの頃は、水槽でスジエビを飼っていた。長い触覚を持ち、透明な身体に黒い縞模様がついているスジエビは意外と格好よくて、たくさんの足が規則正しく動くさまや、エサのちりめんじゃこを抱えて食べる様子はユーモラスでもあり、見ていて飽きなかった。粘児にとってはザリガニよりもかわいいペットだった。

最初のうち、スジエビは数日で何匹もが死んでしまった。身体が白くなって横たわったスジエビの死骸を、生き残ったスジエビが食い散らかすのを何度か見た記憶がある。もともと短命な生き物なのだと勝手に解釈していたのだが、父ちゃんから「酸素不足やけん死によったい。エアポンプを入れたらよか」と教わり、ホームセンターのペットコーナーで安いものを買って取りつけてからは、本当に簡単には死ななくなった。底に砂利を敷いて、水草も埋めて、スジエビが遊べるよう、ジャムの瓶を横向きに沈めたりして、ちょっとしたアクアリウムを作ったりもした。遊びに来た友達が「へえーっ」としばらく釘付(くぎづ)けになって見つめるので、ちょっと鼻が高くていい気分になったものである。

希実に指示して網の取っ手を伸ばして一・五メートル程度にさせ、川岸の傾斜が比較的緩やかな場所を選んでガードレールをまたぎ越え、一緒に川岸に近づいた。水の流れはほぼなく、トンネルの前は水草が生い茂っている。

水際にしゃがんだ希実が「見た目はいるかどうか全然判んないね」と目を凝らす。

「でもいるんだな、実は」と粘児は言い、「さっきエアでやった要領でやってみ。ゆっくりとね」とつけ加えた。

希実がゆっくりと網を沈め、水草の抵抗を押し返しながら、なぎ払い、網を上げた。ビンゴ。一払いしただけで十数匹のスジエビが網の中に入っていた。オイカワだかモツゴ（クチボソ）だかの稚魚も交じっている。希実が「わっ、透明だー。このましょうゆかけて食べられそー」と笑っている。

粘児はポケットからポリ袋を出して水路に沈めて水を入れ、そこにスジエビだけをつまんで移し入れた。稚魚たちは希実がそっと網を水の中に沈めて逃がした。

続いて、近くにあったトンネルで希実に網を入れさせた。丸いコンクリート管ではなく、一辺が一メートルぐらいある四角いトンネルだった。水草の場合と違ってこちらは素早く壁に沿ってすくうのがコツである。

水草のときほどではなかったが、それでも数匹のスジエビが獲れた。

佐賀平野に水路は果てしなく広がっており、スジエビは無限に獲れる。旨い淡水産のエビといえばテナガエビだが、あちらは暖かい時期にしか釣れず、お客さんにコンスタントに提供するだけの数を確保するのは難しい。しかしスジエビなら一年中獲れる。

スジエビという食材に気づいたのは、エビ団子でウナギがかかったことがきっかけだった。佐賀平野にウナギがたくさん棲んでいるということは、エサであるスジエビはもっとたくさんいるということである。

粘児自身はこれまでスジエビを口にしたことはないと思っていたのだが、スマホで調べてみて、釣りライター時代にちゃんと食べていた。

琵琶湖水系の用水路や池でライギョとナマズ釣りの取材をしたときに、大津市内にある老舗佃煮店で土産用の詰め合わせを買ったことがある。中身は小鮎の佃煮の他、淡水シジミや、エビ豆と呼ばれる佃煮も別パックで入っていた。そのエビ豆こそが、スジエビと大豆の佃煮だったのである。味は甘めで、弁当のおかずに加えたら口直しによさそうだなと思ったことを覚えている。

スジエビが実は美味であることは琵琶湖周辺に限らず昔から各地で知られており、天ぷら、唐揚げ、素揚げ、佃煮など食用にされてきたという。それもそのはず、スジエビはテナガエビ科の仲間であり、味も似ているのである。

一時間ほどで、何回にも分けてポリ袋から移し替えたクーラーボックスの中はスジエビだらけになった。おそらく二百匹以上はいるだろう。エアポンプで新鮮な酸素を送っているお陰で、みんな元気に泳いでいる。

軽トラックで戻る途中、希実が「あのさー」と切り出した。「粘児さんって呼ぶの、ちょっと照れくさいんだよね」

「そんな呼び方、したことなかっただろう。ずっと、あのさ、とか、ねえ、とかだったし」

「だからさ、粘児さんって呼ばなきゃいけないと思ってて、でもやっぱり照れくさくってできなかったんだってば」

「他のいい呼び方が見つかったの？」

「うん。師匠って呼ばせてもらいますわ」希実は女芸人の誰かみたいな、ちょっとやさぐれた感じの言い方をした。「釣りと調理を教えてもらってるんで」

師匠ねえ……だが、確かに希実から「粘児さん」と呼ばれたりしたらこっちも何だかむずがゆい。

「まあ、いいよ、そう呼びたいんなら」

「ありゃしたー、師匠」希実はVサインの指をひっつけてチョリースのポーズで応じた。

どうやら希実が言う師匠とは、ちょっとイタいところがあるベテラン芸人をいじる感じの師匠だったらしい。

翌朝、宿泊客がチェックアウトした後、ひなた屋の調理場で粘児はクーラーボックスの中身を父ちゃんに見せた。水は昨日のうちに、数日間くみ置きして塩素成分を飛ばした水道水に取り替えてある。一日置いたのは、念のため、きれいな水で泥を吐かせた方がいいと思ったからである。

「へえ、川エビか。なるほど」父ちゃんはちょっと苦笑するような表情で、しゃがみ込んでクーラーボックスの中を覗いた。「それにしてもたくさん獲ったなあ」

スジエビは、川エビ、モエビなどの別名がある。

今朝確認したところ、エアポンプのお陰で二匹しか死んでいなかった。だが長時間このままにしておくと、やがて共食いが始まるだろう。

「正式名称はスジエビっていうんよ」と粘児が説明した。「琵琶湖周辺ではエビ豆っていう佃煮が昔から名物になっとる」

「そうやったんか。で、ひなた屋の料理にこれも使いたいと」

「うん。エビ豆はちょっと甘くて、お客さんの好みも分かれるやろうし、よその名物料理を真似するのも何なんで、細切れ野菜を混ぜたかき揚げはどうやろかと思うとる」

「それを今から作ってみるっちゅうんやな」

「うん。かき揚げは朝飯のメニューとして、オイカワの南蛮漬けやフライと並ぶメイン食材でいけると思うんよ」

「なるほど。でも粘児、スジエビっちゅうのが正式名称らしいけど、川エビと呼んだ方がお客さんの食欲をそそるやろ。スジエビのかき揚げでございます。川エビのかき揚げでございます」

「あー、確かに。スジエビっちゅうのは何か、筋のあるエビみたいで、歯の隙間にはさまりそうな感じがあるね。川エビの方が柔らかくて透明感がある印象やね。よし、そしたら呼び方は川エビのかき揚げでいこう」

「で、ウナギの蒲焼きも朝食に加えるんやろ」

「といってもそっちは本当に一口分だけね。それでも天然ウナギの蒲焼きが民宿の朝食に入っとったらお客さんは喜んでくれると思うし」

「ウナギ一匹釣ったら、八人分ぐらいはいけそうやね」

「うん」

父ちゃんがため息をついて、腕組みをしたので、粘児はどうしたのかと思って見返した。

「粘児、お前はすごいやつなやあ」

「何が」

「お前はずっと釣りに夢中で、母さんとケンカして上京したときは、やっぱりと納得しとったたい。先日こっちに帰って来て民宿を手伝いたいと言い出したときは、夢をあきらめて仕方なくやるつもりなんやろうけど、この民宿を立て直すのはちょっと無理やろうし、そんなもんをしょい込ませてええんやろかと思うとった。ところがいつの間にか、好きやった釣りやエビ獲りを仕事に活かして、お前は生き生きとやっとるし、お客さんも増えてきとる。俺は、タネが判らん手品を見とるような気分たい」

それはたまたまたい、そう答えようとしたとき、一部の釣り人の間に伝わることわざを思い出した。

「奇跡を信じたければ釣りをするがいい。父ちゃん、聞いたことあるね？」

「いや、なか」

「釣りにまつわることわざなんよ。人を信じたければカネを貸すがいい。愛を信じたければ結婚するがいい。神を信じたければ教会に行くがいい。奇跡を信じたければ釣りをするがいい。由来はよく判ってないけど、釣りは奇跡を呼び込む力があるっちゅうことよ。俺が頑張ったんやなくて、釣りが俺たちを助けてくれとるんよ」

父ちゃんが「ふーむ、ええことわざな」とうなずいた。「その釣りが存分にできるここの環境にも感謝やな」

これといった産業も特産品もなく、観光名所でもないなべしま市では「ここには何もなかけん」と自虐的な言葉を吐いて、刺激を求めて出て行く若者が多い。かつては粘児もその一人だった。だが、そうやってどこか馬鹿にしていたこの土地が、今は自分たちを助けてくれている。奇妙な縁だなと思う。

気を取り直して、かき揚げの調理にとりかかった。要領は小エビやシラスのかき揚げと同じである。

スジエビをざるでたっぷりすくい、水道水で軽く洗う。エビが飛び跳ねて飛び出さないよう、大きめのざるを使い、水道水も強めのシャワーにした。

洗ったエビは密閉容器に入れてしばらく冷凍庫へ。冷やして仮死状態にしておけば、水で溶いた薄力粉に入れたときに飛び跳ねる心配がなくなる。

父ちゃんがかき揚げ用の野菜を切る役を買って出てくれた。ゴボウ、タマネギの他、彩りをつけるためにニンジンも少し。「切り方は細切りでええか。タマネギも薄めがええかな」と聞かれ、「うん、細切りがええと思う」と答える。

粘児は衣の生地を担当した。氷水を入れたボウルに一回り小さいボウルを浮かべ、そこに薄力粉を入れ、水で溶く。菜箸で溶く際に、ボウルを沈めてよく冷やしておくことがポイントとなる。生温かいと薄力粉のグルテンが固まってダマになるからである。また、薄力粉をあらかじめ目の細かいざるで濾しておくことや、混ぜすぎないこともダマ防止につながる。

冷凍庫の中でおとなしくなったスジエビと細切り野菜を、衣の生地を溶いたボウルに入れ、軽く混ぜる。あくまでエビがメインのかき揚げなので、スジエビはたっぷり、野菜は控えめである。

油は温度を高めにし、木しゃもじの上にこんもり盛ったかき揚げのタネを、静かに流し込む。油はオイカワのフライと同様、サラダ油にごま油を加えてある。

ときおり菜箸で形を整えながら揚げてゆく。パチパチとはぜる音が耳に心地よく、ごま油の香りが漂う。父ちゃんが「俺、かき揚げ天丼にして食いたくなってきた。昼飯、それにしよ」と言った。

出来上がったかき揚げを天台（揚げ物用バット）に載せてゆき、「父ちゃん、試食してよかよ」と勧めた。

「お客さんには天つゆと塩の両方を用意した方がよかかね」父ちゃんはそう言ってから「飯なしでこれだけを食べるんやったら、俺は塩やね」とつけ加えた。

父ちゃんはかき揚げの一つを箸で小皿に取り、指先でつまんだ天然塩を少し振ってから、かぶりついた。サクッというい い音がし、湯気が上がった。

まだ熱かったようで、ほふほふと息を吐きながら、父ちゃんは何度もうなずいた。

「こりゃいい。普通の小エビのかき揚げより旨いぐらいたい。エビのええ味がしっかりしとって、衣もサクサクで言うことなし。何よりも、エビがたっぷり入っとるところが贅沢でええ。お客さん、絶対に喜ぶわ」

「大きさはこれぐらいでええやろか」

「そやね。一口サイズより、二口か三口で食べるこれぐらいの方がええんやなかかね。サクッとかじったときに湯気が上がって、エビの香りが広がる。一口で食べてしまうより、その醍醐味を味わってもらった方がええやろ」

粘児も天然塩を軽く振りかけて試食した。

この食感、香り、口に広がる旨み。これ一つで飯一杯いけそうな気がする。

「父ちゃんが言うたとおり、飯に載っけてつゆをかけたら、立派なミニ天丼になりそうやね。注文してくれたお客さんに出すときに、そういう食べ方も人気ですよって母ちゃんに言ってもらお」

「粘児、川エビはなんぼでも獲れるんやろ」

「うん、佐賀平野の至る所におるけん、大勢の人間がいっぺんに獲ったりせん限り、おらんくなる心配はなかよ」

「一日にどれぐらい獲れるもんかの」

「そうやね……天候にもよるやろけど、十人分の食材程度なら余裕やと思うよ」粘児はそう言ってから、「他の仕事をせんで、エビ獲りだけに専念したら、もっと獲れると思う」とつけ加えた。

「そうか。鯉こく、オイカワの南蛮漬けにフライ、ウナギの蒲焼き、そして川エビのかき揚げ。どれもこれも仕入れ値ゼロっていうのがまたすごいことやな」

父ちゃんの表情は、まだ身体が本調子に戻ってないにしては生気に満ちていた。

8

その日の夕方、希実とのコイ釣りから戻った粘児が、洗い場に沈めてある野菜コンテナに二尾の獲物を移そうとしたところ、一人の男性がその野菜かごを大きなカメラで撮影していた。

相手がカメラから顔を上げたのを見た粘児は、あっ、と声に出すのをかろうじてこらえ、「あれ?」と意図してぶっきらぼうな態度を取った。

額の狭いぼさぼさの頭、ぎらついたところがある目つき。太った身体を薄手の黒いウインドブレーカーに包み、チノパンにトレッキングシューズをはいていた。

釣り雑誌『フィッシングマスター』の編集長をしていた鎌原(かまはら)だった。粘児に「悪いがライターとしての契約は更新しないから」と戦力外通告をした男である。もう一誌の『アングラーLIFE』の編集長は焼き肉屋に連れて行ってくれて、「俺の力不足で廃刊が決まってしまった。申し訳ない」と謝ってくれたが、この男は電話で一方的に告げたたけで、その二か月後に廃刊になることも教えてくれなかった。電話の最後には「また何かあったら連絡するから」というあからさまな社交辞令を聞かされたため、切った直後に足もとのゴミ箱を蹴飛ばしたことを覚えている。

粘児にとっては再会したくない人物だった。年齢は五十代半ばぐらいのはずだ。

「古場ちゃんがここをやってるって知って、びっくりしたよ」鎌原はやや黄ばんだ歯を見せて笑った。「教えてくれたらもっと早く泊まりに来たのに」

何言ってやがる。あんたなんかに来てほしくねえんだわ、と心の中で言い返しながら「わざわざ泊まりに来たんですか」と聞いた。

「もちろん。別の雑誌の編集部に移ったはいいけど、肩書きは副編集長に格下げでさ、しかも実体は人手が足りない仕事をやらされるっていう遊軍でね。まあお陰で休暇を取りやすくなったわけだけど」

鎌原は名刺を出す様子がなく、粘児も興味などないので新しい職場について尋ねる気になどならなかった。

粘児が「そうですか」とだけ答えたため、ちょっと冷たい空気が漂った。歓迎していないことが伝わったようで、鎌原の表情も微妙に変化した。

「女将さん、古場ちゃんのお母さんなんだよね。さっき会ったけど、元気はつらつって感じだね」

「俺が鎌原さんの編集部で世話になったってことは？」

「あー、いや、気を遣わせちゃ悪いと思ったんで」

そりゃそうだろう。私がおたくの息子さんをリストラしたんですわー、などという話はできまい。粘児は冷めた表情を意識してあいまいな相づちを打った。

「ブログ見たけど、好きな釣りを生かせる仕事を始めることができて、よかったよね」

鎌原は気を取り直すように作り笑いになった。

「お陰様で。お一人でお泊まりになるんですか。一泊ですか」

「ああ、一泊させてもらうけど、カミさんと二人なんだわ。後で紹介させてもらうよ」

いらんわい、そんなん。

粘児は「では夕食時にでもご挨拶に伺います」と応じ、「コイの写真を撮ってたんですか」と話題を変えた。そんなものを撮ってどうするんだというニュアンスを込めた。

「ああ、すまん、勝手に撮って悪かった」

「いえ、別に構いませんよ。ＳＮＳなどを通じて宣伝してもらえたら、むしろありがたいので。でもコイなんかより、眺望のいい撮影ポイントが周辺にありますよ」

「ああ、これから周りを散策して、いろいろ撮ろうと思ってたところなんだ。カミさんの支度が遅いんで、先に外に出て、こっちに回ってみたらコイがいたんでね」

「そうですか」

粘児はうなずいて、歩いて回るのにお勧めの周回コースを伝えると、鎌原は「ありがとう。じゃ、言われたとおりに行ってみるよ」と軽く片手を上げて、表側に消えて行った。

もともと冷たい印象があった人物で、プライベートでのつき合いもなかった。粘児がまとめた記事を読んでも、語句の訂正などを求めてくるだけで、個人的な感想を言うことはなく、溝のようなものを感じていた。そんな鎌原が、夫人を連れてひなた屋に泊まりに来た意図は何なのか。さっきの態度からすると、細々と民宿をやっている姿を笑ってやろうというふうでもない。粘児は首をひねるしかなかった。

その夜、粘児は結局、鎌原夫妻のところには顔を出さなかった。母ちゃんが「お客さんがあんたと話をしたいって」と呼びに来るのを待って、うっかり忘れてましたという形で出向いて、まだ仕事があるのでと告げて早めに退散しようという算段だったのだが、呼ばれること自体なかったので好都合である。このままチェックアウトまで知らん顔でいればいいと思った。

だが翌朝、チェックアウトの時間が迫った頃に、母ちゃんが調理場にやって来て「ブログを作ってる人にあいさつをしたいっていうお客さんがおんさるよ。二階の

［柊］に泊まった夫婦」と言った。鎌原夫妻が泊まった部屋である。

まあ、チェックアウト間際にちょっとあいさつをするだけなら、という気持ちで階段を上がり、出入り口の引き戸が開いたままになっているその部屋を訪ねた。

鎌原夫妻は座卓をはさんでお茶を飲んでいるところだった。「失礼します」と顔を覗かせた粘児に鎌原が「よう」と片手を上げた。

鎌原夫人はメガネをかけていて、一見するとお堅い教師といった印象の女性だった。黒いセーターにジーンズという軽装で、正座をしたひざの上にジャンパーらしき赤い上着を丸めて載せている。

「昨夜はごあいさつに伺うのをうっかり忘れてしまいました。申し訳ありません」

粘児がしらじらしく正座をして頭を下げると、鎌原は「いやいや」と片手を振った。

「僕らもお酒が進みすぎちゃって、古場ちゃんを呼ぶ前に寝ちゃってね」

「料理、美味しかったです」と夫人が予想外に大きな声で言った。「イノシシ鍋と鯉こく鍋を夫とシェアしていただいたんですけど、もう箸が止まらなくて。この人、お酒はあまり強くない方なんですけど、昨夜はビールの後、焼酎のお湯割りを三杯も飲んじゃって、最後はへべれけになって、この料理を作ったの、僕が作ってた雑誌のライターだったんだぞって、自分のことのように自慢し始めちゃって」

「そう言う君だってかなり酔っ払ってただろう」と鎌原が言い返す。「途中から同じようなうんちく話を繰り返してたぞ」

「朝ご飯も美味しかったー」と夫人が鎌原の言葉を無視する感じで続けた。「何ていう川魚だっけ、梅肉入りのタルタルソースでいただいたフライ」

夫人に聞かれて鎌原が「オイカワ」と教えた。

「そうそう。揚げたてで外はカリッとしてて中はふっくらで。南蛮漬けもいただいたのよ。酸味と辛みが利いてて、朝からおなかいっぱい食べてしまって、ちょっと苦しいぐらい」

「川エビ料理もいただいたよ。女将さんが、今日からの新メニューだって紹介してくれたもんで。かき揚げも揚げたてで無茶苦茶旨かった」

粘児は「おほめいただき、ありがとうございます」と再び頭を下げた。

「いやあ、すごい、すごい。ちゃんと美味しくて、何ていうのかな、佐賀平野を丸ごといただいたっていう貴重な体験もできて、宿泊料金は安いときてる。実は料理を食べてみるまでは確信が持てなかったけど、これで自信満々でプレゼンできるよ」

意味が判らず、粘児は「は?」と聞き返した。

「実は今、こういう雑誌の編集部にいるんだ」

鎌原がウインドブレーカーのポケットから名刺入れを出して、一枚を寄越した。

『ローカルにひたる旅』という雑誌名には記憶があった。『フイッシングマスター』

と同じ出版社が出している旅雑誌だ。

「先日の企画会議で、ひなた屋を取り上げたいって提案したんだ。そしたら僕より一回り年下の編集長がさ、ブログで見ただけでは料理の味は判らないし、取材に出向いてたいしたことなかったら使えないし経費が無駄になるって言うんだ。だから僕は、じゃあ自腹で予備取材をしてきますからって言ってやったんだよ」

「こんな面白いことやってる民宿の取材を渋るなんて、編集長は何を考えてるんだって、あなた、ぷりぷり怒ってたわよね」と夫人が言い添えた。

粘児は昨日、鎌原が野菜コンテナの中にいるコイを撮影していたことを思い出した。あれも予備取材だったわけか。

「……そんなことをしてくださってたんですか」

「うん。ブログを見て、おお、古場ちゃんがまた新しいことを始めたぞって、テンションが上がってねー。昨日は料理や宿の様子、周辺の景色とか、いろいろ撮らせてもらったよ。料理がすべて、ここら辺りで調達したものだってところがすごいし、何よりも古場ちゃんがメイン食材を自ら釣ったり獲ったりしてるっていうのが面白いと思うよ。既にＳＮＳなんかでは評判が広がってるみたいだし宿泊客、増えてるんだろ」

「ええ、お陰様で、ちょっとずつですが確実に忙しくなってきてます」

「な。古場ちゃんはそういうの、持ってる男なんだ。年内に必ず本取材に来させてもらうから、よろしく頼むよ」

「ええ、それはもちろん。ありがとうございます」

「できたらチェックアウトするときにでも、調理場の様子とか、撮らせてもらえないかな。生きた川エビが泳いでるところなんかも撮れるなら撮りたいんだけど」

「クーラーボックスの中を泳がせてますけど、だったら写真映えするように、家にある小型の水槽に移しましょう」

「すまんね。それと、先に他誌の取材は受けないでくれよ」

粘児は、電話でリストラを告げられたときに鎌原が最後に口にした「また何かあったら連絡するから」という言葉を思い出した。あれは社交辞令なんかではなく、いつか必ずという思いが込められたものだったのだろうか。

「昨日の散歩中もこの人、釣りライターをなさってた頃の古場さんの話をしてたんですよ」と夫人が言った。「撮影で釣り場に来たときに釣り糸なんかが捨ててあったら必ず拾ってポケットに入れるし、空き時間には編集部のワンボックスカーの中を掃除する、真面目な男。カメラマンとか他のスタッフさんのためにいつも飲み物やタオルを用意する仲間思いなやつなんだって」

「だから、古場ちゃんとの契約を解除したときは、他の連中から怒られた、怒られた」鎌原が苦笑して話を引き取った。「だからいつか必ず、埋め合わせをしようと決めてたんだ。このたび、やっとそれがかないそうで、ほっとしたよ」

鎌原は、あまり感情を表に出さないところがあったが、彼は彼なりに悪いことをしたと思ってくれていたらしい。それどころか、ゴミ拾いやちょっとした気配りなどの、小さな積み重ねもちゃんと見てくれていた……。

粘児は、一方的な誤解をしていたことが恥ずかしくなり、「本当にありがとうございます」と深く頭を下げた。

その数日後に鎌原からメールが届いた。二月号か三月号で、ひなた屋の特集を組むことが企画会議で決まったので、十一月下旬に二泊三日で取材したい、とのことだった。食材のコイ釣りやオイカワ釣り、川エビ獲りに同行し、調理する様子も撮影したいということや、できればイノシシ処理施設も取材したいとあった。粘児は了解の返信をし、イノシシ処理施設〔まっしぐら〕の承諾はこちらから取っておくことを伝えた。大串経由で頼めば問題ないだろうし、その頃は市川茂夫が既に嘱託職員として働いているはずである。


十月下旬に入ると、平日で五人前後、週末は十人前後がコンスタントに宿泊してくれるようになった。宿泊施設としては別に自慢できるような数字ではないが、以前のひなた屋からすれば大躍進である。

一度泊まってくれた客の多くが、イノシシ鍋や鯉こく鍋、オイカワの南蛮漬けや川エビのかき揚げなど、他の旅館ではちょっと味わえない料理を珍しがり、自慢も兼ねて料理の写真画像をSNS上にアップしたり、ツイッターなどで感想を発信してくれていた。ネット社会は情報が拡散するのがとにかく早い。

その反作用で、ときどき中傷コメントもブログ『民宿ひなた屋』に書き込まれるようにもなった。ログインしなければコメントを書き込めないように設定してあるのだが、それでも「その辺の水路を泳いでるコイは寄生虫だらけ。おぞましい。」「川エビが魚の死骸にむらがってるのを見たことがある。あのエビを食べるのかー。」などというコメントがあった。ウナギについても、「今や絶滅危惧種なのだからたとえ少量でも提供するのはいかがなものかと思う。」といった意見が寄せられた。それらを削除するのは簡単だが、それをやると「都合の悪いことを隠蔽しようとしてる」などと挑発されて、それがきっかけで炎上してしまうおそれがあった。

そんな中、ネガティブな書き込みをどう処理するかについて決めあぐねたまま数日が経過したところで、新たな書き込みがあった。

「寄生虫は海の魚でも同じこと。熱を通せば問題ないことぐらい知らないの?」「伊勢エビもワタリガニも魚の死骸を食べます。川エビだって別に死骸を専門に食べてるわけじゃない。そんな心ないコメントを書き込んで恥ずかしくないんですか。」などと、援護してくれる内容だった。ウナギについても〔絶滅が危惧されるようになったのはシラスウナギを養殖するために数万匹単位で乱獲してきたから。成魚を一匹ずつ釣っている人たちに言いがかりをつけるのは的外れもいいところだと思います。〕という反論が寄せられた。中には粘児に対して〔営業妨害だと思ったコメントは遠慮なく削除した方がいいですよ。ブログを運営する側の当然の権利ですから。〕と助言してくれた人もいた。それらを踏まえて検討した結果、コメントは事前に粘児がチェックして承認したものだけをブログ上にアップする設定に変更した。釣りライターをしていたときにやっていたブログでも中傷コメントはときどき経験していたので、さほど気にはしていなかったのだが、宿泊しようかと思ってブログを訪ねたお客さんが目にして不快感を覚えるのは確かによくない。

宿泊客の対応は基本的に母ちゃんの担当だったが、粘児が部屋や玄関ロビーに呼ばれて握手を求められたり、一緒に写真を撮ってほしいとせがまれる機会が増えた。客商売なのでもちろん快く応じることにしているが、おばさんの三人組に囲まれて抱きつかれて写真を撮る羽目になったときにはさすがに困惑が表情に出てしまった。

若いお客さんたちもぽつぽつとだが来てくれるようになった。関西からバイクのツーリング旅行でやって来たという若いカップルは、長崎に向かう予定を変更して、佐賀県内を回って追加でもう一泊してくれた。男性の方は目つきが鋭くてちょっと尖（とが）った雰囲気があったが、粘児に「俺、自給自足の生活とか、前から興味あったんすよ。ひなた屋さんがやってることって、さらにその上を行って、自給自足を商売にしてるってことじゃないですか。めっちゃクールっすよ」と親指を立てて讃（たた）えてくれた。

そんなある日の夜、ダイニングテーブルで希実がスケッチブックにイラストを描いていたので覗き込むと、「師匠、どうっすか？」と聞かれた。

希実が描いていたのは、川エビのかき揚げをメインにした一膳分の朝食メニューだった。ライトなタッチの味わいのある絵に仕上がっている一方、湯気が上がる様子やみそ汁の表面は写真のようにリアルに描かれている。大野杏子から技法を教わって、ますます腕を上げたようである。希実自身がこの料理が大好きで気に入っていることも伝わってくるように思えた。余白には、それぞれの味、食感、香り、具材などを克明に書き込んでいる。

「へえ、すごい。プロ並みじゃん」と率直な感想を言うと、希実は「ま、写真画像を参照しながら色鉛筆で描いてるだけなんだけどね」と横に置いてあるスマホをあごで示してから舌を出した。だが、それでもレベルの高いイラストであることに変わりはない。

他の料理も描いたのかと聞いてみると、希実はスケッチブックのページをめくって見せてくれた。オイカワの南蛮漬けやフライをメインにした朝食膳、イノシシ鍋、鯉こく鍋。見ているうちにつばが湧いてきた。

「何か……写真画像で見るよりも旨そうだな」

「そうすかぁ？」希実がまんざらでもない感じの笑い方をした。「だとしたら、見る側の想像力を刺激するからだろうね。写真だと何もかも見せてしまうところがあるから」

粘児は何度もページをめくって、それらのイラストをしばらく眺めた。希実から「そろそろいいっすか？ 次はトラネコのひなたを描きたいんで」と急かされたが、「悪い、もうちょっと」と言ってさらに眺めた。

ようやくページをめくる手を引っ込めた粘児は、「これ、写真に撮ってひなた屋のブログで使おう」と提案した。「これは大勢の人々に見てもらうべき作品だと思う」

「はあ、そうすか？」

「そうすよ。アクセスがさらに伸びること間違いなし」

「まあ、よかったら使ってよって言うつもりで描いてたところなんすけどね」

「じゃあ、決まりだ。ネコのひなたの絵も頼む。あと、釣ったり獲ったりしときのコイ、ウナギ、オイカワ、スジエビなんかのイラストもあるといいな」

「いいっすよ、じゃあ、ひなた屋食材図鑑みたいな？」

「おー、いいねー。その図鑑は種類や生態なんかだけじゃなくて、調理法や食べ方、味なんかも解説する」

「解説文は師匠がやってよ」

「やりますとも、喜んで」

翌日から順次、希実のイラストもひなた屋ブログに掲載していった。希実は「それはいいよ」と言ったが、イラストの下には小さく横文字のサインを入れさせた。崩した文字だったのですぐには気がつかなかったが、〔ｈｏｐｅ〕だった。〔希実＝のぞみ〕を英語に訳したということらしい。

掲載したイラストについては粘児が〔謎のイラストレーター少女、ｈｏｐｅさんに描いていただいております。〕という注釈を加えた。すると、〔プロ級の腕前ですね。〕〔あー、食べたい！〕〔美味しさがよく伝わってくるイラストですね。〕といったコメントが届き始めた。希実はスマホでそれを見ながら「悪くないねー、こうやって誰かがほめてくれるのって」とちょっとにやけていた。

希実はどうやら、不登校になるなどして失ってしまっていた自信を取り戻しつつあるようだった。

そんなある日に泊まりに来た初老と三十代くらいの親子と思われる女性二人組の客は、チェックインしてすぐに調理場の様子を見学したいと言ってきた。別に構わないと思ったので粘児は、コイを野菜コンテナから網ですくって調理場でさばき、鯉こく鍋を作る過程を見てもらった。二人は熱心に見ながらひそひそ話し合ったりメモを取り合ったりしていた。

その態度に、ははあと思った粘児が「もしかして同業の方ですか」と聞いてみると、「ばれました?」と若い方の女性が舌を出した。聞いてみると彼女たちは岡山県内の山間部で家族経営のドライブインレストランをやっているが経営が厳しく、ネットでいろいろと調べているうちに、ひなた屋のことを知り、父親に店を任せて勉強のために来てみたと打ち明けた。

あちらではシカが繁殖して問題になっているのでシカ肉を使ったジビエ料理を出す飲食店が周辺で徐々に増えており、自分たちもメニューに加えてみようかと思っているが、よそと同じことをやっても差別化を図れないので、ひなた屋さんを参考にしてヒントを見つけたい、とのことだった。

粘児としては、境遇が似た家族を応援したい気持ちはあった。だが、助言できることなんてほとんどない。伝えることができた情報はせいぜい、関西圏では全国チェーンのカレー店がシカ肉のカレーを出していることや、エンペラーホテル佐賀のレストランでジビエ三種ランチというのが人気であることぐらいのものだったが、心を込めて「お互い頑張りましょうね」と激励した。

一泊二日の滞在を終えた母娘は、同じ町に最近シカ肉を使ってハムやソーセージなどを作り始めた業者がいるので、まずはそこから商品を仕入れてシカ肉のホットドッグやハムサンドを出してみようと思います、と新計画を打ち明けてくれた。また、帰ってから地元ならではの食材が他にもきっとあると思うので調べたい、とのことだった。チェックアウト後に見送ったとき、母娘の表情はいくぶんではあったものの確実に前日よりは穏やかなものになっていた。

ニット帽をかぶってひげもじゃのバックパッカーらしき白人男性も泊まりに来た。結構な長身だったため、玄関ドアを通るときに上の縁に頭がぶつかりそうだった。

彼は予約なしで、しかも日本語が片言だったため、スマホの翻訳アプリを使ってのやりとりとなった。最初のうちはベンというのが彼の名前で、アメリカの元軍人で半年前から日本を旅して回っているということや、日用雑貨のデザイナーをやっているといった話を聞いて和やかな感じだったが、宿泊料金はちゃんと払うから自分で魚を釣って料理も作りたいと言い出したことには正直困惑した。聞いてみるとルアーフィッシングとフライフィッシングは経験があるが、エサ釣りはアンフェアだと思ってきたのでやったことがなく、ここでもルアーフィッシングかフライフィッシングで魚を釣りたいので道具があったら貸してほしい、というのが彼からの要望だった。

釣りをスポーツの一つと位置づける欧米人の中には、エサを使えば釣れるに決まっているから魚に対してアンフェアでよろしくない、エサでないものを使ってこそ対等な勝負になる、それこそがスポーツマンシップだという思想が根強くある。

粘児は、フライフィッシングの道具は持ってないしルアーフィッシングで釣れるこの辺りの魚はライギョやオオクチバスぐらいしかいないことを翻訳アプリと片言の英語を駆使して伝え、毛バリ仕掛けの竿なら用意できるのでそれでオイカワを釣ることを勧めた。毛バリもフライの一種ではあるが、仕掛けがかなり小さく、フライフィッシング用のロッドやラインではなく、普通の清流竿で釣るところに特徴がある。釣りの対象魚もオイカワやカワムツなど小型の魚に限定される。

するとベンは是非やってみたいと興味を見せたので、道具と保冷剤を入れたポリ袋を用意してやって、徒歩で移動できる不二川まで案内した。要領を教えようとしたが、フライフィッシングはやってきたから大丈夫だと、ちょっとそっけなく言われた。どうやらプライドがあって、たかが民宿をやっている男からレクチャーされるつもりなどない、ということのようだった。

しかし三十分ほどでベンは憮然(ぶぜん)とした表情で戻って来て、全然釣れないと文句を言った。粘児はため息をつきつつ再び不二川に同行し、オイカワはかなり警戒心が強いので絶対に身を乗り出して川を覗き込んだりせず、日陰になっている場所を選んで、屈(かが)んだ姿勢でガードレールに隠れるようにして毛バリを落とすやり方を実演して見せた。竿は三・六メートル、毛バリはオイカワ用のもので、キャストしやすいように小さなガン玉（おもり）をつけてある。

毛バリが着水すると同時にパシャっと水面がはぜた。すかさず竿を立てると竿を通じて手にオイカワが暴れる感触が伝わった。白銀色に光るオイカワが姿を見せると、ベンは「オーマイガーッ」と口にし、拍手をした。

さっきまでは険しい表情だったベンだが、これだけでたちまち粘児を尊敬する態度になった。粘児がさらに、一投目で失敗したらもうその場所ではしばらく釣れないので場所をどんどん変えてゆくべきだということ、水に濁りがある場所であれば中腰にならなくても釣れること、これから夕暮れどきとなるので釣りやすくなること、幼魚が釣れた場合はリリースしてやってほしいことなどを翻訳アプリを使って伝えると、「イエッサー」と敬礼してから「アリガトゴザイマス」と両手を合わせてお辞儀をした。

一時間半ほど経ってベンは満面の笑みで宿に戻って来た。出迎えた粘児に彼はずっしりと重くなったポリ袋を掲げて見せ、「コバセンセイ、アリガトゴザイマス」と笑った。

その後は調理場でベンにフライと南蛮漬けの作り方を指導した。彼は料理も多少はできるようで、菜箸の扱いもできた。

ベンが夕食を食べるところは見なかったが、翌日にチェックアウトするときに、オイカワのフライも南蛮漬けもとても美味しかったこと、そしてどれほど釣りが楽しかったかを彼は熱心に話し、握手を求めてきた。英語交じりの片言の日本語だったのですべてを理解できたわけではないが、心から喜んでくれたことは実感できた。

彼を見送った後、母ちゃんが「これから外国からのお客さん、増えてくるかもしれんねー。公民館でやってる英会話教室、行った方がいいかね。もしかしたら中国語の方が必要になるかもしれんかね」とそわそわし始めた。


ある日、希実と佐賀市内の小路でスジエビを獲って回って軽トラックで帰る途中、エンペラーホテル佐賀の前から出て来た白いセダンの運転席にいる男性と目が合い、互いに、あっ、となった。

大串だった。ちらっとしか見ることができなかったが、助手席には女性がいたようだった。おそらく夫人だろうとは思ったが、もし違っていたらまずいので、気づかなかったことにした。

その夜、大串から電話がかかってきて、夫婦でジビエ三種ランチを食べに行ったという説明をされ、なぜか「すまん」と言われた。

「いやいや、謝るようなことなかろう」と粘児は笑った。「俺も先日食べに行ったし、確かにあれは旨かった。奥さんにも食べさせてあげようと考えるのは当然やろもん」

「でも順番が違ってた。粘児がひなた屋の新メニューを次々と考案しとんのに、俺、未だに泊まりに行っとらんやった。電話では近いうちに泊まりに行くち言うとったとに……これでは俺は、ただのウソつきばい」

「そんなん、気にせんでよかて。なべしま市内に住んどって、なべしま市役所で働いとんのに、市内の民宿に泊まるなんて、馬鹿げとるたい。グッシーには、「まっしぐら」の職員採用のことを教えてもろたり、なべしま新報の記者さんを紹介してもろうて取材してもらったりしたけん、感謝しとるよ。エンペラーホテルを利用するのは大いに結構、気にすることなんかなか」

「ありがとう。でも今度は本当に約束するわ。泊まりに行くけん」

「そやけん、よかって」

「いや、行く。俺は友達との約束は守る男たい」

「判った、判った。そしたらそのうちに、な。ありがとう」

すると、その週の金曜日に本当に予約が入った。中学時代の釣り仲間に声をかけて、粘児の再出発を激励する会をやることにしたとのことで、四人部屋に四人で泊まるという。メンバーはグッシーこと大串の他、市内の肥料販売会社で課長をしているというノボル、いくつかの職を転々としてから実家の自転車屋を継いだサトシ、福岡市内の印刷会社で営業マンをやっているコーイチ。かつては陽が暮れるまで共に夢中で釣りに興じた懐かしい顔ぶれである。

当然のこととして、粘児も仕事を早めに切り上げてビールと焼酎を手土産に参加することとなった。イノシシ鍋と鯉こく鍋をつつきながら、思い出話に花が咲き、笑い声がちょっと大きいので何度も粘児が「しーっ」と人さし指を口に当てて、もっとボリュームを下げてくれと頼んだ。

みんなでため池に行ってバス釣りをしていたときには、根がかりしたルアーをサトシが無理に引っこ抜こうとしたせいで勢いよく飛んで戻って来たルアーのフックがあごに刺さったことがあった。フックの先には返しがついていたため刺さりが浅くても簡単には抜くことができず、サトシが泣いて痛がるのをみんなで囲んでなだめ、どうしようかと相談した結果、フックをさらに押し込んで、皮膚を割って出てきた返し部分をペンチで潰すことで、ようやく抜くことができた。そして、大人に知られたらこっぴどく叱られると思ったので、このことは絶対に口外しないことをみんなで約束した。あごの傷はしばらくして消えたようだったが、当たった場所が悪かったら失明したかもしれなかったため後で怖くなってきたようで、釣り仲間から一番早く脱落したのがサトシだった。サトシは焼酎のお湯割りを飲みながら「違う、違う。あの頃から俺、塾に行き始めたけん、釣りに行かれんようになっただけたい」と弁解したが、みんなは「まあそういうことにしとこ」と笑っていなした。コーイチが「サトシはこん中では一番のビビリやったもん。ヘビがおるかもしれんとか、あっちで柄の悪そうなやつらが釣っとるとかすぐに言い出して、釣り場に入るの、必ず一番後ろやったけんねー」と言い、みんながうなずき、サトシは「もうやめてくれって、今はそんなことなかけん」と思い出をかき消すように手を振った。

水量が減って広い水路が浅くなっていたときに、ブランドものらしきルアーが沈んでいるのを発見したノボルが取って来ると言い出して、裸足になりジーンズをひざまでまくり上げて入って行ったときの話も出た。ルアーを拾うことには成功したが、誰もが浅いと思った川底は泥が堆積していて、たちまちひざ上まで沈み込んでしまい、ノボルは足が抜けなくなってしまって身動きが取れず、半泣きでみんなに助けを求めて、粘児が長い棒きれを見つけて来てそれで助けようとしたのだが途中であっさり折れてしまい、ノボルはうつ伏せに倒れて泥だらけ。這うようにして脱出して草むらで仰向けになったノボルを見て、みんなが「あっ、プレデターのあの場面や」と指さして笑ったら、ノボルがキレて泥をかけてきた。映画『プレデター』の中で、全身が泥だらけになったことで凶暴な宇宙人プレデターから存在を認識されずに主人公が命拾いするというシーンである。あの後しばらくはノボルをプレデターと呼んでいた時期があったが、泥だらけになったのはプレデターではなくて主演のアーノルド・シュワルツェネッガーの方だったので思えば変なあだ名のつけ方だった。

その後も思い出話は続いたが、たまたま沈黙の間ができたとき、大串がぽつりと漏らした言葉に、みんなが一様にうなずいた。

「あの頃の俺たちって、『スタンド・バイ・ミー』の世界におったんやなー」

他の同窓生たちの近況についても話題になり、大野杏子が実は市川と最近になってつき合い始めていて、どうやら再婚するつもりらしいという情報が大串の口から飛び出した。大串によると、〔まっしぐら〕に採用された市川の歓迎会が催されたときに、鳥獣対策課長が「独身らしいけど所帯を持つ予定はないんか？」と尋ね、市川の口からそんな説明が帰ってきたという。大串自身も、二人がショッピングモールで一緒に買い物をしているのを最近見かけた、と言った。

さほどの驚きはなかった。この辺りは狭い世界である。元同級生にたまたま再会したとか同窓会で久しぶりに会ったことがきっかけでくっつくカップルは少なくない。昔の市川はヤなやつだったが、今のあいつなら大丈夫だろう。

あいつはあいつで人生を賭けて〔まっしぐら〕への再就職に挑んでいたのだなと思

うと、陰ながら応援したいものだと粘児は思った。

その後はオイカワの南蛮漬けや川エビのかき揚げなども出してみんなで舌鼓を打ち、夜中の二時過ぎにようやく就寝となった。翌朝、大串らはチェックアウト時間になってようやく起き出し、二日酔いを訴えつつも、半年以内にまたやろうやと約束し合った。大串が「泊まりがけで佐賀平野の珍味を味わう宿、みたいな宣伝文句で営業用チラシ作ったらどうかね。市役所内で配ったり、観光協会に頼んで置いてもらったりできると思うよ」と提案すると、それはいい、地元の人間もちょいちょい利用する宿としても売り出そうという話になり、印刷会社勤務のコーイチが「よそより勉強しちゃるよ」と言ってくれたので、本当に検討してみることになった。

サトシからは、「この辺り、坂道が多かけん、自転車は使いにくいとやろ」と言われ、確かに短い距離でしか使えないと答えると、「宿泊客に電動アシスト自転車を貸し出すっていうのはどうね」と提案された。中古品を入手するルートもあるので、かなり安く用意できる、とのことだった。

それは目からウロコだった。この辺りは坂道が多いのでハイキングや散歩しか無理だと決めつけていたが、電動アシスト自転車があればサイクリングも楽しんでもらえる。

話はトントン拍子で進み、翌々日には、中古の電動アシスト自転車三台を使ったレンタサイクルサービスが始まった。初日にすぐ、年配夫婦一組と、若い女性客一人が利用してくれ、以前はここに泊まってハイキングをしたことがあるという年配夫婦は口々に「結構遠くまで行けて快適でした。ここに来る楽しみがまた増えました」と言ってくれた。

またもや釣りが起点となって、ちょっとした奇跡を起こしてくれたのだった。

9

十一月最初の土曜日は、上着が不要なぐらいの陽気だったが、午後に入ると少し気温が下がり、空も曇り模様となった。しかし釣りをするにはこれぐらいの方がいい。なべ粘児は軽トラックの助手席に希実を乗せ、平野部の釣りポイントにやって来た。なべしま川から分岐した水路が田畑の間を縦横に走る場所で、人通りも少なく、ガードレールがなくて舗装もされていない川岸に小さな折りたたみ椅子をセットすれば、のんびりと竿を出せる場所である。選んだのは水路の幅が十メートルほどで、近くには橋、というよりトンネルが道路下を通っている場所だった。流れは緩いのでエサがばらけすぎることもなく、濁りもあるので魚の警戒心は低い。

希実が手慣れた動作で仕掛けを準備し、寄せエサを投げ込んだ。最近は粘児の指示はほとんど不要になってしまった。そしてコイがかかるのを待つ間は、スマホで釣りの情報やひなた屋に対するコメントを探したり、スケッチブックを広げて風景画の下描きをしたり。ときどき「コイって実は大陸原産の外来種だって言うけど、二千年も前にやって来て定着してるのを外来種って、何か変だよね。日本人だって、その頃の渡来人の血が濃いっていうじゃん。だったら日本人のほとんども外来種か、交雑種ってことになるんじゃね？」などと小難しいことを口にしたりもした。

希実のイラストは、ひなた屋のオリジナル料理だけでなく、トラネコのひなたのさまざまな様子を描いたものも増えてきている。最初のうちはひなたが寝転んでいたり、座ってあくびをしていたりといったものが中心だったが、最近では、ひなた屋周辺の川沿いや洗い場にたたずむ姿、木の枝に登って赤い実をひっかく様子、竹林から顔を覗かせたところなど、想像力をたくましく膨らませて、この地域の魅力も伝えようとしてくれている。大野杏子からは直売所に買い出しに行ったときだけでなく、ＬＩＮＥでも絵画の技法を教えてもらっているようで、スマホを片手にダイニングのテーブルでスケッチブックに色鉛筆を走らせる様子は、まさに一心不乱、声をかけても聞こえていないときもある。

退院した知希とは日々ＬＩＮＥや電話で連絡を取っているが、希実がこちらでこれほど楽しそうにしていることに彼女は驚き、粘児とその両親には感謝の気持ちを素直に表してくれているが、どうやら自分だけではあまり希実の役に立てていなかったということについて忸怩たる思いを抱えていることも窺えた。嫉妬心などもあるのかもしれない。それが彼女が電話で口にした「希実がこちらに帰ると言い出すまでは、そういう話題はあの子に振らないでおこうと思う」という言葉に集約されている気がした。粘児が、時間を見つけて一度こっちに来てみないかと水を向けてみたところ、まだ腰の状態が本調子ではなく、通院も続けているので、完治したら考える、との返答だった。昨夜受け取ったＬＩＮＥには、［あの子が私とこんなに長期間会わないのって思えば初めてのことだよ。私も子離れできないとね。］とあった。いろいろ考えた結果、今は希実を遠くから見守ることが母親の努めだと判断した様子である。

仕掛けを投入した辺りでは、水面で小さな波紋が起きていた。どうやらクチボソなどのエサ取りがイモ練りやエビ団子をつついているらしい。コイが寄って来ればすぐに散るだろうが、しばらくは我慢の時間が続くかもしれない。

希実が「あ、バルーンだ」と上空を指さした。粘児も見上げて「おー、ほんとだ」と口にした。

佐賀市方面の上空を、いくつものバルーンが泳いでいた。そういえば、佐賀バルーンフェスタの時期である。粘児はずっと佐賀から遠ざかっていたので知識としてしか知らないのだが、毎年この時期に、世界各国からバルーンの選手が集結して、決められたポイントに到着できるかどうかなどを競い合う競技が開かれているのだ。曇天のせいでかえって、色とりどりのバルーンは鮮明に映った。

二人でしばらくバルーンが南方向に流れてゆくのを眺めた。バルーンはガスバーナーの火力を調節して、上下にしか動くことができない。その上下のさじ加減によって適切な方向に吹いている風を捉え、進行方向を決める。かすかにだが、風に乗ってそのガスバーナーのゴーという音が届いていた。

バルーンが遠ざかり、点になってほとんど見えなくなった頃に、仕掛けを投入した辺りの波紋が消えた、どうやらエサ取りにつつかれまくってすべてなくなったらしい。

粘児がロッドを持ってリールを巻いてみると、案の定ハリ先には何も残っていなかった。希実が「クチボソ?」と聞き、粘児は「多分な。カワムツも犯人の一人かも」と答える。

希実がもう一か所の仕掛けを回収すると、そちらもエサを取られていた。

粘児が「よし、もっかいエサをつけよう。そろそろ匂いでコイも集まって来るだろうから」と言い、希実が「了解」とエサ入れの容器のふたを開けたとき、アシナガバチが彼女の目の前に飛んで来た。粘児が「あっ、ハチ」と教えると、希実は「きゃっ」という悲鳴と共にエサ入れの容器を放り出し、両手で顔を覆ってしゃがみ込んだ。エサ入れの容器はそのまま水路の中へ落ちた。

粘児がポケットタオルを出して、はたき落とそうとしたが、それよりも早くアシナガバチは遠ざかって行った。

「ハチ、いなくなったぞ。希実ちゃんの声に驚いて逃げてったよ」

希実はおそるおそる顔を覆っていた両手を下ろして周囲を見回し、「あー、びびったー」と立ち上がってから、「あ、エサ入れが……」とばつの悪そうな顔になった。

粘児が網でその辺りを探った結果、容器は回収できたが、ふたが開いたまま落ちたせいで、イモ練りもエビ団子もほとんど残っておらず、残っていたものも水を吸って泥状になってしまい使い物にならなくなっていた。これを無理矢理ハリにつけようとしても崩れてしまうだけである。

「しゃあない。クチボソちゃんたちにくれてやるとしよう」

粘児が容器に残っていたエサを水路に投げ入れると、希実が「ごみーん、師匠」と謝った。あまり深刻そうな顔で謝ると空気が悪くなる、というこの子なりの気の遣い方なのだろう。そういうふうに気易く接してくれるのは、粘児としてもむしろうれしい。

「大丈夫だー」粘児は志村けんさんっぽく応じた。「コイのエサなんて、いくらでも現地調達できる」

「えーと、タニシとか、スジエビとか？」

「そのとおり。この辺の浅場にタニシが見当たらないのも、コイが食いまくってるからだろう」

「確かコイは喉の奥に硬い骨があって、タニシもザリガニも簡単に咬み砕くんだよね」

「そのとおり。十円玉を飲み込んだコイがひん曲げてから吐き出したっていう事例がちょいちょいあるぐらいだから」

粘児は希実に網を持たせて水路のトンネルへと向かった。このトンネルなら、網の柄を伸ばせば陸上からでも中を探ることができる。

トンネルの上はアスファルト舗装されており、車一台が何とか通れる幅があった。粘児が「両ひざをついて網をトンネル内に突っ込んで壁際をなでるように探ってみ」と言うと、希実は「へい、了解でげす、師匠」と応じた。

言われたとおりの動作の後、希実が網を上げてみると案の定、スジエビと小魚が何匹か入っていた。スジエビだけをポリ袋に入れ、小魚はリリースした。

トンネル内の反対側の壁も同様にさらわせ、さらに数匹を入手。

続いて、付近にあった幅数十センチの細い水路も網で探り、数匹のタニシを手に入れた。タニシはコイに食われないよう、細い水路や浅瀬に避難していることが多い。

「よしよし、上出来。コイのごちそうがたっぷりだ」

釣り場に戻って、四つ叉のハリを、スジエビの仕掛け二つとタニシの仕掛け二つに分けた。スジエビは尻尾に近いところをちょんがけし、タニシはハリ先で中身を引っ張り出してねじり、さらにもう一度ハリ先を通すと、外れにくくなる。スジエビは一つのハリに三匹ずつつけた。

リールロッドを軽く振って、トンネルの少し前に仕掛けを投入し、キャンプ用のペグをクロスさせて作った台に立てかける。さらにもう一つ同じ仕掛けを作り、こちらは水路の中央に投入した。

「師匠、あっし、またヘラブナ釣りもしたいんでげす」待っている間に希実が言った。

「コイ釣りもオイカワ釣りも楽しいけど、あのヘラブナがかかったときの感触は捨てがたいんでげす」

そういえば、このところヘラブナ釣りからは遠ざかっていた。ひなた屋の料理用食材の調達を優先させていたせいだ。

「そうだな。コイはある程度、洗い場のカゴにストックがあるから、これからしばらくはウナギ釣りに比重を置こうかと思ってたけど、あたりを待っている間にヘラブナ釣りをすることはできるよな」

「あざーす。そういえば師匠、佐賀ではフナを食べる地域があるんすよね」

「ああ。フナんこ食いっていう、丸ごと昆布巻きにして味噌やショウガで煮込んだ料理がある。味は悪くないんだが、先入観で敬遠されるんだろうな、年始めの風物詩として残ってるが、地元の一部の人たちだけだよ、食べてるのは」

「コイみたいに高級食材っていうイメージもないからでげすね」

「まあ、そういうことだろう」

「そういえば、ネットで調べた情報っすけど、この辺りの水路にはライギョもたくさんいるんすね」

「ああ、いるいる。佐賀平野はライギョ釣りの聖地とされてて、車を路肩に停めてルアーフィッシングをしている人に声をかけたら、福岡から来ましたとか長崎から来ましたとかいう答えが返ってくるぐらいで。あと、ナマズもよくかかるしね。興味があるんなら近いうちにルアーフィッシングも教えてやるよ。道具はあるから」

「やりたい、やりたい」希実は小さくジャンプして手を叩いたが「でもライギョって、歯が鋭いんでげしょ」と少し不安げな表情になった。

「えらをつかめば問題ない。安全な取り込み方も含めて教えてやっから」

「わーい。何かモンスターハンティングみたいで、ちょっとわくわくっす」

そのとき、コイ釣りの仕掛けが鈴を鳴らした。トンネル付近に立てかけたリールロッドの方だった。

「よし、来たぞ」

「師匠、あっしが」と希実がロッドに手を伸ばし、粘児は「おう」と網を拾い上げた。

ロッドを手にした希実がリールのドラグを少し締めた。

「ん？」リールを巻き始めた希実が小首をかしげた。「師匠、何か違和感があるんすけど」

「もしかしてウナギか？」

「いや、全然ウナギじゃないっす。何かこう、ビニールシートがかかったときみたいな」

「ああ、根がかりしちゃったか」と粘児は言ってから、「いや、ちゃんと動いてる」とラインの動きに目を凝らした。

ビニールシートであれば、リールを巻けばまっすぐに引き寄せることができるが、ラインの動きからして明らかに、何か生き物が抵抗していた。

「何だろ」と粘児が言うと、希実は「師匠が判らないのに私に判るかって話っすよ」と口をとがらせた。

「若い頃に、河口部でシーバスを釣ってたときに、スレ掛かりしたエイがかかったときがあるんだけど、そのときの感じに似てるかなあ」

ルアーフィッシングの世界ではスズキのことをシーバス（海のバス）と呼んでいる。スレ掛かりとは、ハリが口ではなく身体に引っかかった場合を指し、釣り人の間では正式に釣れたとはみなされていない。

「そういえば師匠、淡水に棲むエイっているっすよね」

「それは南米とか外国の話だろう。いや、そういう外来魚が密かに繁殖してる可能性がないとは言えないな。最近はアリゲーターガーとかワニガメも普通に町の水路や池で捕獲される時世だ」

「山陰地方のどっかだっけ？ 昔に砂が堆積して小さな湾が塞がれて湖になって、取り残された海の生物が今も生きてるっていう」

「ああ、山口県の明神池か。行ったことがあるが確かに鯛やエイが泳いでたよ。取り残された魚たちっていうより、村人が豊漁祈願か何かで奉納したのが繁殖したんじゃなかったかな。それに淡水化されたわけじゃなくて、今も塩水湖だったと思う」

「師匠、でもこれ、本当にエイかもしれないっす」希実がリールを巻きながら声をうわずらせた。「結構重いんすよ、引きが」

希実がさらに巻いてゆくと、そのシルエットが確認できた。希実が「うわっ、でかいカメだ」と言ったが、ミドリガメやクサガメではなかった。釣り糸に引っ張られて首が長く伸びている。灰色の甲羅は、他のカメ類とは違って弾力がありそうだった。

粘児は「スッポンかーっ」とつい大声になった。

「えっ、これってスッポンなの？　こんなにでかいの？」

「は虫類は長生きすればするほどでかくなる。これぐらいの個体はいるよ」

水面に現れたスッポンの甲羅は、フライパンぐらいの面積があった。

粘児が網を水中に差し入れると、スッポンは危険を感じたようで、四つの水かきで激しく水をかき、網から逃れようとした。ドラグが逆回転する音がし、粘児は「もう少し泳がせてから、疲れさせて取り込もう。抵抗力が弱くなったら巻いて」と指示した。

さらなる攻防がしばらく続き、ようやく網でキャッチ。見るからに鋭い爪をしている。甲羅の長さだけでも大型のヘラブナぐらいありそうだった。

陸上に上げると、スッポンはすぐさま逃げようと動き出したので、網を持ち上げて阻止した。まずはハリを外そうとプライヤーを近づけたが、スッポンは首を伸ばして手に咬みつこうとしてくる。その伸び方は予想以上で、あやうく本当に指を咬まれそうになり、あわてて手を引っ込めた。

甲羅を上から押さえつけてハリを外そうとしても、その押さえた方の手にまで首が伸びてくる。甲羅の横をつかんでみたが、今度は前足の水かきについた爪で引っかかれそうになった。甲羅の横部分はゴムみたいな弾力があった。

希実が「すげぇ」と漏らした。おそらく、スッポンは一度咬みついたら雷が鳴っても放さない、ということわざをこの子も聞いたことがあるのだろう。実際、これほどなのかというほどの、どう猛さである。

悪戦苦闘したが、左ひざで甲羅を押さえつけておいて左手で頭を押さえつけ、右手に持ったプライヤーを口に突っ込んで、ようやくハリを外すことができた。ハリはひん曲がり、スッポンの口からは血が出ていた。

ふう、と息をついて「まさかスッポンがかかるとは」と漏らした。

スッポンが食いついたのはタニシではなく、スジエビの仕掛けの方だった。

網の中でスッポンは、首を引っ込めて四本の足も縮こめた。戦うことをあきらめて、今度は防御姿勢に入ったらしい。

小さな目にとがった鼻先。その面構えは、隙あらばまた咬みついてやろうという闘志が感じられた。

カメ類は残念ながら釣りの好敵手にはなり得ない。あのぐにゅぐにゅとした、動くビニールシートみたいな引きは全く楽しくないからである。釣りの中にカメ釣りというジャンルがないのも、そのせいだろう。

スマホでスッポンの全身や顔のアップを撮影した直後、粘児は、はっとなった。

釣ってしまったことの驚きと、ハリを外すのに苦労したことで、重大なことに気づいていなかった。スッポンは超高級食材ではないか。

粘児がスッポンが入った網を持って歩き出したため、希実が「師匠、もしかして」と聞いてきた。

「希実ちゃん、スッポンってなあ、無茶苦茶旨いんやぞ」

「食べたことあるの？」

「いや、実は俺も食べたことない」

希実が水平チョップの仕草を見せながら「いや、ないんかい」と関西の漫才師ふうに突っ込んだ。

「こいつには悪いが、その旨さを確かめさせてもらうとしよう」

「スッポン鍋？」

「そういうこと」

希実が「おー」とうなずきながら拍手をした。「師匠、あっし、持ってるやつっすねー」

本当にそのとおり。佐賀平野の水路にはこんな高級食材が棲んでいるということに、またもやこの子は気づかせてくれたのである。

10

三日後の午後、粘児はひなた屋の調理場で、スッポンをクーラーボックスから取り出し、まな板の上に載せた。甲羅の長さだけで二十七センチある堂々たる体格のスッポンである。クーラーボックスにはたくさんの保冷剤が入っており、午前中にその中に閉じ込められたスッポンは既に冬眠状態で全く暴れる様子はなかった。専門の調理人は生きのいい状態でさばくが、魚と違って手足と頭があるスッポンに刃を入れるのは、粘児にとってはさすがに抵抗感があったため、冷やしておとなしくさせた上でやってみることにしたのである。スッポンは首を切断されてもなお目の前のものに咬みつこうとするらしいので、アクシデントを回避したいという事情もあった。

父ちゃんは昼寝が長引いて、まだ休憩室で寝ているようだった。母ちゃんは宿泊部屋の掃除やシーツの取り替えなどをやっているはずである。希実は「見ないよぉ、見ないに決まってるでげす。スッポン鍋ができたら試食させてもらうけど」とのことだった。

スッポンは頭を引っ込めて身体を縮こまらせていたが、周囲の温度が上がっていることに気づいたのか、少し首を伸ばし始めた。粘児は手ぬぐいでその頭をくるんでつかみ、ぐいと引っぱった。視界が閉ざされたせいか、スッポンは抵抗しなかった。

南無阿弥陀仏。どうかお許しを。必ず美味しく調理して、感謝していただきます。

心の中でそう念じて、スッポンの首を包丁で一気に落とした。切れ味鋭い包丁のお陰で、首の骨にしっかり刃が入り、悪くない感触で切断できた。

流し台の排水口の上で首のないスッポンを逆さまに向けて、血を流した。専門店ではこの生き血をワインや日本酒で割って食前酒として出したりしているが、ネットの情報によると、精がつくとされてはいるが実際にはそうでもなく、旨いわけでもないらしいので、お客さんからの強い要望がない限り、出さなくてもよさそうである。専門店がやっているブログによると、この食前酒については気味悪がって口をつけない客が多いという。

スッポンは縄文時代の遺跡からも、食していた形跡が見つかっている。滋養強壮の食材として知られており、乾燥させて粉末にしたものが今でも健康食品の材料に用いられていたりするが、実際の栄養価はそれほどでもないらしい。ただし低カロリーで良質なコラーゲンを多く含んでいることは事実で、最近では健康よりも美容という観点からサプリメントに利用されることが多い。もっとも、コラーゲンが多い料理を食べてもアミノ酸に分解されて消化吸収されるだけで、身体にコラーゲンがそのまま取り入れられるわけではなく、正しくはビタミンAやCを同時に摂取することではじめて体内でコラーゲンが合成されるらしいのだが。

スッポンはカメ類の中では抜きん出て肉食性が強く、魚類、両生類、甲殻類、貝類を食べている。クサガメやアカミミガメ（ミドリガメ）よりも長時間水中で活動できる能力があり、めったに上陸しないため、見かける機会は少ないが、濁りのある泥底の淡水域で、エサとなる生き物がいれば、実はそこにはスッポンが生息している確率が高い。

だが、そんなことよりもやはりスッポンの特色は味のよさである。中国でも古くから宮廷料理の食材として使われ、現代でも高級料理とされている。よほど旨い出汁が取れるのだろう。

ネット検索により、佐賀平野は実はスッポンの宝庫であることも判った。そしてそれはこの三日間、スッポンがいそうな水路の二十五か所に仕掛けた置きバリ仕掛け（釣り糸を杭などにくくりつけてエサを沈める仕掛け）によって証明された。オイカワの切り身にチヌ用のハリをかけて沈めた結果、ミドリガメが十二匹、ウナギが四匹、エサの食い逃げが五つ、そして残る四つの仕掛けにスッポンがかかっていた。単純計算すると、置きバリ仕掛けでスッポンがヒットする確率は十六パーセントということになる。コストがほとんどかからない仕掛けでこの数字は悪くない。

佐賀市内には二十年ほど前に大きなスッポンの養殖池があったのだが、業者が倒産、養殖池は放置されたままとなって、水路を通じて佐賀平野全体に拡散したことも、スッポンが多い一因ではないかと言われている。それが実際にどれぐらい影響しているのかは判らないが、佐賀平野に広がる水路は流れがほとんどなく、濁っていて泥底の場所が多いので、スッポンの生息に適している環境であることは間違いない。

血を抜いたスッポンをさばきにかかった。首がなくなったせいでさすがに四本の足からも力が抜けて、抵抗する様子はない。

スッポンの首は、目、鼻、口が集まっている先端部分以外は具材となる。首は長く、一口で食べるには大きいので三つに切断して、骨を取り除く。

首がなくなって空洞になったところに水道水を注いで、さらに血を洗い流す。続いて首と甲羅がつながっていた部分に包丁を入れて腱（けん）を切断、さらに甲羅の骨に沿って包丁を入れてゆく。スッポンの甲羅は外側が柔らかく、甲羅骨があるのは中心部のみで、面積でいうと全体の六割ぐらいである。切り取った甲羅骨周りの肉も一口サイズに分けてゆく。

さらに包丁を入れて残る腱を切ると甲羅が外れた。

粘児がスッポンをさばくのはもちろん初めてだが、プロによるお手本がいくつかユーチューブ動画としてアップされているのを繰り返し見たので、要領は頭に入っていた。手順はプロの間でも何通りかあるようなので、真似しやすそうだなと感じたやり方を選んだ。

甲羅がなくなって露わになった内臓を包丁で切り離してゆく。コイをさばくときには苦玉（胆嚢）を取り除く必要があったが、スッポンの場合は苦玉だけでなく尿袋も切り取って捨てる必要がある。苦玉は黒っぽい塊なのですぐに区別でき、尿袋は排尿器官なので位置で判る。それ以外の内臓はすべて食べられるが、腸や黄色い脂肪の塊は見栄えがよくなくて嫌う客が多いらしいので捨てることにした。

切り分けた内臓をざるに入れて、水道水でもう一度血を洗い流した。

四肢は爪を根元から落とし、皮をはいで肉を一口サイズに。皮ももちろん貴重な具材である。尻尾付近の肛門はしごくと中身が出てくるので、それを捨ててよく洗う。

背中側の甲羅は硬いが、腹側は薄いので包丁で叩き切ることができる。骨はいい出汁が取れ、煮るとゼラチン質の皮がきれいにはがれる。

あらかじめ用意した鍋には、前日から昆布を敷いた水を入れてある。コンロに火をつけて、沸騰しそうなところでスッポンの具材を投入。沸騰したら弱火にし、料理酒を加えてしばらく煮込み、灰汁を取る。ある程度の旨みが溶け出すのを待ち、薄口しょうゆを少しずつ加えて味加減を決める。

味見をしてみると、スッポンの出汁は、ウシやブタ、ニワトリなどとはまた違った独特の旨みだった。強いて言えばカモの出汁に近いような気もするが、やはりそれとも違う。さらに野菜も煮込めば、旨さはさらに立体的なものになるだろう。

弱火で煮込む間に野菜を用意しようと、長ネギと白菜をぶつ切りにしていると、母ちゃんが「あら、ええ匂いがしとるやんね」と言いながら調理場に入って来た。「それは何ね」と鍋を覗き込んで「あ、もしかしてスッポンかね」と声が大きくなった。母ちゃんと父ちゃんには、スッポン鍋にもチャレンジしてみたいということは既に伝えてある。

「母ちゃんはスッポン、食べたことあるんかね？」

「あるよ。お父さんと新婚旅行で関東の観光地を回ったときに、栃木にある専門店で。土産話になるんやないかってことで食べたんやけど、出汁が美味しくてねー、身もプルプルしたところとコリコリしたところがあって、独特の食感やったよ。シメの玉子雑炊も美味しかったなあ」

「へえ、新婚旅行で」

父ちゃんからそういう話を聞いたことはなかった。照れくさいから言わないのだろう。それにしても母ちゃんにも新婚時期というものがあったというのは、当たり前のことなのに、ちょっと想像しづらくて奇妙な感じがした。

「何を笑っとるんかね」

「いや、笑っとらんて。ちょっと味見してみるかね。野菜をまだ入れとらんけん、完成品やなかけど」

「うん、するする」

　母ちゃんはお玉で出汁をすくい、小皿に移してすすり、目をむいて人さし指を振った。

「そう、そう、この味。美味しかねえ」母ちゃんは新婚旅行を思い出したのか、目を細めてどこかを見るような表情になってから、粘児に向き直り、「でもスッポンなんて、そんなには獲れんとやろ」

「いや、それが佐賀平野の水路には結構おるんよ。オイカワの切り身をエサにした仕掛けで獲れるけん。かかる数はミドリガメの方が多かけど、仕掛け五か所に一つぐらいはスッポンが獲れるったい。仕掛けの場所を変えていけば、毎日スッポン鍋三食分ぐらいは確保できると思う」

「ほんとに？」

「多分」

「でかした」母ちゃんから痛いぐらいに肩を叩かれた。「イノシシ鍋に鯉こく鍋、そしてスッポン鍋。朝食にはオイカワの南蛮漬けにフライ、川エビのかき揚げにウナギの蒲焼き。ひなた屋の料理がたった二か月のうちにここまで大躍進するとは夢にも思わんやったよ。宣言したとおり、釣りで飯を食えることになったんやね。さすが私の息子たい」

粘児は「あのねえ」と嫌みを返してやろうとしたが、母ちゃんが続けて「コイとかスッポンとか獲るのも楽やなかろうから、掃除はすべて私らに任せんしゃい。もっと忙しくなってきたら、知希さんに来てくれんねって頼んでみたらどげんね」と言い出したので、喉(のど)まで上がっていた言葉を飲み下した。

そうか、もうそういう段階に入ったということか。知希とはまだ具体的な話は何もしていないが、切り出したら前向きに考えてもらえるかも……まずは、食品加工会社の仕事も大事だということをちゃんと理解しているようなことを伝えた上で、またぎっくり腰になったら大変だろうとか、希実ちゃんにとってもこっちの環境が合ってるような気がするといった話をした方がいいだろう。一方的に要請するのではなく、あくまで提案する感じで伝えれば、前向きに考えてくれるはずだ。

そんなことを考えていると、母ちゃんが「そういえば午前中、直売所に行った希実ちゃんが、あの何とかちゃんからお酒を持たされて帰って来たよ」と言った。

「何とかちゃんて、大野さんやろ。大野杏子さん」

「そうそう、杏子ちゃん」

「希実ちゃんの絵の先生もしてくれとるんやから、名前ぐらいいい加減、覚えんね」

「覚えとるよ、ちゃんと。つい習慣で何とかちゃんて言うてしもうただけで」

「で、お酒を持たされたって、どういうことかね」

「杏子ちゃんのお母さんが漬けてるっていう果実酒やて」

「果実酒？」

「お母さんが毎年漬けよるとけど、五年ぐらい前にお父さんが亡くなってからは溜まる一方やからって。お父さんが好きやったけん、今でも毎年作って仏壇に供えないかんち言うてるらしいよ。でもお母さんも杏子ちゃんもお酒は飲まんけん、溜まりよるんやて」

「ふーん。果実酒って、何を漬けたやつやろか」

「さあ。詳しいことは杏子ちゃんに聞いたらええ。あのコ、バツイチやけど、ええコよね。再婚を考えてる人もいるらしいよ」

市川のことだろう。粘児は「ふーん」とだけ返して、「どこにあっとね、その果実酒は」と聞いた。

「ほれ、そこ」母ちゃんは粘児の背後を指さした。冷蔵庫の向こう側に、二リットルサイズのホワイトリカーパック二本が白いポリ袋に入っている。

別の容器に漬けて作った果実酒をこのパックに入れ直したものらしい。結構な量である。

見ると、パックの間に二つ折りのメッセージカードらしきものがはさまっていたので抜いて開いた。

［実家の母が毎年漬けているナナカマド酒です。うちの実家にはナナカマドの木があって、毎年母が漬けて、このお酒が好きだった亡き父の仏前に供えるのですが、母も私も近隣に住んでいる兄もみんなお酒が飲めないので余ってしまって困ってます。押しつけるようで申し訳ないのですが、よかったら飲んでみてください。希実ちゃんからは「先生」と慕ってもらえて、彼女に教えることが今はささやかな楽しみになっています。先日は私の似顔絵も描いてくれ、寝室に飾っています。今後もいろいろとお世話になると思いますが、よろしくお願いします。大野杏子］

丁寧な文字で、ボールペンで書いてあった。彼女のお母さんが毎年漬けているが誰も飲まないので余っているというのは本当らしい。

「ナナカマドの実を漬けたんやて」と言うと、母ちゃんは「ほう、あの赤い実の」とさほど興味はなさそうな態度だった。粘児はまあまあの酒好きだが、父ちゃんと母ちゃんはあまり飲まない。

ナナカマドというのは確か、春にはアジサイっぽい見た目の白い小さな花のまとまりを咲かせ、寒くなると赤いつぶつぶの実をつける樹木である。さほど珍しいものではなく、小鳥が赤い実をついばんでいる光景は昔から近辺で何度か目にしてきた気がする。

そういえば、ナナカマドの果実酒というのは聞いたことがある。

調理場に戻って、ナナカマド酒をコップに少量注ぎ、味見してみた。

ナナカマドの実は赤いはずだが、その果実酒は見た目、ブランデーのような琥珀色をしていた。香りは柑橘系と青リンゴが混ざったような感じで、鼻腔が刺激を受けるとたちまちつばが湧いた。

口に含んで味を確かめた。氷砂糖控えめの梅酒の味に似ていたが、独特の甘酸っぱさがある。炭酸で割っても水割りにしてもいけそうな気がする。

飲み下すと、腹がじんわり温かくなった。五臓六腑に染み渡る、というやつだ。食欲増進の効果もありそうな気がした。

割って飲むより、このまま食前酒としてお客さんに提供するのはどうだろう。

うん、それがいい。ひなた屋の食前酒。

「どんな味かね」と母ちゃんが聞いた。

「甘酸っぱくていける」

「あ、ほんとかね。じゃあちょっと私も」と母ちゃんも、紙パック容器からぐい呑みに少量だけ注いで口をつけ、「うん、美味しい美味しい」とうなずいた。「これなら私でもいける」

「母ちゃん、この酒、食前酒としてお客さんに出すんはどうかね」

「おー、いいね。でも、そこにあるぐらいの分量やったら、すぐになくなろうが」

「大野さんにどれぐらい譲ってもらえるか、聞いてみるわ。商売に使うんやけん、もちろんそれなりの価格で交渉したらよか。余って困ってるっていうんが本当やったら、先方も喜んでくれるやろし」

母ちゃんは「あんたに任せるけど、無理強いしなさんなよ」と言った。

さっそくスマホから希実に「この文章を大野杏子さんに送ってもらえる?」という前置きで、ナナカマド酒をもらったことの礼と、食前酒として仕入れることは可能かという問い合わせる内容のＬＩＮＥを送った。こういうことは希実経由の方がいいだろう。

ついでにスマホで、ナナカマド酒について調べてみた。それによると、ナナカマドの実は赤いので最初のうちは酒も赤くなるが、時間が経過するうちに徐々に琥珀色に変化してゆく、とあった。薬膳酒ではないので特筆すべき効能があるわけではないが、ビタミン類が豊富で、リンゴ酸やクエン酸の働きで食欲増進の効果はある。サイトによっては、血圧を下げる、冷え性の改善、疲労回復などの効能がある、とも書かれていた。

ほどなくして希実から返信があり、情報を得ることができた。

大野杏子は現在、実家で母親と暮らしているが、その敷地内にナナカマドの木が昔から三本あって、ナナカマド酒を作って生前の父親が飲んでいたという。漬けるのはナナカマドの実がメインだが、それだけでは少し苦みがあるため、母が花壇で育てているカモミールの花と雑草よけに植えているレモングラスも一緒に漬けている、とのことだった。

カモミールといえば、真ん中が黄色くてその周りに白い花びらがついている花だ。カモミールティーなら粘児も飲んだことがある。確か青リンゴのような香りが特徴だ。

レモングラスは見た目はススキっぽくてレモンのような香りを持っており、食材の香りづけに使われるが、なべしま市周辺では、田畑のあぜ道に植えられることが多い。レモングラスが生えている場所では他の雑草が育たないので、雑草よけにもなる一石二鳥のハーブだと聞いたことがある。

彼女のお母さんは毎年大きなガラス容器に四つ分もナナカマド酒を漬けており、それが既に五年分も溜まってしまって置き場所に困っているので、ひなた屋で使ってくれるなら是非、とのことだった。おカネは別にいらないのだけれど、それではひなた屋さん側も気を遣うだろうから、標準的な市販の梅酒ぐらいの値段でどうですか、必要な分量だけいつでも直売所で渡します、とのことだった。

標準的な梅酒の価格にある程度のイロをつけて支払えばいいだろう。

それにしても、希実は持っている子だ。あの子がこっちに来たお陰で、鯉こく鍋やスッポン鍋、オイカワやスジエビを使った新メニューが生まれ、いったんはあきらめた釣りが再び仕事になり、ひなた屋をV字回復させることができた。希実が描くイラストはブログへのアクセス数増加に貢献してくれてもいる。そしてナナカマド酒というひなた屋のオリジナル食前酒まで引き寄せてくれた。最初に受け入れるときに、ほんの少しでもあの子をお荷物のように思ってしまったことは本当に申し訳のない大間違いだった。

母ちゃんが調理場から出て行った直後、いつもより長い昼寝となった父ちゃんが「あー、寝過ごした」と顔をしかめながら戻って来たので、スッポン鍋の出汁とナナカマド酒の味見をしてもらい、新メニューにすることの了解を取った。父ちゃんは「さすがにもう新しい食材はないやろうと思とったけど、まだあったんなやあ……」と、驚いているというより、あきれているような表情だった。

試作したスッポン鍋は、この日の父ちゃんと母ちゃんの夕食になった。野菜は長ネギと白菜の他、シイタケ、エノキダケを入れ、さらに豆腐を加えた。

母ちゃんは「あー、新婚旅行を思い出すわー、ね、お父さん」とテンションが上がっていたが、父ちゃんはかすかに苦笑いをしただけだった。

その後、希実にも自宅のダイニングで食べさせてみたところ、最初に出汁をすすっただけでたちまち顔が緩み「今まで生きてきた中でぇ、一番口の中が幸せです」と、いつだったか競泳女子の金メダリストが口にしたセリフを真似た。総集編のスポーツ番組か何かで見たのだろう。そして希実が食べている途中で「まじで旨いやろ」と声をかけると、何度も小さくうなずきながら「何ということでしょう。こんなに美味しい高級食材がただで入手できたのです」と、今度はビフォーアフター番組のナレーションみたいに言った。

スッポン鍋については、数の問題もあり、オプション料金を設定した上で予約制にした方がよさそうだった。その代わり、予約ができなかったお客さんは、次の機会には優先権を付与することにすれば不公平ではなくなるはずだ。

いや、こういうのはどうか。三泊目以降のお客様には、スッポン鍋の注文に応じます。

例えば一泊二日のお客さんであれば三度目の利用で、二泊してくれたお客さんは次に利用してくれたときにスッポン鍋を注文できる。こうしておけば、スッポン鍋に注文が集中することはなくなるし、運不運でスッポン鍋が食べられるか否かという不公平さもなくなるはずだ。

ふう、とため息をついた後、粘児は気づいた。

こういうことで迷っているのが、どれほど贅沢な悩みであるか。つい最近までは、客が来なくて困っていたというのに。

翌日の昼前、宿泊客のチェックアウトが終わって仕事が一段落し、希実は買い出しに、父ちゃんは休憩室で横になり、母ちゃんは昼食を作るために自宅に戻った。粘児も調理場の後片付けがほぼ終わりとなったとき、勝手口のすりガラスに人影が映り、ドアがノックされた。「はい」と応じると、顔を見せたのは、市川茂夫だった。NPO法人〔まっしぐら〕と胸に刺繍（ししゅう）が入った新品の青い作業服を着ている。髪も採用試験で会ったときよりも短く刈られていた。

「お仕事中すみません」と市川は頭を下げた。「このたび、NPO法人〔まっしぐら〕の職員に採用されました市川と申します。ひなた屋様には以前からごひいきにしていただいているので、ご挨拶に伺いました」

「おいおい、やめてくれよ」粘児は流し台の水道を止め、タオルで手を拭いた。「俺にそんな他人行儀な態度はなかろう」

市川が笑った。

「確かに。一応は仕事で来たけん、ちゃんとやろうと思ったんやけど、やっぱり変よな」

「当たり前やろ。そうか、いよいよ仕事やな」

「うん、よろしく頼むわ」

「こちらこそ」

「ときどき、ひなた屋のブログ、覗いとるよ。観光課の大串からも聞いたけど、古場が帰って来てから――」と言いかけて市川は粘児の両親が近くにいるかもしれないと思ったのか、急に小声になって「劇的に進化しとるみたいやんね」

「ありがとう」と粘児も小声で応じた。

市川は苦笑してうなずき、「古場はやっぱり、すごかよ」と言った。

「いやいや、運がよかっただけやて。釣りをやってきたことが予想外に民宿経営に役に立ったけど、もし俺が釣りの仕事やのうてアパレルデザイナーになるっちゅうて実家を飛び出しとったら、こうはいかんかったと思う。たまたま釣りという道楽が身を助けてくれたんよ」

「いや、たまたまやなかろ。なべしま市には釣りができる場所がたくさんあったけん、古場は自然とのめり込んだ。実家が民宿やったから、調理師専門学校に入って調理師免許を取った。そして二十年が経って戻って来て、かつて釣りを楽しんだ場所は、実は食材の宝庫なんだと気づいた。これまでやってきたことはばらばらで全然方向性が違ってると思ってたけれど、そうやなかった。ちゃんとつながってたんよ。『スラムドッグ$ミリオネア』っていう映画、知っとる？」

「ああ、いつやったか、テレビでやってたのを観たよ」

インドのスラム街でホームレスとして育ち、お茶くみの仕事にありついた青年がミリオネアクイズに出場し、大方の予想を覆して難問を次々とクリアしてゆくというストーリーだった。テレビスタジオがざわつき始め、司会者からは何か不正なトリックがあるのではないかと疑われる。しかし映画の中で、なぜその問題が解けたのかという理由が、幼少年期からの回想場面によって観客には明かされてゆくという、珍しい趣向の作品だった。過去の体験が結果的に意味のあるものとしてつながり、奇跡が起きるという話だった。

市川はさらに「暇なときにでも」と言いながら市川が片手でぐい呑みの仕草を見せた。

「ああ、そやね。グッシー、大串にも声かけたらどやろか？」

「そうやね、うん」

ただの社交辞令なのか、本気なのかよく判らなかった。今はわだかまりがなくなったとはいえ、かつては互いに嫌っていた相手である。

少し気まずい間ができ、市川は調理場を見回して「それ、ルアーやね。やっぱりリアルにできとるね」と勝手口ドア近くの壁にかかっている数本のそれを指さした。玄関口、勝手口のキー、ワンボックスカーと軽トラックのスペアキーが並べてかけてあるのだが、それぞれにフックを外したルアーをキーホルダー代わりにつなげてある。ミノー、ペンシル、クランクベイト、バイブレーションなど、ルアーの種類はばらばらだが、いずれもリアルな小魚を模したタイプの物で、白銀色や虹色の光沢がある。「こっちに帰って来ることにしたとき、釣りとはおさらばやと思ったけん、持っとったハードルアーはほとんど、フックを外してキーホルダーに変えたんよ」

「きれいかねー」市川は近づいてそのルアーを眺めた。「確かにアクセサリーにもなるね、これは。ペンダントなんかにもええかもしれん」

その言葉がなぜか少し、心に引っかかった。

「昨日、初めてイノシシの解体作業を手伝ったよ」と市川は話題を変えた。「まあ、補助的なことだけやったんやけど、まだ新米やけん」

「どんな感じかね」

「大型動物やけん、やっぱり生々しいね。でも大丈夫やと思う。先輩からも、最初からこんな平気そうな顔しとるのは頼もしいって言われたけん」そこで市川が腕時計を見た。「じゃあ、今日のところはこれで」

「あ、うん」

市川からは「あー、わざわざよかよ」と言われたが、粘児は外まで見送ることにした。コイなどが入っている野菜コンテナが並ぶ洗い場の横を通るときに市川は「こんな使い方を考えつくとは、さすがたいね」と指さした。

玄関前の駐車場に、〔まっしぐら〕の名前が入った軽のワンボックスカーが停まっていた。市川は「じゃ」と笑って運転席のドアに手を伸ばしたが、急に振り返った。

「俺、〔まっしぐら〕に受かったときは、古場に勝ったぞって思うたんよ。中学のときにやられた借りを返したぞって。大人げないやろ」

「あ、いや……」

「ところがこれやもんなあ」市川が自虐的に笑っている。「就職の切符の取り合いで負けたはずの古場が、もっともっとすごいことを成し遂げとる。かなわんよ、お前には」

「…………」

「でも今はもう、そういう勝った負けたっていう気持ちはなかけん」市川は苦笑いで片手を振った。「俺なんかが妬んだりひがんだりしていいレベルの相手やないって判ったたい。俺は俺で〔まっしぐら〕の仕事を頑張ったらよかって思えるようになったわ」

そこまで意識されていたとは。粘児は「これからは取引相手やし、同じ町で暮らす者同士やけん、助け合っていこうな」と応じた。

握手をしそうな空気がほんの少し流れた気がしたが、照れくささの方が勝ったようで、市川は「うん、よろしく頼むわ」とうなずいて、運転席のドアを開けた。

助手席の上に開いたパンフレットらしきものがあった。「まっしぐら」のものだろう、捕獲されたイノシシが四肢を縛られて横倒しになっている写真が載っていた。

そのイノシシの立派な牙を見て、粘児は、あっ、と思った。

同時に、杠タケシロー（ゆずりは）の写真が、記憶の押し入れから転がり出た。写真の中でタケシローは、骨や牙でできたネックレスをかけていた。そのかすかな記憶が、ルアーのキーホルダーを見た市川が口にした、アクセサリーという単語に何かを感じたのだ。

「あのさ、ちょっと変なこと聞くけど」と粘児は声をかけた。「解体処理したイノシシの牙って、何かに使ってんのやろか」

「いや、うちでは肉しか有効利用しとらん。毛皮は利用価値がないわけではないんやけど黒字化できるような事業は無理みたいやし、牙は骨と一緒に廃棄しとる」

「イノシシの牙って、結構な大きさがあるとやろ」

「そうやね。十センチ以上あっても珍しくはなかね」

「ルアーと同じく、キーホルダーにできるんやなかね。ワイルドな感じがウケるような気がするんやけど」

市川は一、二秒ぽかんとした表情になった後、目を見開いた。

「おお、いいねー。確かに需要があるかもしれん。なべしま市を訪ねたらイノシシ鍋を食べて、イノシシの牙のアクセサリーを土産に買う。どっちもインスタ映えしそうやね。ありがとう、さっそく経済振興課に提案してみるわ。現市長の方針で、職員は随時、仕事にまつわる提案をどしどし出せって言われとって、採用されたら昇進とか昇給の考査ポイントになるんよ」

右手を差し出され、今度は自然な握手となった。

エンジンをかけた市川は窓を下げて、「アイデアの塊たいね、古場は」と言い、もう一度「まじでありがと」とつけ加えて発進した。

軽のワンボックスカーに手を振りながら粘児は思った。

希実にフナ釣りをさせていたらコイがかかって、鯉こく料理を思いついた。それをきっかけにオイカワやスジエビも立派な食材だと気づいた。さらにはウナギも。

そして希実のコイ釣りは、スッポンというさらなる高級食材まで引き寄せた。

地元食材にこだわった民宿というコンセプトは、カメラマンの杉山さんによって気づかせてもらった。

なべしま新報さんや宿泊してくれたお客さんたちが、ひなた屋を宣伝してくれている。

自分をクビにした釣り雑誌の元編集長は、旅雑誌で取り上げてくれるという。どれもこれも、自分で見つけたというより、人との出会いによってもたらされたものだ。

それを〔持っている〕と評価してくれる人もいるが、実のところ、地元の自然と地元の人たちに助けられてるだけのことなのだ。

そう、自分はいろんな人たちに助けてもらってここにいる。

そろそろ昼飯にしようと自宅に戻ると、玄関前で希実がこちらに背を向ける形でバットを構えて振っていた。そのバットには見覚えがあった。中学時代に粘児が草野球などで使っていた金属バットである。

希実の素振りは、素人とは思えない、右打ちのちゃんとしたフォームだった。いわゆるダウンスイングだったが、振るたびにびゅんと音が鳴っている。

「あ、師匠」と希実が振り返った。「バット借りてるでげす」

「どこにあった?」

「和室の押し入れ。中の整理をしてたら出てきたんで、急に振りたくなったんでげす」

「やってたのか? フォーム、ちゃんとしてるじゃん」

「一応、ソフト部ですんで」希実はそう答えてから一度また振り、「多分、もう退部扱いになってるっすけど」

ソフトボールは続けたかったけれど、学校には行けなくなってしまったということか。この子はこの子でつらい体験に耐えているのだ。

「ポジションは？」

「センターでげす」

「へえ。じゃあ、足が速くて肩が強いんだ」

「足はあんまり速くないけど、肩はいい方だったでやんす」

「押し入れに、ボールとかグローブはなかったか？」

「ああ、ありやした」希実はバットを下ろした。「ファーストミットと普通のと。ボールは軟式のやつが、普通の方のグローブにはさまってやした。師匠は野球部だったんすか？」

「いや、草野球でやってただけだ。ファーストを守ることが多かったんで、持ってる友達からもらったんじゃなかったかな」

くれた相手の顔は思い出せたが、名前が出てこない。確か、途中で転校していなくなったやつだった。もしかしたら借りパクしてしまったものだろうか。

粘児が「ちょっくらキャッチボールでもどうだ？」と提案してみると、希実は「おー、いいっすよ」と笑った。

粘児がトイレで小用を足している間に希実がグローブとボールを出してくれた。玄関前で向き合い、短い距離から軽めのキャッチボールを始めた。ファーストミットの方がサイズが大きかったので粘児が使うことにした。

軟式ボールはさほど使い込まれてはいなかったが、長年押し入れの中で放置されていたため、表面に細かいひびがたくさん見えた。まあ、普通にキャッチボールをする分には問題ないだろう。

希実が投げるボールは、ちゃんと粘児の胸元に飛んで来た。そういえばこの子は、コイ釣りをするときに寄せエサを、正確に仕掛けがある辺りに投げ込むコントロールを持っていた。ソフトボールの下地があってのことだったらしい。

投げたり捕球したりする動作に馴れてきたところで、少しずつ距離を空けるようにしていった。十メートルぐらいの距離になっても、希実はちゃんと胸元にボールを投げてくれていた。

「ひなた屋が持ち直すことができたのは、希実ちゃんが来てくれたお陰だ」と粘児が言うと、希実はボールをキャッチして一瞬動作を止めてから「まあ、貢献できて幸いでげす」と投げ返した。

「俺さ、希実ちゃんに謝らんといかん」

「何についてでげすか」

「希実ちゃんがこっちに滞在してくれることになったとき、仲よくなるチャンスだとは思ったけど、上手くいかないおそれもあったし、もしかしたらお荷物をしょい込むことになるかもしれないって、ちょっとだけ思っちゃってたんだわ。ほんの少しでもそんなことを考えてしまった自分が恥ずかしいよ。ほんと、ごめん」

「それはお互い様でげす。あっしも最初のうち、師匠のことをろくな人間じゃないと思ってバリア張っとりやした。こちらこそゴメンでげす」

さらっとした感じで謝り合うことができて、ほっとした。妙にあらたまった感じで、しゃちこばって頭を下げなくても判り合える間柄になれたということだろう。

「もうすぐ誕生日だよね。これまでの貢献へのご褒美も兼ねて、欲しいものがあったら遠慮しないで言ってくれ」

「まじでげすか」

「まじでげす。本当に遠慮しないで」

希実は投球動作を止めて顔を上げ、少し考えるような間を取ってから投げ返した。

「あっし、小型の安いのでいいんで、ドローンが欲しいんでげす。もうすぐ免許制になるんで、ライセンスも取りたいんでやんすよ。十六歳になったら取れるのでげす」

「ドローン？」

「げす。ドローンがあれば、この辺りの自然豊かな景色を空中撮影して、ブログで紹介することもできるでげす。操縦の腕前が上がったら、ひなた屋の建物内の様子も小型ドローンで撮影して、お客さん目線で紹介できるのでげす」希実はそう言ってから、「ま、本当のところは、単にあっしがドローンを操縦したい、できるようになりたいっていうことなんでげすが」

「おお……」想像するだけでわくわくしてきた。ドローンで撮影したひなた屋の外観と周囲の竹林、いくつもの散歩コース、電動アシスト自転車でのサイクリングコース、不二川やなべしま川の清流、水面でヒラを打つオイカワ、釣られて水面に姿を見せるコイやスッポン、四季折々の表情、明け方や日暮れどきの様子。撮影と編集次第では、立派なドキュメント映像作品になり、もしかしたら世界に発信できるのではないか。「それはすばらしい。でもライセンスが十六歳からっていうのなら、ちょっと時間がかかるね」

「げす。なのでそのときに備えて、安いドローンで私有地内だけでの練習をしておきたいのでげす」

「ああ……私有地内なら、ライセンスとか年齢制限はないんだ」

「げす。それ用の小型ドローンを買ってもらえるのならあっし、知希ちゃんと師匠が家族になれるよう、師匠の味方につく用意がありやす」

ついに希実の口からこういう言葉が。粘児は一瞬、こみ上げるものを感じた。

「まさにウィンウィンだな」粘児は自分の声が少し裏返りそうになっていることを自覚しつつ笑顔を作った。「よし、じゃあ取り引き成立。小型ドローン、買ってやる。ひなた屋のプレゼン映像を作るための準備ってことなら、経費で落とせるかもしれん」

「ではよろしくでげす」希実が離れた場所からグータッチの仕草をしたので、粘児もその場で応じた。

そのとき、希実が自分の母親のことを最近になって「知希ちゃん」と呼ぶようになった理由が判った気がした。

この子は、母親のお荷物になりたくなかったのだ。シングルマザーとして育ち、家計も大変だった上に不登校になってしまい、想像以上にこの子は知希に対して申し訳なさを抱えていたのではないか。だから娘ではなく一日も早く相棒のような存在になって、母親を助けたかった。だから「知希ちゃん」なのだ。

そう考えると、知希の短期入院を機に希実がこちらに滞在することを決心したことについても、腑に落ちるところがある。母親が再婚を考えている古場粘児という男は本当に大丈夫なやつなのか、自分の目で見極めなければ。ダメだと判断したら娘として忠告し反対しなければ。その一方で、入院中の知希を少しでも安心させるために、これまで接触を避けてきていた古場粘児の実家に行って、できれば楽しくやっているよと、この人なら大丈夫だから反対しないよと伝えたかった……。

まだ中二の女の子が、精一杯の勇気を振り絞って行動を起こしたのだ。

粘児は、駆け寄って抱きしめてやりたい衝動にかられつつ、鼻をすすって涙ぐむのをこらえた。

「最近は」と希実がボールをキャッチし、投げ返す。「ドローンレースの競技場が人気なんでやんすよ」

「ああ、専用のゴーグルを装着して、あたかも操縦してる本人がドローンに乗ってるような感覚で飛ばせるってやつか？」

報道番組の特集みたいなのでそういうのを見たことがある。若者に限らず、仕事をリタイアした年配者にも人気があるという。

「加世さんに聞いたんでげすが、裏の山林の一部を、所有者の人から買わないかと持ちかけられたことがあるそうで」

「へえ」

「所有者の人、年を取って管理するのがしんどくなってるんだそうでげす。子どもさんたちも相続したがらないとか。固定資産税だとか、下草刈りってんですか？山林を管理するのは手間暇かかるそうで」

「かもね」

「でも、ドローンの遊び場にはもってこいじゃないかと思うのでげす」

粘児は「あっ」と投げる動作を止めた。

そのとおりかもしれない。しかも、私有地であればライセンスも年齢制限も必要なし。樹木にカラーテープを巻いたりしてコースを整備すれば、役に立つ機会なんてないと思われていた裏山が、恰好（かっこう）の遊び場となるのではないか。ひなた屋に泊まればドローンで遊び放題。そして独自の地元食材を使った料理。ついでに、無愛想ではあるが人を全く怖がらないトラネコのひなた。

これは本当に検討してみるべきかもしれない。

粘児は、ボールをキャッチする希実の背中に一瞬、天使の羽が見えた気がした

11

数日後の夕方、粘児が調理場でスッポン鍋の下ごしらえをしているときに、希実が駆け込んで来た。顔が紅潮していて、興奮気味の様子である。

「師匠、電話に出てよっ」と怒鳴るように言われ、「えっ？」と間の抜けた返事をした。別に急用の連絡なんてないだろうと思い、スマホはマナーモードにして休憩室に置いてあった。

　そのスマホを取りに行こうとすると、希実が「杏子さんが男の人ともめてるのっ」と言った。「どこかに連れて行かれそうになってた」

「誰？　その男の人って」

「あの感じだと、多分別れた前の夫だと思う。見るからにガラが悪そうで、大声で怒鳴ってて、杏子さんが嫌がってるのに手を引っ張っぱろうとしてた」

　それはただごとではない。彼女の離婚原因は夫の暴力だったと聞いている。また寄りを戻しに来たのか、それともカネを無心しに来たのか。いずれにしろ、希実の絵の先生に危険が迫っているのだとすれば、知らん顔はしていられない。

「ふじ農産品直売所」までは五百メートル程度の距離。軽自動車は税務相談だとかで父ちゃんが使っている。送迎用のワンボックスカーで出向いて、駐車スペースが塞がっていたらかえって時間を取られる。粘児はガスコンロの火を止めて、「判った、行って来る」と言い置いて駆け出した。

　ひなた屋の前に、希実がさっき乗ったと思われる自転車が停まっていた。後ろの荷台には買った野菜などを入れたエコバッグが入ったままだったが、そのままたがってこぎ出した。

ほどなくして直売所に到着。駐車場には黒い大型ワンボックスカーが一台停まっているだけだった。粘児が自転車のスタンドを立てて、すぐさま直売所のプレハブ小屋に入ろうとしたとき、その黒いワンボックスカーの向こう側に人の頭頂部が二つ見えた。強い口調で男が何か言っている。

粘児がワンボックスカーの裏側に回り込むと、大野杏子がこちらに背を向ける形で立っていた。その向こう側にいる作業服の男は、見るからに素行に問題がありそうな雰囲気があり、明らかに大野杏子に詰め寄っている感じだった。

こいつか、希実の絵の先生に暴力を振るっていたという輩(やから)は。

男と一度、目が合った。細い眉、口ひげ。年齢は自分に近いようだった。体格は中肉中背だが、とにかく人相が悪い。

男は、ふん、と粘児を無視するように視線を大野杏子に戻した。

男が小声でまた何か言い、片手で大野杏子の肩を押したようだった。

あっ、この野郎。

「大野さん」と粘児は声をかけた。「大丈夫?」

大野杏子の背中が一瞬びくっとなり、振り返った。

「あ……はい、大丈夫です」だが彼女の顔色はどう見てもよくなかった。

「何だ、あんたは」と男が眉間にしわを寄せて睨んできた。

「お前こそ何だ」と粘児は言い返した。「今、彼女に手を出しただろう。見とったぞ」

「関係ねえんだよ、とっとと消えろ、ぼけ」

頭に血が上った。

「古場君、大丈夫だから」と大野杏子が言った。「身内の話をしてただけなの」

だが、彼女の強張（こわば）った表情がすべてを物語っていた。

やはりあのＤＶ夫なのだ。彼女はただただ、他人を巻き込みたくなくて、大丈夫だと言っているだけ。

「おい、聞こえたやろが」と男が威圧的にあごを上げた。「関係ねえんだよ。じろじろ見てんじゃねえよ」

だが粘児はその場から動かず、男を睨み返した。ここで引いたら絶対にダメだ。希実の絵の先生は自分が守る。

「消えるのはお前の方だ」と粘児は斜めに身構えた。「彼女、嫌がってるだろう。これ以上いらんことしたら、承知せんぞ」

「何だぁ？」男は一瞬だけ虚を突かれたようだったが、すぐに凶暴な表情を取り戻し、

「てめえ、いい加減にしろや」と大野杏子の横を通り過ぎてこちらに迫って来た。

先に手を出したら、後で警察沙汰になった場合、不利になる。ここは相手に先に手

を出させるべき。冷静にそんな判断ができる自分が頼もしかった。

案の定、男が先に片手で胸ぐらをつかんできた。そのまぐいと押されて一歩下がった。大野杏子が「やめてっ」と叫んだ。

「先に手を出したな。そっちが先にやってきたんだからな」

粘児は意識して大きな声で言い、右手のげんこつを思いっきり振り下ろして、胸ぐらをつかんでいる相手の前腕に叩きつけた。男が「ちぃ」と顔をゆがめて手を放したが、すぐさまその手で「の野郎っ」と顔を殴ってきた。

半歩退いてかわしたつもりだったが、距離感を誤り、ほおに鈍痛を感じた。

だがこれでしっかりと正当防衛を主張できる。粘児は相手が再び前に出て来るのに合わせて前蹴りを繰り出した。

つま先が腹に命中し、相手は身体をくの字に折った。チャンス。

すぐさま相手の頭を抱え込み、首に右腕を巻きつけた。そのまま右手を左腕にクラッチさせて絞め上げる。中学時代に市川を失神させたフロントチョークが決まった。右腕が相手の頸動脈（けいどうみゃく）をしっかり圧迫している感触があった。

大野杏子が「やめてっ」となおも叫んだが、ここで止めたら反撃されて、もっとややこしいことになる。このまま絞め落とせば、傷つけないで勝負を終わらせることができる。

相手の身体が脱力したと感じたとき、大野杏子から腕をつかまれた。

「やめてって言ってるじゃないの、バカっ」

バカですと？　彼女の言葉の強さと見たこともない表情に気圧され、腕をほどいた。

男はうつろな目でよろよろしてから、大野杏子に抱きかかえられるようにしながら尻餅をついた。

「私の兄なのよ」

「えっ」

すぐ前の国道を通過する車のエンジン音が急に大きく聞こえてきた。


数分後、三人は直売所の横にある休憩スペースに座っていた。大野杏子のお兄さんは自販機で買ったペットボトルのコーラを一口飲んで、「あー、殺されるかと思ったわ」と嫌みたっぷりに言った。粘児は「すみませんでした」と神妙な顔を心がけてあらためて頭を下げた。

お兄さんは佐賀市内で工務店を経営していて、部下の中にいいやつがいるから妹に紹介しようとしていたのだという。しかし大野杏子は勝手にそんなことされたら迷惑だと言い、断っていたところだった。どうやら市川という恋人がいることはまだ話していなかったらしい。それでメンツを潰されたと感じたお兄さんはちょっと怒って、会うぐらいいいだろうと詰め寄っていたところを希実が目撃して勘違いし……というこどのようだった。

市川のことは、ついさっき、大野杏子の口からお兄さんに伝えられたところである。「もうつき合ってる男がおったんか」とお兄さんが大野杏子に言った。「それやったら、ちゃんとそう言うたらええやろが」

「そしたらまたお兄ちゃん、そいつに会わせろとか言って、威圧するような態度を取るやないの。私が離婚したときも、お兄ちゃんがあいつを殴って前歯と鼻の軟骨を折ったせいで、離婚のときの慰謝料請求ができんようになったこと、忘れたん？　慰謝料をあきらめた代わりにお兄ちゃん、あいつに訴えられなくて済んだんでしょ」

「あいつのときはしょうがなかろ」お兄さんは顔をしかめてうつむいた。「妹に暴力振るったやつやぞ。ボコらんことには収まらん。で、あんたは何？」とお兄さんがこちらを向いた。

粘児と大野杏子が交替で事情を説明すると、お兄さんは舌打ちしてから苦笑いを見せた。

「ひなた屋なら知ってる」とお兄さんは言った。「最近、地元の食材を使って注目の宿なんやろ。でもあの建物、結構ガタいっとるようやな」

「まあ、そうかもしれませんね」

「改修するときは、俺に連絡くれよ。安くしてやっから。それで今日のことは水に流してやる」

「あ、はい」と粘児はうなずいた。「では、近いうちに相談させていただくということで」

「市川ってやつは」とお兄さんは大野杏子に顔を向けた。「聞いた限りではまあ、ちゃんとした男のようやな」

大野杏子からの説明は、粘児も今し方聞いたところである。

彼女は、たまたまJR駅のホームで再会して連絡先を交換したものの、市川からつき合ってくれと言われた当初は断ったという。中学生時代の市川にいい印象を持っていなかったこともあるし、当時は市川が勤め先を辞めて無職だったということも不安材料だった。すると市川からは最近になって、なべしま市の嘱託職員を目指して勉強中だと明かされ、これからの人生のことは真剣に考えている、だから受かったら真面目に考えてほしいと頼まれたという。

そして市川は試験に合格して「まっしぐら」での職を得た。今はまだ、近場でちょっとデートをするだけの関係だというが、市川が仕事に馴れてきたら、本気で再婚を前提としたつき合いをするつもりだという。

粘児は「市川だったら最近、ひなた屋にあいさつに来たよ」と言った。「あいつ、そのときは大野さんの話とか、しなかったけど」

「仕事で会いに行ったからだと思う」と大野杏子は当然のように言った。「それに、つき合うって言っても、まだこれからの話だから、他人に話す時期じゃないだろうし。あ、そういえば市川君、古場君のことを本当にすごいやつだって言ってたよ。潰れそうだった民宿を見事に立て直したし、先日はイノシシの牙でアクセサリーを作ったらどうかって提案してくれたって」

「いやいや、俺なんかより市川の方がすごいやつやと思う」と粘児は言った。「嘱託試験、俺も受けたことは？」

「うん、聞いた」と大野杏子がうなずく。

「集団面接の途中でもう、負けたと思ったもん。市川はすげえ勉強しとって、俺なんかとは本気度が違っとった。俺、ちょこちょこっと勉強して、それで何とかなるやろって緩い考えやったのが恥ずかしなって、ほんとはその場で逃げ帰りたかったもん。それでも市川は［まっしぐら］のスタッフになって、試験に受かったことを鼻にかけるような態度なんか一切なくて、これからは仕事でお世話になりますって、頭下げてあいさつしてくれた。あいつやったら大丈夫やと思う」

大野杏子は控えめな笑顔で「ありがとう」と言った。

お兄さんは、ちょっとしらけた表情でコーラを飲んでいた。

帰宅後、ひなた屋の前で待っていた希実に事情を説明すると、目を丸くして「ごみーん、師匠……」と、ちょっと泣きそうな顔になった。大丈夫、大丈夫と抱きしめるチャンスかもと思ったが、相手は思春期の少女である。「ま、結果オーライでよかったよ」とだけ言っておいた。

数日後の朝、母ちゃんが血相を変えて調理場にやって来て、「粘児、エンペラーホテルの偉い人があんたに会いたいって言ってるよ」と言った。

一緒に洗い物をしていた父ちゃんが手を止めて「どういうことかね」と聞いた。

「そんなの判らんよ」と母ちゃんは片手で叩く仕草をした。「さっき朝食の膳を下げに行ったら、昨夜も今朝も美味しかったってほめられたから、ありがとうございますって言ったのよ。そしたら、エンペラーホテル佐賀の副支配人をやっております何ちゃらと申しますって言われて、古場粘児さんとできればお話をって。いったい何が何だか」

エンペラーホテルの副支配人？　そんな人物が何でひなた屋に泊まりに来る？　粘児の頭の中は、？マークだらけになった。

父ちゃんが「何かクレームでもつけに来たんやろか」と言うと、母ちゃんは「そんな感じじゃなかったよ」と答えたが、「まあ、実際のところは判らんけど」とつけ加えた。

「まあ、よか。相手が誰であれ、うちに泊まりに来てくれた時点で大事なお客さんたい。後片付けが終わったら行くわ」

急いで出向くと足もとを見られるような気がしたので、わざと少し時間を持たせることにした。

「他のお客さんもおるんやけん、何か腹立つことを言われても、ケンカ腰でしゃべったらいけんよ」

「そなことにはならんて」

だが、訪問と面会の意図が判らないせいで、ざわついた気持ちを消すことはできなかった。

後片付けを済ませた粘児は調理服のまま、二階の〔椿(つばき)〕を訪ねた。ふすまの前でひざをついて「失礼します、古場ですが」と声をかけると、中から「はい、どうぞ」と女性の声が返ってきた。勝手に男性だと思っていたので少し戸惑った。

何となく見覚えがある小柄な女性が正座の姿勢で会釈をしてきた。記憶をたどり、エンペラーホテルのレストランに希実を連れて行ったときに、〔満車〕のプレートを手に誘導していた女性だったのではないかと気づいた。

座卓をはさんだ向かい側にはもう一人女性がおり、こちらはもっと年上。六十前後と思われたが、目つきにどこかぎらついた感じがあり、ただ者ではなさそうな気がした。

もしかしたらこの二人の女性は親子なのかなと思った。若い方は短めの髪、黒いスカートスーツはいかにも普段から身につけている感じだった。年長の女性は髪を後ろでまとめており、グレーのスカートスーツ姿。二人とも、姿勢がしゃんとしており、きりっとした顔つきが共通している。

「お忙しいところ、お呼び立てして申し訳ありません」と若い方が笑顔を作り、「エンペラーホテル佐賀の副支配人をしております、クリナミサキコと申します」と頭を下げた。

年長の方が副支配人だと勝手に決めつけていたので、頭の中で修正した。差し出された名刺には「エンペラーホテル佐賀　副支配人　栗並早紀子」とあった。

年長の女性の方は、微笑んでいるだけで、今すぐ自己紹介をするつもりはないようだった。

「エンペラーホテルさんのレストランでジビエ三種ランチ、先日食べさせていただきました」と粘児は言った。「勉強も兼ねてお伺いしたのですが、ジビエ食材も下処理と調理がちゃんとできていれば、シンプルな料理で美味しさが伝わるのだなと気づかされました。三種類のジビエ食材の調理法をローテーションするというアイデアもすばらしいと思います」

別にヨイショしようというのではなく、素直な感想である。

「それはありがとうございます」栗並副支配人が一礼した。「でもうちの場合はジビエ料理とは名乗っていても、すべて業者さんから仕入れた肉を調理してるだけなんです。エミューに至っては、野生動物ですらなく、最初から育てたものなので、要するに鶏と同じです。実のところ、それをジビエ料理と名乗ることには忸怩たる思いがあると、料理長も申しております」

「でも、エミューも本来は野生動物ですし、何よりも珍しい肉を使った料理を提案されていること、それが本当に美味しいことは、間違いありません。実際、繁盛なさってますし、うちなんかとは利用者数も回転率もレベルが違いますし」

「ランチに関してはお陰様でそこそこの線をいっておりますが、夜のコースメニューは苦戦してるんですよ。お客様の多くは、値段が近ければやはり、佐賀牛の霜降りステーキを選ばれますから。ランチのお手頃価格でないとなかなか、というところでして」

「そうですか」

「イノシシ鍋に鯉こく鍋、あとオイカワや川エビの料理、小皿に載ったかわいいウナギの蒲焼き、どれも美味しくいただきました。イノシシ鍋以外はすべて、古場さんが自ら釣ったり捕まえたりされているということに正直、驚嘆しましたし、普通のジビエ料理よりもジビエ的なことをされてるわけで、心から尊敬致します。ブログのタイトルになってますけど、まさに「なべしまを召し上がれ」ですよね」

そんなにほめられるとは思っていなかったので、「恐れ入ります」と返すことしかできなかった。

「イノシシ鍋も、なべしま市内で捕獲されたイノシシ肉ですから、ちゃんとコンセプトに沿ってる。あと、オイカワという魚が鮮度のいいイワシやアジに負けない美味しさで、しかも佐賀平野を流れる川には昔からたくさんいるということ、そして川エビの美味しさも、佐賀に住んで何年にもなるのに、恥ずかしながら知りませんでした。目からウロコでした」

「ああ、それはどうも……」

「オリジナルの食前酒を出すという発想もすばらしいと思います。ナナカマドの実をメインに漬けたものだそうですが、女性にも喜んでもらえる味ですね。エンペラーホテルのレストランはどこも、既製品のお酒しか出したことがなくて。そもそも独自のお酒を作ろうという発想がなかったので、がつんとやられた気分です。最近はスッポン鍋も始められたとか」

「はい。今週から始めておりますが、こちらはコイほどにはコンスタントに捕獲するのがちょっと難しいので、現時点では、二泊以上していただいた方からリクエストがあれば、ということにさせていただいてます」

「仮に、初めてのお客様がどうしてもスッポン鍋を食べたいとおっしゃって、それなりの割増料金を払うからお願いしたい、ということであれば、いかがでしょうか」

「それはちょっと。いかほどの金額を提示されたとしても、特定のお客さんだけを特別扱いするのは、うちの流儀じゃないと考えております。リピーターとなってくださるお客さんに感謝と敬意を示してという気持ちでやってますから、おカネでそのルールをねじ曲げるようなことは」

「料理だけを食べに来るお客様もお断りされているとか」

「ええ。一応、泊まってくださるお客さんへのサービスとして、地元食材を使った料理を楽しんでいただこう、という基本姿勢でやっております。食べに来るだけのお客さんまで手を広げたら、家族三人でやってる民宿としてはちょっと対応しきれないという事情もありまして」

栗並副支配人は、黙ったまま控えめな笑みをたたえていた年長の女性と目を合わせてかすかにうなずき合った。

「ところで古場さん」と栗並副支配人が少し改まった感じで切り出した。「エンペラーホテルに連泊される予定のお客様が例えば、初日とか最終日などに一泊だけ、ひなた屋さんに泊まりたいとおっしゃったような場合、私どもの方から予約を入れさせていただいたり、うちの者がここまでの送迎をさせていただくことは、構わないでしょうか」

「えっ……」あまりの予想外の申し出に、思考がしばらく停止してしまった。

「最近は実際に、そういうお客様がいらっしゃるんです。チェックアウトする際に、ひなた屋さんへのアクセス方法を聞かれたりすることが増えてきたものですからそれとなくお尋ねしてみたところ、三代目の若旦那が自ら釣ったり捕まえたりした食材の料理を出している面白い民宿があって、ネットで調べてみたらちょっとカルト的な人気になっているようなので是非泊まってみたい、というご返事で」

「へえ」

そういう現象が、知らないところで起きていたとは。

「最初のうちは、そういったお客様にはアクセス方法をお伝えするだけで済ませていたのですが、当ホテルをご利用いただいているお客様のニーズにはしっかり応えるべきではないか、という意見が内部からも出まして、このようなご提案をさせていただいた次第です」

「それは……願ってもないことです。今まで全く気づきませんでしたが、確かにそういうお客さんがいらっしゃってもおかしくないですよね。あ、だったら逆パターンで、うちのお客さんが街のホテルにも泊まりたがってると判ればエンペラーホテルさんを紹介したり、うちの車で送り届けたりするのもありですよね。そうだ、うちでチェックアウトするお客さんに、話のついでに昼食の予定を聞いてみて、特に決まってないと言われたら、ジビエ三種ランチをお勧めするのもいいかもしれませんね。自信を持ってお勧めできる料理ですからね。あと、よければ互いのパンフレット類を置いて、お客さんに渡すというのもいいかも」

「ああ、いいですね、私どもとしても助かります」

これまでエンペラーホテルのことは、客を横取りする強大な敵だと勝手に思っていたのだが、どうやら見当違いな考えだったらしい。実際には、同じ地域の宿泊施設として、連携できる部分は連携しましょうという、真摯で器の大きなホテルなのだ。粘児はこれまでのひねくれた見方を恥じた。

結果、宿泊客への相互の紹介や送迎など、具体的な連携方法については、あらためて話し合いましょう、ということになった。

話が一段落したところで、それまで言葉を発しなかった年長の女性が急に「レストランの「ユベール」をご利用になったとのことですが、店内に飾られている絵のことは覚えてらっしゃいませんか」と尋ねてきた。

「というと……杠（ゆずりは）タケシローさんの絵のことですか」

「あら、名前までご存じなんですか」と年長の女性が目を見開いた。

「詳しいわけではないのですが、強烈な印象を残す作風ですし、他の作品もどこかで見た覚えがあったので、その場でスマホを使って検索してみたり、ウエイターさんに質問してみたりしました。杠さん、こちらのご出身だそうで」

「は？」

「ええ、公表はしていないので具体的にどこの生まれかということは差し控えさせていただきますが、確かに彼の故郷は現なべしま市です。古場さんが杠を知ってくださっていたのはありがたいことです。お陰で話もしやすくなります」

「実は私、こういう者でして」

年長の女性が言いながら名刺を取り出した。

「えっ」と目を見張った。つい名刺と本人を二度見してしまった。

藤原貴実という名前の前に〔杠タケシロー専属マネージャー〕とあった。

「ネット検索されたということなら、杠の幼少期と少年期のことも多少はご存じかもしれませんが」と藤原マネージャーが言った。「彼は郷土に対しては少々複雑な感情を抱いておりまして、数年前までは、仕事の関係でこちらに来ることがあっても福岡に泊まるのみで、佐賀の地に足を踏み入れようとはしませんでした。しかし、〔ユベール〕のオーナーが杠の大ファンで絵を購入してもらったり佐賀周辺の観光案内をしてもらったりしたことをきっかけに、ようやくかたくなな姿勢も解けてきて、最近では年に二度ほど、プライベートでエンペラーホテル佐賀に泊まるようになったんです」

「そうだったんですか」

「一人息子の存在も影響したようです。彼には今年で十歳になるケン君という息子がいるのですが、タケシローは自分の故郷を息子に見せておきたいという気持ちがあるようです。年に二度来るときも、必ず連れて来てますので。ちなみに杠の奥さんは三年前に病気で他界してまして、今は父と子の二人暮らしです。といっても杠はしょっちゅう海外に行ったりしますので、仲のいい知人の家族にケン君を預けることが多いのですが」

「ああ、それはまた……」

「で、ここからが本題なのですが」藤原マネージャーは少し居住まいを正した。「杠が、ひなた屋さんの取り組みに興味を持っておりまして、ケン君と一緒に是非体験したいと申しているんです」

「お忍びでってことですよね」

「はい。プライベートな時間をひなた屋で過ごしたいという意向ですので、杠親子が宿泊させていただくことになったとしても、事前に漏らさないよう、お願いできますか。宿泊した後でブログなどでご紹介いただくのは構わないのですが」

目の前の女性二人が宿泊したのは、その下調べの意味合いがあったらしい。

「はい、そこはご心配なく」粘児は即座にうなずいた。「杠タケシローさんが来るとなると、野次馬がやって来るかもしれませんから、絶対に情報を漏らすようなことは致しません。地元食材の料理に加え、この周りには親子で楽しめるハイキングコース、サイクリングコースがいくつかありますので、ゆっくり過ごしていただけると思います」

「いえ、実は、杠が親子で体験したいと希望しているのが、普通の宿泊ではなくて、古場さんがやっておられるような釣りや川エビ獲りでして」

予想外の話に、つい「へっ？」と聞き返した。

「杠は、自分の故郷を特に何の特色もない地味な片田舎だと思っていたそうです。ところが実際は釣り遊びがたっぷり楽しめるフィールドであり、食材の宝庫でもあるということを、ひなた屋さんのブログを通じて、遅ればせながら気づかされ、猛烈な興味を覚えていると申しております。つきましては、古場さんにガイドをお願いして、オイカワ釣り、コイ釣り、川エビ獲りなどを親子で体験できないものかというのが、杠のたっての希望なんです。そして、自分たちで釣ったり獲ったりした獲物を調理してもらって食べたいと」

「息子さんは、トラネコのひなたちゃんにも会いたがっているそうです」と栗並副支配人が話に入ってきた。「父子ともに、動物が大好きでして」

　そういえばウィキペディアか何かに、杠タケシローは犬猫の殺処分をゼロにする活動をする団体などに寄付を続けている、とあった。

「これは私の個人的な推測なのですが」と藤原マネージャーが続けた。「杠はおそらく、ひなた屋さんに泊まって、釣り遊びを親子で体験することで、故郷に対する気持ちをリセットしたいと考えてると思うんです。仕事のパートナーである私としても、是非それをかなえてあげたいと願っております。どうかご協力いただけませんか」

　そうきたか。やはり一流のクリエイターというのは、考えることが違う。

　そのとき、希実との釣りが次々と脳裏によみがえった。初めてヘラブナの引きを体感したときのあの子の興奮した様子。良型のコイを釣り上げたときの達成感あふれる表情。杠タケシロー親子にとっても、かけがえのない時間になることは間違いないだろう。

「当然ながら、相応のオプション料金をお支払いさせていただきたいと思っております」と藤原マネージャーは言った。「お仕事のお邪魔をしてしまうことになると思いますので、最低でも十人分の宿泊料金相当を提示するようにと杠からも言われております」

「とんでもない、そんなには要りません」粘児はあわてて片手を振った。「世界的なアーティストの方と一緒に釣りができるというだけで光栄なことですから」

「いえいえ、そうは参りません。杠は、古場さんに気分よく引き受けていただけることを願ってますので。知名度を使って無理強いするというのは杠が望むところではありません」

「だったら料金割増しの代わりに、即興で描いたイラストなんぞをいただけるとありがたいのですが。一階のどこかに飾らせていただけたら、この上ないことです」

希実がきっと大喜びするだろう。

「ああ……」と藤原マネージャーがうなずいた。「後で本人に確認しますが、おそらく快諾してくれると思います。どんな絵かは任せていただいても？」

「ええ、それはもう。私の方から内容をリクエストするなんて、めっそうもない」

「ありがとうございます」と栗並副支配人が頭を下げた。「杠タケシローさんはエンペラーホテル佐賀にとりましても大切なお客様ですので、私からもお礼を申し上げます」

何だか、すごい方向に話が進んでる気がする……。

「よかったー」と栗並副支配人が顔をほころばせた。「上司からは、何としても引き受けてもらうようにと厳命されておりましたので、これで肩の荷が下りました」

「それは私もよ」と藤原マネージャーが栗並副支配人に笑いかけた。「杠が、がっかりする顔は見たくないから。下手したら創作にも影響が出るかもしれない、そうなったらどうしようって思ってたもの」

「ところで」と粘児は二人に聞いてみた。「お二人は、釣りのご経験は?」

二人ともほぼ同時に「いいえ」と頭を振った。

「お帰りになる前に、オイカワ釣りだけでも体験してみませんか。杠さんに報告するときに、体験してみたか否かでは、かなり違うと思いますよ」

二人は当惑したような表情で顔を見合わせたが、粘児が「道路から竿を出して釣れますから、その格好で大丈夫ですよ。ここからほんの数分の場所です」と言うと、藤原マネージャーが「じゃあ、やってみる?」と聞き、栗並副支配人も「そうですね、言われたらちょっとやってみたくなってきました」と応じた。

数十分後、スーツ姿の女性二人は、「きゃーっ、かかったっ」「うわっ、怖い、暴れてるのが手に伝わってるっ」「釣れたーっ、古場さん、何とかしてっ」と甲高い声を上げていた。その子どものようなはしゃぎっぷりは、職場でも私生活でも誰にも見せたことがない姿だろう。

その後、藤原マネージャーとメールや電話での連絡を重ねた結果、杠タケシロー親子の宿泊日は十一月下旬の日曜日と決まった。金曜土曜と違って日曜日は宿泊客が少ないので入浴時間なども融通が利くし、希望があれば部屋を訪ねて話し相手になるといったこともしやすい。週間天気予報でも、その日をはさむ三日間は好天に恵まれそうだった。

そのことを希実に伝える際、粘児はスマホを向けて動画撮影を始めた。希実は「ちょっと、何勝手に撮ってんのよ」と怒った顔で片手でレンズを塞ごうとしたが、粘児が「重大ニュースがありまーす」と言うと、「何?」と手を下ろし、「あの杠タケシロー画伯が、ひなた屋に泊まりに来ることになりましたっ」と聞かされて一瞬何のことか判らない顔になった後、「まじ? まじ?」と顔がみるみる紅潮し、「すげーっ、そんなことってある? 何で? えっ? ほんとに? すげーっ。すげえでげす」と大興奮してエアー縄跳びをするかのような姿勢で小刻みなジャンプを繰り返した。

そのとき、「お忍びで来るから絶対に他人に言ったらダメだぞ」と念押しし、希実は「わっかりやしたー、師匠」と敬礼を返していたが、後になって「ねえ師匠、知希ちゃんと杏子先生にだけは教えてもいいでしょ。絶対に他人に言ったらダメって言っとくから」と懇願され、「ダメダメ。父ちゃんと母ちゃんにも直前まで内緒にするって決めたんだぞ」といったんは却下したのだが、「師匠、そう言わずにお願いっ、師匠大好きっ」と両手を合わせてさらに頼み込まれ、仕方なく了承した。その代わり、知希と大野杏子には、粘児からもあらためて事情を説明して他言無用と念押ししておくことにした。

12

粘児は希実にルアーフィッシングの基本的なやり方も教え、仕事の合間に何か所かの水路でライギョ釣りにチャレンジさせた。枯れ枝や水草などもあるのでルアーはそういう障害物に引っかかることがない、ワームと呼ばれるソフトルアーを使用した。これに専用のフックを装着して使うのだが、フックの先端がワームの表面近くに隠れるようにセットし、ライギョが食いついたら口の中で先端が外れてハリ掛かりする、という仕組みである。ちなみにライギョを狙うときは、フックの先の返しは潰しておく。オオクチバスなどと違ってライギョには鋭い歯があるので、こうしておかないと後でフックを外すときに苦労することがあるからである。

希実は二度のライギョ釣りで、今のところ六十センチ程度の中型を一尾釣り上げただけに終わっている。しかしそれでもうれしかったようで、ライギョのエラをつかんで笑って見せる希実の写真画像は、今彼女の待ち受け画面に使われている。この二度のルアーフィッシングのときに本命のライギョよりも多く釣れたのがナマズだった。五十センチ程度が二尾と、七十センチの大型が一尾。希実は「オタマジャクシのお化けみたいでかわいいね」と評していた。そういえば琵琶湖周辺では、イワトコナマズを使った郷土料理があるし、アメリカのファストフード店などで扱っているフィッシュバーガーはアメリカナマズが使われていることが多いし、粘児も釣り雑誌の企画でアメリカナマズを釣って調理と実食をしたことがある。また最近では、ナマズに専用のエサを与えて養殖し、ウナギにそっくりな味の蒲焼きを作る業者も現れている。近い将来、ひなた屋でもナマズ料理ができないかどうかを検討してみるとしよう。

希実とはその他、ときどき十数分のキャッチボールをしたり、雨が降って釣りができないときにはバッティングセンターにも連れて行くようにもなった。希実は長打力はあまりない代わりに当てるのが上手く、百二十キロ程度のボールならほとんどきれいに打ち返している。そのうちに地元に草野球かソフトボールのチームがないかどうか探してみて、本人が希望すれば一緒に参加してみるのもいいかもしれない。

「まっしぐら」の市川は、最初の訪問から約一週間後にイノシシ肉の冷凍パックを届けに再びやって来たのだが、そのときに、イノシシの牙キーホルダーの試作品ができたからと言われ、アイデアをくれたお礼にと一つをくれた。牙の根っこのところが真鍮で覆われており、細いチェーンがつながっていて、先はワンタッチで着脱できるフックになっていた。ポケットに入れると少しかさばりそうだが、確かにイノシシの牙のお陰でキーを紛失するリスクはなくなるだろう。見た人を「おっ」と言わせるだけのビジュアルも持っている。インテリアにもいいかもしれない。

粘児がそのお返しに、密閉容器に入れたオイカワの南蛮漬けと天然ウナギの蒲焼きを渡しながら「大野杏子さんとつき合ってるそうやね」と水を向けてみると、市川はちょっとバツが悪そうな顔で「ああ。彼女からは古場とか、つき合ってる女性の娘さんが滞在しててイラストを通じて交流があること、聞いてるよ」と応じた。おそらく、大野杏子の兄を絞め落としてしまったあの一件も事細かく聞いていることだろうが、市川はそのことは口にしないでおいてくれた。

市川は辞するときに「俺も古場も、この年になって所帯持ちを目指すわけやね。お互い頑張ろうや」と言ってくれた。粘児は「おう、本当やな」と手を振って見送った。

希実が大野杏子と仲がいいので、市川とも今後プライベートでも顔を合わせる機会が増えそうである。

後で牙のキーホルダーを見た希実が「あっ、いいなー」と露骨に頂戴アピールをしてきたので、杠タケシローの件が当日まで外部に漏れなかったら同じ物を買ってやると約束した。直後、調理場で作業をしていたときに母ちゃんから「何をにやにやしてんのよ」と不審がられて「しとらんよ」ととぼけておいた。希実が最近、甘える態度を取ってくれるようになったせいで、でれっとした気持ちが表情に出ていたらしい。

十一月下旬の土曜日は、ひなた屋のほとんどの部屋が埋まり、予約なしでやって来たお客さんには料金割引で相部屋をお願いしなければならない状態となった。そんなときに父ちゃんが「今日は朝から腰が重い」と言い出して休憩室に何度も引っ込んだため、粘児の仕事割合が増えることになった。母ちゃんもこの日の夜は知人の通夜に行かなければならなくなってしばらく抜けたため、希実にも配膳や片付けを手伝ってもらうことになった。

あわただしい一日が終わり、遅い夕食を調理場隅の小さなテーブルで希実と一緒に摂った。希実にいろいろ手伝ってもらう代わりに夕食の希望を聞いたところ、「スッポン鍋でもいいんでやんすか？」と尋ねてきたので了解し、宿泊客に出すのと同じスッポン鍋膳を作った。スッポンはまだ食材不足の状態なので、粘児自身の夕食は久しぶりにイノシシ鍋膳にした。

いただきます、と手を合わせた後、希実が気を利かせて「もう仕事終わりだからいいんでしょ」と冷えた瓶ビールとガラスコップを出して来てくれた。

食事中、希実は「師匠、やっぱりスッポンはいい出汁が出てやんすねー、この旨みは他のどんな食材もかなわねえでげす」と何度もうなずき、シメの玉子雑炊をきれいに食べ尽くしたところで「あー、幸せ」と笑った。その「げす」を語尾につけるのは誰の真似なのか少し気になっていたが、粘児は聞かないで我慢している。聞いても多分、本当のことは言わないで「生まれつきでげす」「きっと前世のなごりでげす」などと変な冗談で返されそうな気がするし、聞いてしまうと、こっちが気にしていると思ってもう使わなくなってしまうかもしれない。希実の「げす」は、まだ知り合ってあまり時間も経っていない古場粘児というおじさんを相手に、あまり身構えることなく話をするためのアイテムかもしれないし、粘児も今では気に入っている。

食事後、希実は自分で淹れて冷ましておいたやかんのほうじ茶を湯飲みで飲みながら、「師匠、知希ちゃんが近いうちにあいさつとお礼を言いに来たいってＬＩＮＥで連絡してきたでげす」と言ってきた。

「いつ?」

「仕事を何日かまとめて休める日程を調整してからまた連絡するそうでげす」

知希は電話でなら何度か母ちゃんや父ちゃんに礼は言っているが、いよいよ来てくれるわけか。粘児が「判った。楽しみだな。希実ちゃんも会いたいだろ」と言うと、希実は「当たり前でげす」とそっけなく顔を背けてほうじ茶を飲んだ。もしかしたら急に里心が膨れあがって、泣きそうになったのかもしれない。

気づいていないふりをして食べ終えた膳をシンクに運び、洗い始めてしばらくすると、希実が「あっ、後はあっしがやりやす」と自分の膳を持って追いかけてきた。

日曜日は天気予報どおり、朝から快晴だった。風もあまり吹いていないので、竿を出してもウキが荒れる心配はなさそうである。

杠タケシロー親子と藤原マネージャーは午前十時半にやってくることになっていた。前日からのお客さんたちは既にチェックアウトして、さきほど見送ったところである。

粘児は、ひなた屋の出入り口前に立っていた。腕時計を見る。あと五分。

「ネットで調べたら」と後ろに立っている大野杏子が言った。「杠タケシローさんの作品画像はたくさんあるけど、杠さん本人の写真や動画って、ほとんどないのね。あっても丸いサングラスをして鳥打ち帽をかぶって、ひげを生やしてるのばっかりだから、素顔が判らない」

大野杏子も杠タケシローに会いたいだろうと思い、希実経由で打診したところ、大喜びしてくれた。彼女にとっても杠タケシローは絵の世界のカリスマなのだ。今日の彼女はいつも直売所で見かけるラフな格好ではなく、黒いブラウスに青系チェックのロングスカート姿で、髪は『ローマの休日』でのオードリー・ヘップバーンみたいにセットされている。

「マネージャーさんからちらっと聞いたところでは」と粘児は言った。「別に確固たる信念があって素顔を見せないんじゃなくて、謎めいた人間、得体の知れないクリエイターみたいなイメージを作っておいた方が、周囲の人が勝手に過大評価してくれるからだって。本当にそうなのかどうかは判らないけどね」

「気むずかしい人なのかな」と、粘児の隣に立っている希実が言った。「あいさつしてもガン無視されたりしないかな」

希実はジーンズにグレーのパーカーという軽装だった。この後、希実も杠タケシロー父子との釣りに同行することになっているので、あまりおしゃれな格好はできなかったのだ。

「そうでもないみたいだよ。創作中は寡黙だけど、それ以外のときは反動でちょっとテンション高めの人だって、マネージャーさんが言ってたし」

「へえ」

ちなみに父ちゃんと母ちゃんは杠タケシローのことを全く知らず、興味もないようで、出迎えは粘児に任される形になった。

少し間ができた後、大野杏子が「あー、緊張するねー」と後ろから言った。「私、昨夜あんまり眠れなかったのよね、興奮して」

すると希実も「あ、杏子先生も？ 私もだよ」とうなずいた。

そのとき、車のエンジン音が聞こえてきて、竹林のトンネルの中に黒いワンボックスカーが現れた。希実が「わー、来たよ、来たよ。本当に来たよ、カリスマが」と小声で言った。ナンバーを見て、レンタカーだと判った。

だが、目の前に停まったワンボックスカーには、ハンドルを握る藤原マネージャーの姿しかなかった。彼女は今日はサングラスをしている。粘児が「あれれ？」と言うと、藤原マネージャーが苦笑しながら降りて来て、「周辺の景色が気に入ったようで、少し手前で降ろしてくれと言われたんです。間もなくケン君と一緒に歩いてやって来ますから」と言った。藤原マネージャーも釣りに同行して、カメラ撮影を担当するというので、今日はチノパンにスニーカー、グレーのパーカーという軽装だった。たすき掛けにしているデイパックの中にはデジカメなどが入っているのだろう。

藤原マネージャーから「ええと、そちらの方は、古場さんの奥様と娘さんですか」と聞かれ、粘児が否定しようとすると希実が「はい、私は娘ですけど、こちらは私の絵の先生で父の元同級生の大野杏子さんです。私の母は残念ながら今日は所用があって不在にしており、申し訳ありません」と、事前に用意しておいたに違いない言葉をすらすらと口にした。

おそらく、くどくどと事情を説明するよりも「娘です」と言っておいた方が簡単でいいということなのだろう。それでも粘児は、腹の中がぐっと温まる感覚になった。近いうちに希実から「父親ヅラするな」みたいなことを言われたときには、「お前が自分から娘だって言ったんだろう」とやり返すとしよう。

　大野杏子が「杠タケシローさんを一目拝見したくて勝手に来てしまいました、どうもすみません」と粘児の後ろから言った。

「ああ、それは失礼しました」藤原マネージャーはサングラスを下にずらして希実と大野杏子を見てから「杠のマネージャーをしております、藤原と申します」と頭を下げた。

　そのとき、トラネコのひなたが右側の視界に入った。こちらに近づいて来たので藤原マネージャーが「あら、このコがひなたちゃんね」とその場にしゃがんで片手でなでようとしたが、ひなたは知らん顔でその前を通り過ぎ、ひなた屋の壁沿いにあるエアコンの室外機に飛び乗って横になり、前足をなめ始めた。粘児が「すみません、マイペースなやつなもんで」と言うと、藤原マネージャーは「他人にこびないところは杠と一緒ね。気が合うかも」と苦笑した。

　まだ杠タケシローとケン君の姿は見えなかった。少し間ができたとき、藤原マネージャーが「あ、そうだ、先にお渡しししておきましょう」と言い置いて、後ろのハッチを開け、エンペラーホテル佐賀のロゴが入った紙袋を出した。「これ、約束の」とそれを粘児に差し出す。

　中にはむき出しの絵が無造作にそのまま入っていた。A4サイズぐらいの厚紙に描かれている。

取り出すと、後ろから大野杏子が「あっ、もしかして杠タケシローさんの直筆画？」と聞いてきたので粘児がざっと経緯を説明すると、彼女は「すごーい」と拍手した。希実が「見せて、見せて」とせがむので渡すと、「おーっ」と言ったきり、絶句して眺めている。

簡単なデッサン画のようなものを予想していたのに、アクリル絵の具を使ったと思われる、れっきとした作品だった。

表情が笑っているようにも怒っているようにも見える、丸々と太った半魚人が川の上に浮いている。背景は田園風景。その背後を、オイカワ、コイ、スッポン、川エビなどが泳いで通り過ぎようとしている。リアルで写実的なタッチの絵と、現実にはありえない構図は、まさしく杠タケシローの作風だった。このまま個展会場に並べられてもおかしくない。

自分はとんでもなく大それた頼みごとをしてしまったのではないかと、ちょっと怖くなってきた。

「昨日、ホテルの部屋で描いたものなんですよ」と藤原マネージャーが言った。「プライベート旅行だったので絵の道具を持って来てなかったんですけど、市内の画材店に買いに行って。今日の釣りがよほど楽しみなんでしょうね、それが絵に表れてる」

「こんな立派な作品をいただいていいんですか」

「杠の気持ちですから、どうぞ遠慮なくお納めください」

大野杏子が「いいなー」と小声で言った。心の声が漏れた感じだった。

希実が「ふう」とため息をついて絵を紙袋の中に戻した。粘児がそれを受け取って
「杠タケシローさんのマネージャーをするお仕事は、長くやってらっしゃるんですか」と聞いてみた。

「まだ二年です。以前は英語の通訳の仕事をしてました」藤原マネージャーはそう言い、「マネージャーは一度クビになったことがあるので、実質はもっと短いんですけど」とつけ加えた。

「えっ」

「杠がタバコを子どもの前で吸ったり、お酒を飲み過ぎるところがあったりするのを何度もたしなめていたら、あんたはお袋かって怒り出しちゃいまして。それでクビを言い渡されたんですけど、三か月ほど経ったら電話がかかってきたんです。あんたみたいに叱ってくれる人がいた方がやっぱりいいと言われました」

「へえ」

本気で忠告してくれる人こそ真の友。中国の古いことわざにそういうのがあったことを思い出した。イエスマンよりも、苦言を呈してくれる存在にこそ感謝すべきだと

いうことを杠タケシローも知っているのだ。このエピソードだけで、粘児はこれから会う人物への親近感を高めた。

ほどなくして、竹林のトンネルに大小二つの影が見えた。それが徐々に鮮明になり、丸いサングラスに黒いキャップ、黒いウインドブレーカーにベージュのカーゴパンツ、トレッキングシューズ姿の杠タケシローと、光沢のある赤いジャージに赤いキャップのケン君が近づいて来た。

杠タケシローが口もとを緩めながらこちらを見ている。体格は中肉中背だが、独特のオーラを放っている。それは世界を相手に創作活動をしているという事実に裏打ちされた自信からくるものだろうか。

「はーい」と杠タケシローが片手を上げたので、粘児も一瞬、同じ動作を返しかけたが、それでは厚かましいと思い、「こんにちは」と頭を下げた。

ケン君はひょろっとしており、ちょっと控えめな性格なのではないかという印象の顔つきをしていた。この少年が後で魚を釣ったときに、どんな表情に変わるのか、どんな歓声を上げるのかを想像すると、わくわくしてきた。初めての釣りは、子どもの様子をがらりと変えてしまう力を持っている。

杠親子が目の前まで来て止まった。

「古場さんだね。杠です、今日はどうぞよろしく」

右手を差し出され、「こちらこそよろしくお願いします」と両手で握手に応じた。予想以上に力強いグリップだった。

「あ、素敵な絵をいただきまして、ありがとうございます」粘児は紙袋を持ち上げて、あらためて頭を下げた。「他のお客さんにも見えるところに飾らせていただきます」

杠タケシローさんは謙遜するような言葉は口にせず、「あー、それはいいね、是非」とうなずいた。

ケン君にも握手を求めると、彼は「よろしくお願いします」と小さな声で、ちょっと恥ずかしそうに応じてくれた。

「俺も息子も、実は釣りってしたことないんだ」と杠タケシローが言った。「だから一から教えてもらわなきゃなんないし、いろいろ迷惑かけることになりそうだけど、大丈夫かな？」

「心配無用です。釣りの道具は単純な仕掛けですし、その辺の小学生も遊びでやってることですから。道具も車に積んで用意してますし、釣れるポイントもたくさん知ってるのでお任せください。娘の希実も同行して、お手伝いさせていただきます」

「ありがたいねー」杠タケシローさんが歯を見せて笑った。「ベンジャミン・ジョナサンから聞いたのが最初だったんだよ。古場さんに道具を借りて毛バリ釣りをしたのがよほど楽しかったらしくて、お前も福岡方面に行ったときにはなべしま市に寄って、ケンと一緒に行ってみろって、えらく熱心に言われて。いやいや俺はあっちの生まれだよって教えてやったら、びっくりしてたよ」

「あー、あのベンさん」

粘児は、バックパッカースタイルでやって来た長身のアメリカ人の顔を思い出した。そういえばベンは日用品のデザイナーをしている、みたいなことを言っていた。クリエイターつながりで知り合いだったわけか……。

ケン君が小声で何か言い、杠タケシローさんが「えっ、何?」と耳を傾けて聞き直してから「釣りゲームなら何回もやってるって……あのな、ゲームの釣りと本物の釣りは全然違うんだよ、もうすぐ判るって」と息子の頭をちょっと乱暴になでた。

粘児はケン君に笑ってうなずいた。

「ノゾミちゃん、よろしく」と杠タケシローさんは希実にも握手を求めた。希実が小声で「まじ?」と言いながら右手をいったんパーカーの腹辺りで拭いてから応じた。

杠タケシローが後ろにいる大野杏子に「奥さんですか。今日はお世話になります」と会釈すると、大野杏子が「すみません、奥さんじゃありません」と慌てて片手を振り、藤原マネージャーが短く説明した。杠タケシローは「こりゃ失礼しました」と大げさに頭を下げ、大野杏子は「こちらこそ、まぎらわしいところにいてすみません」とさらに深く頭を下げた。

杠タケシローが「よし」と手を叩いた。「じゃあ、さっそく行くってことでいいのかな？」

「あ、はい」粘児はうなずいた。「そこにあるうちの車で行きましょう」

今日は父ちゃんと母ちゃんに頼んで、夕方までワンボックスカーを借りることになっている。

「よっしゃー、今日はなべしま中を釣るぜぇーっ、そしてそれを後で食っちまうぜぇーっ。なあ、ケン」

ケン君は肩に手を置かれて「うん」と控えめに笑った。

「ケンはアジフライ好きだったよな」

「うん」

「でも自分で釣った魚のフライは、もっと旨いぜ。格別な旨さだ。期待しとけよ」

「判ってるって。もう三回目だよ、それ」

ケン君はそう言って、肩を振って父親の手をどけた。

そのとき、ちょっと強めの突風が吹いて、竹林のトンネルがざわついた。こんなところに突っ立ってないで、早く行った行った、と急かされているように感じた。

九月に帰省したときは最悪の状態だった。

釣りで飯を食うという夢も破れ、実家の民宿は経営難で潰れそうだった。

ところが、あきらめたはずの釣りと、駄目になりそうだった民宿経営がクロスして、次々と奇跡が起きた。希実がいろんな幸運を呼んでくれただけでなく、大串ら旧友たち、大野杏子らも力になってくれた。

そして今、特別な一日が始まろうとしている。

エアコンの室外機にいたはずのトラネコのひなたが、いつの間にかすぐ後ろに来ていたらしく、珍しく「ニャー」と声を出した。

見ると、ひなたはお座りをして、片方の前足で頭の横をかいていた。その姿は招きネコのようでもあり、行ってらっしゃいと手を振っているようでもあり、とっとと行けよという仕草のようでもあった。

あとがき

二十代の半ば頃から、小説らしきものを書き始めた。その理由はいろいろあるが、直接のきっかけはワープロを買ったことだった。その頃は、事務仕事で作成する文書が手書きからワープロへと移行する時期で、地方公務員だった私もマイワープロを職場に持ち込んで仕事をするようになっていた。文章を作成するだけの機械なのに価格は今のノートパソコンの二倍以上した。よく買う気になったものだと思う。

ワープロのタイピング練習をするうちに、私は小説の文章もどきのものを書くようになり、そのうちに欲が出てきて、ミステリーの新人賞に応募することを始めた。プロの作家さんたちが書いた出来のいい作品を読むと、とてもかなわないと思うのだが、中には何でこんなものが出版されたのだろうという駄作もちょいちょい出回っていたため、これよりもましなものなら書けるんじゃないかというううぬぼれが主な動機だった。手書きだったら小説なんぞ書く気にさえならなかったと思うのだが、ワープロのキーを打っているとアメリカの映画で作家がタイプライターを打つシーンが重なり、内容のレベルは別として、書く作業自体はあまり苦にはならずに済んだ。

しかし、新人賞に何度か投稿したものの、一次予選か二次予選止まりだった。最終選考に残った人をうらやましく思ったが、そんな人の作品でも選評の中でけちょんけちょんにけなされて落とされたりしている。やがて私は、自分のような凡人が太刀打ちできる世界ではないと思い知らされ、職場も残業続きの忙しい部署に異動したり、結婚して子どもができたりしたこともあって、小説なんか書いている場合ではない、ということで結局あきらめた。

その頃の私にはもう一つ、熱中していたことがあった。地方公務員になる前にトレーニングジムでインストラクターのアルバイトをしたことがきっかけで、利用者にちゃんと指導するためには知識だけではなく実践が必要だということでウエイトトレーニングを始めたのだが、みるみるうちに筋力が増して体型が変化してゆくことがとにかく楽しくてのめり込んでいた。ボディビル雑誌も毎月買って隅から隅まで読んだし、プロテインやビタミン、ミネラルを補給するサプリメントにも、今思えば結構な金額を費やした。最初は六十キロだった体重が一年後には七十キロ、二年後には八十キロとなり、ジムの中でも一目置かれる存在になれた。ゆくゆくはボディビルの試合で活躍してやろう、おカネを貯めてジム経営を始めるのもいいな、などと漠然と自分の未来を想像して、にやついていた。

だが私はこちらも結局は挫折を味わうことになる。トレーニング自体は好きで今でもマイペースで続けているのだが、ボディビルやパワーリフティングの試合で結果を出すというのは並大抵のことではなかったのである。周囲には自分なんかよりも何倍も素質に恵まれている上にストイックな人たちがいて、水で煮ただけのササミやブロッコリーを毎日当たり前のように食べている。そんな人たちでも地方大会の表彰台には立てるが、全国大会では予選落ちしている。とてもではないがそこまでの覚悟がなかった私は、選手を目指す道からも早々に撤退することとなった。

ところが数年後に、あきらめたはずの小説とウエイトトレーニングがフュージョンして天から啓示のようなものが降りてきた。仕事で外回りをしていて時間調整のために公園のベンチで休憩していたときに、一つのプロットが頭の中でみるみるうちに形成されていったのである。

ウエイトトレーニングの世界を舞台にしたミステリーというのはどうだろうか。過去にそんなものを書いた人はいないはず。新人賞では、設定や舞台の珍しさが評価ポイントになるし、選考委員たちがよく知らない世界だったらマイナス部分を指摘したくてもできないので有利に違いない。ベンチプレスの失敗による事故死に見せかけた殺人とか、トレーニング器具を使ったトリックとか、後ろ姿を目撃された容疑者がトレーニングによって短期間で体型を変えてしまうとか、面白いんじゃないか？

私は降りてきたプロットに手応えを感じ、あまり深く考えることなく、これは書くしかないと決断した。その頃の仕事は忙しい部署だったので退職するしかなかったが、奥さんからは怒られても、翻意することはなかった。人生は一度だけだから後悔したくないと繰り返し訴えたところ、奥さんも最後には折れてくれた。

その一年後、幸いにもその作品で私は某新人賞を受賞し、プロ作家の道を歩き出すことがかなった。その後しばらくは書いても書いても売れず生活が困窮した時期もあったが、何とかやってこられたことは幸運だったと思う。

だがこの実体験を公表しても、自慢話をしているようでよろしくない（ここに書いてしまってるわけだが）。しかし、この体験を通じて私は、過去に夢中になって積み重ねたものというのは決して無駄ではない、やり方次第では別の方面で花開くことだってあるのだということを学ぶことができ、それは人生の中での大きな収穫だったと思っている。だから、いつか何らかの形でこの実体験を別の何かに置き換えて物語にしてみたいものだと企んでいた。それが本作である。私の意図が上手くいったかどうかは、読者の皆さんに自由にご判断いただきたい。

誰でも多かれ少なかれ、これまでに何かをあきらめたり、情熱を失って遠ざかったりしたことがあると思う。そしてそれらが結局は無駄だったと思い込んでいないだろうか。

本作との出会いをきっかけに、いや待てよ、と考え直してみるのも悪くないと思う。もしかしたらこれからの人生が大きく変わる何かが見つかるかもしれないから。

本作は書き下ろしです。
本作はフィクションです。実在の人物、団体、企業、学校等とは一切関係ありません。

山本 甲士（やまもと・こうし）

1963年生まれ。主な著書に、ロングセラーとなっている『ひかりの魔女』シリーズや『迷犬マジック』シリーズ、冴えない中年男が逆転劇を見せる『ひなた弁当』『ひなたストア』『民宿ひなた屋』の他、『俺は駄目じゃない』『そうだ小説を書こう』『かみがかり』『ひろいもの』『迷わず働け』『運命のひと』『戻る男』『めぐるの選択』など多数。

民宿ひなた屋

潮文庫　や－2

2022年　12月５日　初版発行
2024年　６月20日　８刷発行

著　者　山本甲士
発行者　南　晋三
発行所　株式会社潮出版社
〒102-8110
東京都千代田区一番町6　一番町SQUARE
電　話　03-3230-0781（編集）
03-3230-0741（営業）
振替口座　00150-5-61090
印刷・製本　精文堂印刷株式会社
デザイン　多田和博

ISBN978-4-267-02375-0 C0193
